纪念辛亥革命100周年·重庆丛书

先贤诗文选

任竞 王志昆 主编

重庆出版集团
重庆出版社

图书在版编目（CIP）数据

先贤诗文选 / 任竞，王志昆主编. —重庆：重庆出版社，2011.10
ISBN 978-7-229-04536-4

Ⅰ. 先… Ⅱ. ①任…②王… Ⅲ. 诗文集-中国-近代 Ⅳ. I215.1

中国版本图书馆CIP数据核字（2011）第195377号

先贤诗文选
XIANXIAN SHIWENXUAN
任 竞 王志昆 主编

出 版 人：罗小卫
责任编辑：杨 娟
装帧设计：重庆出版集团艺术设计有限公司·吴庆渝

重庆出版集团
重庆出版社 出版

重庆长江二路205号 邮政编码：400016 http://www.cqph.com
重庆出版集团艺术设计有限公司制版
重庆川外印务有限公司印刷
重庆出版集团图书发行有限公司发行
E-MAIL:fxchu@cqph.com 邮购电话：023-68809452

全国新华书店经销

开本：787mm×1 092mm 1/16 印张：25.5 字数：265千
2011年10月第1版 2011年10月第1次印刷
ISBN 978-7-229-04536-4
定价：46.00元

如有印装质量问题，请向本集团图书发行有限公司调换：023-68706683

版权所有 侵权必究

《纪念辛亥革命100周年·重庆丛书》编委会

总顾问：孟广涵　周永林
主　任：周　勇
副主任：任　竞　王志昆　黄晓东　刘志平
编　委：傅德岷　潘　洵　别必亮　曾海龙　张　鹰
　　　　蔡　斐　朱高建　吴　波　张建中　张荣祥
　　　　唐润明　张冰梅　王宁远　袁佳红　唐伯友
　　　　曾　妍　马英利

《先贤诗文选》编委会

主　编：任　竞　王志昆
副主编：袁佳红　唐伯友

历史遗产与历史责任
——《纪念辛亥革命 100 周年·重庆丛书》总序

周　勇

今年是辛亥革命 100 周年。

1911 年爆发的辛亥革命，推翻了清王朝的统治，结束了在中国延续几千年的君主专制制度，为中国的进步打开了闸门，谱写了古老中国发展进步的历史新篇章。一个世纪以来，中国人民为民族独立、国家富强、人民幸福、祖国统一而不懈奋斗。特别是新中国成立后，中华民族进入了发展进步的历史新纪元。

20 世纪初年，是中国资产阶级民主革命的时代，是一个群星灿烂、可歌可泣的时代，是一个需要英雄又产生了英雄的时代。

1891 年重庆开埠以后，随着西方势力的入侵，民族资本的产生，西方文化的传入，特别是资产阶级民主革命思想的传播，重庆逐渐发展成为了长江上游的经济中心，也成为了中国西部革命运动的中心，产生了邹容这位伟大的资产阶级民主革命宣传家。

杨庶堪等重庆青年团结在孙中山先生的旗帜下，成立了同盟会重庆支部，经过不懈的奋斗，终于在1911年11月22日发动武装起义，推翻了清朝政府在重庆的统治，建立了蜀军政府，辖川东南57州县，成为四川第一个省级革命政权。

民国成立后，蜀军政府得到了以孙中山为大总统的南京临时政府的承认，孙中山尤其赞赏以邹容为代表的四川革命志士为建立民国立下的功绩，积极帮助重庆蜀军政府进行北伐。辛亥革命失败后，重庆革命党人继续追随孙中山，坚持革命。孙中山不畏失败和挫折，曾决定将国会迁往重庆，继续为共和而奋斗。

100年岁月沧桑，100年历史巨变。

辛亥革命为我们留下了最为宝贵的历史遗产。

——这100周年的历史告诉我们，爱国主义是凝聚中华民族的伟大旗帜，祖国统一是团结炎黄子孙矢志奋斗的宏伟目标。

——这100周年的历史告诉我们，辛亥革命志士身上所体现出来的振兴中华的爱国情怀、置生死于度外的牺牲精神、关心民生疾苦的高尚品德、天下为公的宽广胸怀，是激励我们振兴中华的精神力量。

——这100周年的历史告诉我们，中国共产党是辛亥革命的继承者，辛亥革命失败后推动历史发展的重任落到了中国共产党身上，中国共产党领导中国人民取得了新民主主义革命、社会主义革命和建设、改革开放的伟大成就。

历史和现实都一再证明，是历史和人民选择了马克思主义、选择了中国共产党、选择了社会主义道路、选择了改革开放。没有共产党就没有新中国，只有中国特色社会主义才能发展中国。

辛亥革命史，特别是重庆辛亥革命史，是中国近现代历史的重大课题。100年来，重庆的辛亥革命亲历者、研究者为辛亥革命史资料的搜集、整理、出版，为辛亥革命史的研究，特别是为重庆辛亥革命史的研究，作出过巨大的努力，积累了丰富的资料，产生了一大批具有重要影响的学术成果。尤其是党的十一届三中全会以来，重庆先后召开过两次重庆辛亥革命史学术讨论会和纪念邹容诞辰100周年学术讨论会，编印出版过《重庆蜀军政府资料选编》、《辛亥革命重庆纪事》、《邹容文集》、《论邹容》、《邹容传》、《杨庶堪传》等重要著作。在这些研究中，重庆地方史学界的专家学者在广阔的历史背景下，深入考察了重庆辛亥革命历史进程与时代的特点，研究了重庆辛亥革命与四川、中国近代历史的关系。其中关于邹容的学术讨论会和《邹容文集》的出版，更是新中国成立以来所举行的第一次学术讨论会和第一部邹容文集，对邹容史料的搜集和研究的深入，都引起过国内外学术界的高度重视。

为了纪念这个伟大的节日，反映100年来重庆历史学界对重庆辛亥革命史研究的成果，我们编辑出版了《纪念辛亥革命100周年·重庆丛书》一套五卷：

《邹容集》，这部著作以《邹容文集》（周永林编）为基础，囊括了海内外保存的邹容著作、书信、诗词、书法、篆刻作品和《革命军》版本、邹容传记及有关资料，还搜集整理了孙中山、毛泽东、鲁迅等对邹容和《革命军》的论述、同时代先贤悼念邹容的诗文,以全面反映这位资产阶级革命宣传家的理论贡献、精神世界和高尚情操,全面反映100多年来有关邹容著述、资料的搜集整理成果。

《邹容与苏报案档案史料汇编》,苏报案是辛亥革命史上一个重大历史事件。章太炎和邹容因此案而入狱,与中外反动势力进行了坚决而机智的斗争。尤其是邹容在法庭上的辩论,勇敢、机智、犀利、正气凛然,堪称《革命军》的姊妹篇。我们发掘整理出上海租界会审公廨庭审邹容的记录,刊发于美国、日本、中国的英文报刊资料和保存于中国、日本档案馆中有关邹容和苏报案的珍贵档案,从而全面准确地反映出这一历史事件的真相和邹容在法庭上的独特风采。

《张培爵集》,搜集整理了现存的张培爵的著作、书信,反映了这位重庆辛亥革命先驱、重庆蜀军政府都督的生平业绩和精神世界。

《先贤诗文选》,是杨庶堪、向楚等重庆辛亥革命人物的诗文选集,这是那个时代风貌的实录,也是重庆辛亥先贤们思想文化的缩影。

《重庆辛亥革命史》,这是重庆学者撰写的第一部关于辛亥革命时期重庆革命思想传播、革命运动发展的历史著作,是100年来有关这段历史的整体展现和这一领域研究成果的集中体现。

这套丛书表达了我们对100年前革命先烈先辈先贤们创造的伟大业绩的敬意,凝聚了重庆历史学界对辛亥革命历史研究的重要成果,是奉献给这个伟大节日的一份厚礼,尽到了我们的历史责任。

我们期望这套丛书的出版,为隆重纪念辛亥革命100周年,缅怀和宣传伟大的革命先行者孙中山先生和邹容等革命先辈致力振兴中华的光辉业绩,发扬光大辛亥革命精神,鼓舞激励全国各族人民和海内外中华儿女勇敢担当历史责任,实现中华民族伟大复兴发挥一点作用。

2011 年 8 月 15 日

目录 CONTENTS

历史遗产与历史责任——
《纪念辛亥革命100周年·重庆丛书》总序 / 周勇

宋育仁
早发夔州入巫峡 /2

吴之英
乙酉春三月,独游巫峰,后舟有扶柩侍祖言归者,缆次来谒,出所写巫峡归舟图,求言为佩,赋此寄感 /3

刘光第
滟滪石 /5
瞿唐 /6
峡中阻雨 /6
巫峡 /7

陈国常
前镇守使署追感往事 /8

赵熙
万县 /10
报石遗泊渝州 /11
重庆(一) /11
重庆(二) /12
跨党(二首) /13

李稷勋
岁晏行赠宋检讨育仁 /14

朱子镛

海棠溪古风 /18

怀巴曼将军 /19

过石砫县憩玉音楼谒秦良玉遗像题壁 /20

邓鹤翔

江津同志之爱国热 /22

朱之洪

蜀中先烈备征录序二 /24

黄 骥

去 夔 /27

曾纪瑞

渝中早发 /29

题白莲 /30

刘行道

乙未京师北归 /32

雷昭性

哭广州殉难诸烈士（四首） /33

舟抵万县，有吴姓役婢堕江死，感而书此 /35

刘 扬

丙辰秋，偕石青阳、王子履由渝赴綦江，夜宿界石丝厂，得民国开国纪念钱一枚 /37

梅际郇

辛亥除夕感怀九首 /39

次韵沧白见怀 /41

重柬沧白申归隐之约 /43

寿曾吉芝六十诗 /44

周君小传 /44

廖树勋传 /46

吴楚传 /49

朱庆澜

赠张伯苓夫妇五十双寿诗 /53

蒲殿俊

轻舟发宜昌入巴峡 /55

八月重庆访梅黍雨，辱赠四诗。归广字，逾重九，山腴成都和诗先至，乃谢客天池山舍，追赋为酬答山腴 /56

和南山吟(八首选三) /57
白坚送五月菊 /59

范天烈

疫鬼歌 /62
光绪甲辰七月道梁山留别孙同年馥棠 /64

张培爵

张培爵与李宗吾书 /65
张培爵烈士遗书 /68

温朝钟

途中偶占 /71
酬王克明 /72

向 楚

辛酉腊尽奉香宋诗柬感赋 /74
题铁血斑斓图 /75
题张列五诫子手卷 /75
张列五先生家书遗墨映书属题 /76
大江东去 /77
过金陵 /78
蚕背梁 /78
宋玉宅 /79

陈英士先生哀辞 /80
绝句五首 /82
四川辛亥之役 /84
重庆蜀军政府成立亲历记 /111
蜀中先烈传叙 /142
烈士张君镇夷墓表 /145
前蜀军都督四川民政长张列五先生墓表 /148

邹绍阳

黎怀瑾事略 /155

江 庸

大佛寺 /159

吴玉章

东游述志 /162
莽莽神州 /163
1904年留学日本时自题像片诗 /164
纪念喻云纪殉难五十周年 /165
纪任君季彭火化归土 /167
纪念辛亥革命五十周年八首 /168
纪念龙鸣剑烈士 /171

纪念邹容诗 /172

席正铭

有　感 /174
次韵王思荃知事留别 /175
重至罗堡寨钱宅有感 /177
题张天极像 /178
感　遇 /179
客　思 /180
望　乡 /180
戏风姨(二首) /181
泊羊角 /182
下涪陵 /182
出三峡 /183
过白帝城吊刘先帝 /184
望楚丘 /184

杨庶堪

三峡歌 /186
别林大山庚 /190
读南北史杂诗之一 /190
短歌赠邓和卿 /191
归国赴英士约寄内日本 /192
浣溪沙 /193
寄怀山腴 /194
九日永宁作 /195
哭刘士志 /196

佩箴将太炎先生告癸丑以来死难诸君文稿　视犹珍宝什袭藏之为题（二绝） /197
日本东京次韵奉酬泉浦见怀之作 /197
送友人游学日本 /198
途中漫兴 /199
晚归佛图关隐庐即事作歌 /200
相见歌 /201
有　忆 /201
成都赠刘士志 /202
渝州杂咏·观音岩 /203
梦江南 /203
菩萨蛮二首 /204
赠李锦湘茂才 /205
悲歌怀刘子 /206
成都送士志入京 /208
酬天倪见寿之作 /210
蜀中先烈备征录序四 /212
喻大将军墓表 /214
追赠陆军上将卢君墓表 /216
癸丑杂诗十首 /218
咏怀八首(辛亥) /220
癸丑违难纪事二百韵 /224
张懋隆传 /233

陈其美墓志铭 /236

周文钦

周文向墓表 /245

李蔚如

赠友人 /247
对　联 /248
校　歌 /249
挽词四首 /250
军事会议上的《宣传大纲》
　/251
家书一封 /252

方于彬

辛亥秋感 /254
重　庆 /256

谢奉琦

舟过夔巫 /258

邹　容

《革命军》自序 /259

熊克武

四川十年回忆 /261

李培甫

怀人诗（辛亥） /287
朱叔痴先生寿诗序 /288

陶闿士

慰友诗 /293
峨眉山云歌 /294

任鸿隽

西江月·太平洋舟中贺莎菲
　生日 /297
梅迪生哀词六章 /298
家书三封 /300

程　愚

闻清廷逊位感作 /305

但懋辛

辛亥革命亲历琐记 /308
一九一三年熊、杨参加讨袁经
　过 /319
护国之役回忆录 /329

夏之时

报告四川都督府暂代重庆镇
　抚府总长职电 /350

重庆镇抚府总长夏之时报告四川都督尹昌衡任命熊克武为镇抚府师长电 /351

重庆镇抚府总长夏之时要求辞职留学致四川都督府副都督张培爵电 /353

辞职通告书 /354

饶国梁

乙酉八月别家 /357

己酉八月赴滇 /358

己酉十二月赴奉 /359

温少鹤

辛亥重庆光复的回忆 /360

吕 超

记辛亥革命老人黄崇麟 /368

辛亥革命四川义师纪记 /369

刘伯承

和邹靛澄 /377

杨杏佛

贺新凉·吊任鸿年 /378

胡 适

胡适记朱芾煌有功于辛亥革命 /380

冯玉祥

哭庆澜 /382

附录 /383

后记 /390

宋 育 仁

宋育仁(1857—1931),字芸子,四川富顺人。近代学者,思想家。早年就读于成都尊经书院,1886年进士,选翰林庶吉士,改任翰林院检讨。1894年任英、法、意、比四国参赞,着意考察西方社会、经济、政治制度,积极策划维新大计。1895年参加强学会,鼓吹君主立宪。1896年,到重庆主持四川商务矿务,设立商务局,兴办煤油、煤矿、卷烟、药材等公司,为四川绅商领袖。1897年,创办了重庆历史上第一家爱国报纸《渝报》,也是中国资产阶级最早的白话报纸之一,树起了维新宣传的旗帜,兴起了四川、重庆近代史上第一次思想解放的潮流。后主持成都尊经书院,创办《蜀学报》。辛亥革命后出任国史馆纂修,1916年受聘主修《四川通志》。一生著作甚丰,现存有《时务论》《泰西各国风采记》《问琴阁丛著》等多种。

早发夔州入巫峡

云树连天望,涛澜万里奔。

大江流楚水,初日下夔门。

转峡还通楫,^①依山尚有村。

巫峰劳指点,遗事渚宫论。^②

(选自胡力三、胡力仁编《栖霞阁诗词》,四川省地方志编纂委员会印,2004年)

注释:

①楫:船桨,短曰楫,长曰棹。

②渚宫论:指唐余知古撰《渚宫旧事》一书,上起鬻熊,下至唐代,所记都是荆楚的事迹,而今巫山一带历史上曾为楚地,故云。渚宫:春秋时楚国的别宫,故址在今湖北省江陵县。

吴 之 英

吴之英(1857—1918),字伯朅,四川名山人。早年就读于成都尊经书院,后为尊经书院都讲、锦江书院襄校、四川国学院院正。为四川维新派代表人物,曾参与组织"蜀学会"并任《蜀学报》主笔,戊戌变法失败后,回乡潜心著述,有《寿栎庐丛书》《中国通史》等书行世。

乙酉春三月,独游巫峰,后舟有扶柩侍祖言归者,缆次来谒,出所写巫峡归舟图,求言为佩,赋此寄感

游人尽道巫峡崄,年年岁岁有来舟。
但见来游不见归,啼猿空为游人悲。
蜀国于今已瘠土,官商犹自说天府。
舻舳千里于夔门,赵王公子楚王孙。
穿矿采珠笒跟趾,山灵不渌江神死。
窃得卓财又窃女,婵媛久滞豪华旅。
近肉远丝酣舞筵,襄王一梦三千年。

明月乡心归何处，莺花屡新裘马故。
纵余资斧足缠腰，膏火相煎利倚刀。
何况宦情繭纸隔，市死半是千金客。
漆楡宛保奸侠民，更兼椎埋有荐绅。①
可怜琴鹤枉相待，升屋遥复若闻悔。
君今扶榇返苫庐，②祖孙为命甘粗蔬。
高唐云雨应排候，③布帆安稳渡重岫。
我愧家传朝歌笔，择言赠远诒女后。④
白发从此老园亭，莫向西风说锦城。
诚问旅魂归骨处，蜀山何似故山青。

（选自《近代巴蜀诗钞》（上），巴蜀书社，2005年）

注释：

①荐绅：即缙绅，古代高级官吏的装束，亦指有官职或做过官的人。荐，通"搢"。
②苫(shān)：草编的覆盖物，遮盖物。
③高唐云雨：原指古代神话传说巫山神女兴云降雨的事。后称男女欢合。宋玉《高唐赋序》："妾在巫山之阳，高丘之阻。旦为朝云，暮为行雨，朝朝暮暮，阳台之下。"
④诒：赠与，给予。

刘 光 第

刘光第(1861—1898),字德星,号裴村,四川富顺人。清光绪进士,授刑部广西司候补主事。1894年向光绪帝上《甲午条陈》,要求改革。1898年与杨锐在北京成立"蜀学会",宣传变法。光绪帝召见,加四品卿衔,参与新政。是年9月21日,慈禧太后发动戊戌政变,杀刘光第等6人于菜市口,史称"戊戌六君子"。著有《介白堂诗集》。

滟滪石

滟滪深根出,翻宜近客舟。
江枯残雪在,天远太阴愁。
尽日摩孤鹘,①当年饱万牛。②
河山今失险,③恃尔障东流。

(选自《刘光第集》,中华书局,1986年)

注释:
①摩:蹭,接触。鹘:鸟名,即隼,一种鹰。
②万牛:《尊瓠室诗话》卷一载晚清李拔可诗:"夔门双石

阙,插江画鸿沟。能令出地舟,于此回万牛。夏涨没滟
濒,瞿塘谁敢浮。"此指瞿塘峡之险。

③河山今失险:指当时国家遭受侵略,风雨飘摇。

瞿 唐

尽唤蛮山压客舟,甲盐飞去入空道。①

双崖云洗肌如铁,一石江穿骨在喉。

风静鱼龙排日睡,②水还巴蜀接天流。

涨时倒海枯时涧,安稳哦诗答桲讴。

(选自《刘光第集》,中华书局,1986 年)

注释:

①甲盐:指赤甲山和白盐山,瞿塘峡附近名胜。

②鱼龙:鱼和龙。泛指鳞介水族。

峡中阻雨

诗心宜曲峡,更好雨如烟。

江白孤槎客,云乌一髪天。

夜涛雷鼓沸,阴壁鬼车悬。①

百怪增奇气,文章自古传。

(选自《刘光第集》,中华书局,1986 年)

注释：

①鬼车：九头鸟，又称九凤、鬼车、鬼鸟、姑获鸟。《山海经》中的《大荒北经》有载："大荒之中，有山名曰北极柜。海水北注焉。有神九首，人面鸟身，句曰九凤。"

巫　峡

忍尽经天泪，①猿声不可求。

大江随客子，万里送春愁。

云散川湖雨，风盤细弱舟。②

艰危多感慨，剩欲傲沧洲。③

　　　　　　（选自《刘光第集》，中华书局，1986年）

注释：

①经：织物的竖线叫"经"，比喻规划、治理。经天：治理国家。晚清朱孝臧《水龙吟》："经天泪，中宵法。"与此意同。"经天泪"即伤时忧国之泪。

②盤：回旋，回绕。

③傲沧洲：李白《江上吟》："诗成笑傲凌沧洲。"此作者以李白自喻。

陈国常

陈国常(1864—?),字惺吾,重庆荣昌人。本学舆地之书,清廷变法,川督奏派日本学法政,归国后在川东师校、华西大学等校教授政法,提倡实业救国。1934年,举家迁南京,写成《研悦斋甲戌诗存》一卷,其后事迹不详。

前镇守使署追感往事①

民元奉命下渝州,
冠冕岷峨拥上游。②
统一全凭三寸舌,
片言折服小诸侯。③

(选自《近代巴蜀诗钞》(上),巴蜀书社,2005年)

注释:

①自注云:"民国元年,奉命至渝,取消镇守使,成渝由此统一矣。"
②冠冕:仕宦的代称。岷峨:特指峨眉山。以其在岷山之南,故称。上游:指成都的四川都督府。

③小诸侯:指重庆镇守使。民国元年四月十一日,胡景伊在重庆就任镇抚府总长一职。后一月余,即提出撤销镇抚府的主张,经四川都督府同意,1912年6月10日,重庆镇抚府正式撤销。

赵　熙

　　赵熙(1867—1948),字尧生,别号香宋,四川荣县人。清光绪十八年(1892年)进士,授翰林院编修,转官监察御史,有直声。民国后,退居荣县,修志讲学外,唯以读书吟咏为事。诗词书法,俱为海内所重。有《赵熙集》传世。

万　县

　　布帆一转见钟楼,落日青山古万州。
　　老去三巴惊岁晚,客中无雁识乡愁。
　　绿苔滩石安鼋背,①红叶霜枫到马头。②
　　往事江声流不尽,苦吟南浦廿三秋。③

（选自郑永松《咏万州诗词精选》,文化艺术出版社,2007年）

注释：

① 鼋(yuán)：大鳖。
② 马头：万县乡下有马头场。
③ 南浦：古代县名,今重庆市万州区,蜀汉建兴八年(230年)始置。元代至元二十年(1283年),南浦县并入万州。

杜甫有《舟出江陵南浦奉寄郑少尹》诗,中有"社禝缠妖气,干戈送老儒"等语。此处作者借以自况。

报石遗泊渝州

渝州一水上嘉州, 门对西南第一楼。
节趁梅黄初过雨, 人思李白与同舟。
从来萧寺偏宜夜,① 此去花潭请薄游。
日扫赞公禅榻久, 峨眉山月不须秋。

(选自《赵熙集》,巴蜀书社,1996年)

注释:

① 萧寺:即佛寺。唐李肇《唐国史补》载:"梁武帝造寺,令萧子云飞白大书'萧'字,至今一'萧'字存焉。"后因称佛寺为"萧寺"。

重庆(一)

西望长歌入汉关,
大江东去客西还。
樱桃红了芭蕉绿,
且认渝州作蒋山。①

(选自《赵熙集》,巴蜀书社,1996年)

注释：

①蒋山：即南京钟山，因汉末秣陵尉蒋子文葬此得名。

重庆①（二）

万家灯火气如虹，水势西回复折东。
重镇天开巴子国，大城山压禹王宫。②
楼台市气笙歌外，朝暮江声鼓角中。
自古全川财富地，津亭红烛醉春风。③

（选自《香宋诗》，1917年刻本）

注释：

①选自《香宋诗》，1917年成都图书馆刻本。下同。清光绪二年（1876年），《中英烟台条约》订立，光绪十六年（1890年）正式辟重庆为开放商埠。民国《巴国志》："地当水陆通衢，为四川第一商埠。"此诗为光绪十八年（1892年）壬辰新春初到重庆时作。

②禹王宫：在我国各地都有关于大禹的遗迹和传闻。重庆禹王宫，位于于重庆市渝中区东水门长江边，是湖广人（今湖北湖南）清初所修建，目前看到的是清道光和光绪年间重建，与广东公所、齐安公所等构成重庆湖广会馆的清初古建筑群。

③津亭红烛：反映当时重庆商业的繁盛。语出唐司空曙《发

渝州却寄韦判官》:"红烛津亭夜见君,繁弦急管两纷纷。平明分手空江转,唯有猿声满水云。"

跨党(二首)①

朱门弃妇有新欢,鹦鹉惊人语画栏。
北胜南强争两色,生涯都作野花看。

多事黄衫古押衙,从来东食宿西家。②
春风不长含羞草,情愿三生学落花。③

(选自《番宋诗》,1917年刻本)

注释:

① 民初,少数同盟会会员及原君主立宪派,分化成立各种政治派别,如"共和党""民主党""共和统一党"等,于袁世凯与国民党之间朝秦暮楚,唯利是图。其中部分清廷旧臣亦入党成为新贵。诗人感而赋之。
② 东食宿西家:指朝秦暮楚,唯利是图。《艺文类聚》卷四十引《风俗通》:"齐人有女,二人求之。东家子丑而富,西家子好而贫。父母疑不能决,问其女,定所欲适。……女便两袒,怪问其故。云:'欲东家食,而西家宿。'"
③ 落花:讽刺"跨党"者随风向而动,像无根随风的落花一般。

李稷勋

李稷勋(？—1918)，字姚琴，一字尧琴，四川秀山(今属重庆市)人。光绪二十四年(1898年)进士，授翰林院编修并任会试同考官。又任清邮传部参议，旋辟为川汉铁路宜昌总理。善诗文、工书法。有《甓庵诗录》。

岁晏行赠宋检讨育仁

玄郊十月摧芳草，黄埃千里行人槁。
沙雁寒惊堠火明，①银虬冷报天门晓。②
天门九闱罗九衢。③朱楼连阁黄金铺。④
明烛高筵玉酥酪，洞房暖火红氍毹。⑤
层冰峨峨白日短，城南宋子今嵇阮。⑥
锦裘珂马喧朝贵，独抱兰花惜岁晚。
晚岁空山霜雪零，素衣初点六街尘。
秋雨荔墙旧书侣，烟花粉署新词臣。
吴县尚书今卓荦，日下高名满台阁。⑦
孔融曾闻表异才，⑧孙宏今见崇古学。⑨

君怀明珠许高价，赋成大礼万人诧。
金门未肯损愁心，落木亭皋骋孤驾。
我昔横经石室游，⑩秋花漂落稀朋俦。
蛾眉窈窕问琴阁，龙威恍惚湘绮楼。
潇湘三载青波隔，惆怅翻寻上京陌。
卧拥红云踏海烟，来看郁郁兴王宅。⑪
二月春寒花片片，尹珍宅里初相见。
青琐重扃催试题，金盘丰俎申芳荐。⑫
人生得失难具论，毛翮摧铩心徒存。⑬
尘沙满地愁开眼，朝衫新贵长安门。
青槐洒洒铜街雨，坐消白日愁羁旅。
单衣皂帽西风寒，对人不敢伤心语。
闲来坐我红锦茵，十年同舍论交新。
洲上兰蘅忆湘水，壁间丝竹梦江津。
江海风高雁声涩，轩辕台上夜吹雪。⑭
银钥千门动晓寒，⑮荡子无家空自泣。
涕泣悲歌何意气，幽并结客多轻利。
弹剑朝为马客吟，脱裘夜醉胡姬市。⑯
朝朝夜夜感尘劳，华年轻掷心郁陶。
为君凄凉尽此曲，明星皙皙东方高。

（选自《近代巴蜀诗钞》（上），巴蜀书社，2005 年）

注释：

①埃火：烽火。

②银虬：亦作"银虯"、"银蚪"。银白色的虬龙，常用作比喻。清·杜岕《赋得群山夜来晴》："长松为玉树，古藤如银虬。"

③闉(yīn)：瓮城，城门外护城门的小城墙。

④闼(tà)：指门或小门。

⑤氍毹(qú shū)：一种织有花纹图案的毛毯。

⑥嵇阮：三国魏文学家嵇康和阮籍的合称。二人在政治方面都不与魏国当权者合作。在文学创作方面上，嵇阮继承了建安文学的传统，就此形成了洒脱、浑朴、含蓄的风格。

⑦日下：旧时"日"指帝王，"日下"指京都。台阁：尚书省的别称。东汉以尚书直接辅佐皇帝以处理政务，三公之权渐轻。因汉尚书台在宫禁内，乃有此称，常与公府对举。《后汉书·仲长统传》云："光武皇帝……政不任下，虽置三公，事归台阁。"唐李贤注："台阁谓尚书也。"

⑧孔融(153—208)：东汉文学家，鲁国(今山东曲阜)人，字文举，家学渊源深厚，建安七子之首。是孔子的二十世孙。

⑨孙宏：指公孙宏(一作弘)，西汉丞相，尊崇儒学，举办教育。此喻宋育仁。

⑩横经：横陈经籍。指受业或读书。石室：据《汉书》载，文翁于汉景帝末年守蜀，兴石室，办官学。此指蜀中学校。

⑪郁郁：草木茂盛貌。

⑫荐：本义指兽畜所食的草，此指食物。

⑬毛翮：禽鸟的羽毛。

⑭轩辕台：位于平谷城东北7.5公里渔子山上。渔子山上有大冢，世传为轩辕黄帝陵，俗称轩辕台。

⑮银钥：钥匙，用来开门的工具。

⑯胡姬：来自西域的女人。魏晋、南北朝一直到唐朝，长安城里有许多当垆卖酒的胡姬，她们个个高鼻美目，身体健美，热情洋溢。李白的《少年行》中就有"笑入胡姬酒肆中"的美妙描述。

朱子镛

朱子镛(1868—1949),字采卿,四川铜梁(今属重庆市)人。家贫辍学,自学成才。民国九年入川军第三混成旅为军医。民国十一年起,任广安、珙县、高县征收局长。有《海棠香馆诗稿》。

海棠溪古风

洪荒未辟不知名, 洪荒既辟有此形。
天生一种清冷景, 欲与天地分精灵。
三皇以前知谁有? 五帝以后知谁守?
浑然一溪留至今, 无数海棠生溪口。
海棠花发溪水红, 海棠叶生溪水绿。
海棠溪水无颜色, 有此海棠颜色足。
既不与柳子愚溪同愚,①
又不是陆公蒙溪有所蒙。②
不许蛟龙溪边营窟宅,浩浩莽莽生腥风。
最爱吾庐溪边淘其影,

更喜巴山三十六峰峰倒影潜其中。③

烟光云影铺溪走，与溪混合无西东。

天光四时沉溪底，日月倒悬走溪里。

莺爱此溪多绿杨，随风织柳到溪傍。

蛙爱此溪青青草，两部鼓吹说好好。

燕剪裁波向溪浔，蜻蜓点水来溪心。

修竹掩映溪左右，桑柘影斜溪前后。

春夏秋冬景物幽，与溪接者溪皆收。

一片溪光启会心，一种海棠留溪名。

溪与海棠同今古，海棠与溪共枯荣。

闲来吟啸清溪上，此间恍有桃源象。

别有天地民人间，时与清风明月共往还。

(选自《海棠香馆诗集》，1940 年刻本)

注释：
①愚溪：在湖南省永州市西南。见柳宗元《愚溪诗序》。
②蒙溪：濛溪河，在四川省资中县。
③三十六峰：这里是概数。

怀巴曼将军

降旗不竖蜀山头，荆楚雄兵百万收。

取信偏从失信处，迄今大节巳千秋。

三城还后死犹雄,都在怀王感慨中。
说到断头头不断,江山留视夕阳红。

(选自《海棠香馆诗集》,1940年刻本)

过石砫县憩玉音楼谒秦良玉遗像题壁①

勤王从古尽须眉,只有将军是女儿。
廿载沙场鸣鼓角,一腔心血洒胭脂。
秋风夜月鹤声冷,春雨桃花马足知。
石砫荒凉遗像在,恍如赴诏平台时。

几曾箕帚扫妖魔,群丑年年落胆多。
竟把江山撑半壁,不教脂粉污双娥。
宝刀磨尽悲天泪,刁斗催成斫地歌。
一代英雄出嫠妇,②忠肝烈气两如何?

娉婷女子亦封侯,愧死当年壮士俦。
底事烽烟消粉黛,何妨巾帼统貔貅。
红颜竟翦边关乱,白杆能分上国忧。③
无怪夫人称太保,春风长在玉音楼。

不是朱家王气衰,燕都一去肯归来。
朝廷未预筹边策,巾帼先宏守土才。
兵是云山看渐阔,寇如钗股翦常开。

乡关脱尽红羊劫,④千古英风老将台。

(选自《石柱文史资料》第9辑)

注释:

①秦良玉(1574—1648):汉族,字贞素。四川忠州(今重庆忠县)人,后嫁入石柱县,明朝末期战功卓著的民族英雄、女将军、军事家、抗清名将。

②嫠妇:寡妇。

③白杆:指秦良玉所率领的白杆兵。《明史》秦良玉本传记载:"良玉为人饶胆智,善骑射,兼通词翰,仪度娴雅。而驭下严峻,每行军发令,戎伍肃然。所部号白杆兵,为远近所惮。"

④红羊劫:指国难。古人以为丙午、丁未是国家发生灾祸的年份。丙丁为火,色红;未属羊,故称。宋代柴望作《丙丁龟鉴》,历举战国到五代之间的变乱,发生在丙午、丁未年的有二十一次之多。唐殷尧藩《李节度平虏诗》:"太平从此销兵甲,记取红羊换劫年。"

邓 鹤 翔

邓鹤翔(1868—1925),字岳皋,江津白沙镇人。少聪颖好学,1888年为廪生,1897年选为拔贡,次年赴北京考试合格,授直隶州州判职务,后认为清廷腐败,感仕途可畏,辞职回江津。他是"江津帮"邓氏家族盐业的奠基人——邓清涟的后人。曾任聚奎学堂(书院)校长。1905年,邓鹤翔在白沙溜马岗兴办了全川最早的女子小学之一"私立新本女子学堂"(现校址为重庆工商学校)。

江津同志之爱国热

顷接江津来函如下:(前略)目前奉到通告,敬知诸君子痛川路之阽危,悯人民之荼毒,冷泪热血一起奔涌。谨承尊旨,组织敝邑支会于六月初六日开会。是日到会者约二千余人。借贵会通告为蓝本演说惨剧,闻者泣下。当蒙大众公推翔为正会长,藻为副会长,假定股东分会为事务所。凡会内应行设置及种切办法,尚望指授方略,俾无陨越为祷。以后如有通告报章,请邮寄股东分会事务所或劝学所,当无舛误。敝邑公推代表赴省,大约月内可以成行。知关绮注,附及。

　　江津同志会　邓鹤翔　杨锡藻顿启,六月初十日

（选自《四川保路同志会报告》第十四号,见《四川辛亥革命史料》,四川人民出版社,1981年）

朱之洪

朱之洪(1871—1951)，字叔痴，巴县人。1903年同杨庶堪等组织四川第一个资产阶级革命团体"公强会"。1906年底同盟会重庆支部成立，遂加入该会，负责宣传、联络工作。1911年6月28日，重庆保路同志会成立，被推为会长，力主筹办民团，乘机派大批同盟会会员争得民团领导权，控制武装，为起义作好准备。还负责联络官绅商会并与夏之时商讨策划起义事宜。重庆蜀军政府成立，被推为高级顾问兼大汉银行总办。次年1月，作为蜀军政府全权代表与成都四川军政府谈判并签署了合并草约。1913年，参与"二次革命"兴军讨袁。1925年，任中国国民党四川临时执行委员会委员。1926年，与温少鹤等倡议筹办重庆大学。1933年，任巴县文献委员会委员长，并兼《巴县志》协修。晚年致力于史学。

蜀中先烈备征录序二

呜呼！此蜀中先烈事略也，原始于日本，蒐材于南洋，[①]补遗于成都。醵资刊板于重庆。[②]时历六稔，乃仅获此百数十人之姓名而[③]且自辛亥前后以迄癸丑丙辰,地不限一隅,人不名一党,文献不足,挂漏滋多。成书之难,固如是哉!闻之辛壬之际,孙中山先生洎黄克强诸子,可谓民国伟人,功高望重矣!然一闻有人称道先烈。先烈者,未尝不为之俯首下心焉,即穷凶极恶如袁世凯,(编者注:此处疑有漏,但原件如此。)当是时也,忠烈祠祭满天下,而赠将军铸铜像,慰问存恤其家属者,吾蜀犹不乏人。呜呼,何其盛耶!癸丑以来,此风遂荡然尽矣。在上者,务以权术操纵天下,而奔走利禄之徒,几不复知人间有羞耻事。甚者,仰承风旨,又从而为之钩连党狱,没人家产,蔓及十族,务使忧时爱国之士无地自容,非匿迹深山,即亡命海外。生者如是,死者可知。故斯时,余虽欲与违难诸君有商榷网罗蜀中先烈传记之举,终病未能也。丁巳冬,仲归来。又值先兄琴樵君病殁。既悲逝者,愈知先烈记录之不容。④以戊午春,先烈祠重修,祭祀乃因,成渝皆有调查死难先烈处之设,思欲採辑其事实可考者,并副以追悼哀诔诸文章传之后世。文武士商咸赞成而佽助之。⑤嗟夫,此非先烈之本意也。岂后死者遽可以此塞责耶?夫革命者,最不祥于个人及当时之名称,而实有大利于国家及后世者也。征之古今中外,莫不皆然。不意诸先烈捐顶踵,⑥弃身家,牺牲一切财产功名不顾,而冒万险千难以缔造之民国,成立仅数年而遂睹三变焉。今且一年而三变矣,虽忠义奋发者,接踵而起,

以讨乱臣贼子为己任之未有已时。彼悠悠之口,方且以为破坏有余,建设不足。呜乎!此岂革命之罪哉?又岂诸先烈之所及料者哉?余甚愿后此之执国是者,渐趋正轨。尽锄其自私自利之心。一以国利民福为前提。俾国家早得休养生息数十年,而人民亦获享真共和之幸福。则非徒余一人之馨香祷祝也。诸先烈在天之灵,实凭式之。民国七年,巴县朱之洪。

(选自《蜀中先烈备征录》卷一,新记启渝公司代印,1923年)

注释:

①蒐:通"搜"。
②酾资:筹集资金。
③而:助词,通"耳",用于句末,表感叹语气。意为"罢了"。
④不容:不免,难免。
⑤伙(cì):助。
⑥顶踵:头顶与足踵。借指全躯。

黄 骥

黄骥(1872—?),字子麟,四川彭山人。曾创办蚕桑公社,主讲成都公立法政学堂,后辗转川东北任教,仍回彭山。有《伏枥山房诗钞》。

去 夔

舟经夔万万重山,①杜老飘零犯百蛮。②
白帝城高云隐隐,黄陵庙古鸟关关。③
江翻浪里蛟龙漩,峡转岩撑虎豹班。
滟滪一堆天鉴在,肯将倾覆苦人间。

(选自《近代巴蜀诗钞》(下),巴蜀书社,2005年)

注释:

①万:指万县。
②百蛮:古代南方少数民族的总称。后也泛称其他少数民族。唐杜甫《将晓二首》:"巴人常小梗,蜀使动无还。垂老孤帆色,飘飘犯百蛮。"
③黄陵庙:黄陵庙位于长江西陵峡南岸的黄牛岩山麓,古称

"黄牛祠"、"黄牛庙"。据汉唐以来的诸多古籍记载,此庙是春秋战国时期为纪念黄牛助大禹治水的功德而兴建的。宋代易名黄陵庙。汉、唐、宋明清时期屡毁屡建,现存主体建筑禹王殿为明万历四十六年(1618年)重建。

关关:鸟叫声。《诗经·周南·关雎》:"关关雎鸠,在河之洲。"《毛传》:"和声也。"

曾纪瑞

曾纪瑞（1872—1942），字吉芝，四川巴县人。清光绪二十八年入巴县学食饩，次年赴日本弘文师范学习，加入同盟会。1903年捐资创办开智学堂，后又创办巴县中学堂，为重庆新式教育的先驱者。辛亥革命后任蜀军政府秘书院编制局局长、四川省视学、巴县中学校长等职。著有《瑞霭庐诗集》。

渝中早发

雨霁云开带晓烟，骊驹高唱九秋天。①
霜华两鬓辞亲老，②行李一肩出塞前。
儿女痴情怜泣别，孩童解语问归还。
丈夫各有四方志，南朔东西已数年。

（选自《四川省立第二女子师范学校校友会》）

注释：
①骊驹：纯黑色的马，亦泛指马。
②鬓：古同"鬓"。

题白莲

昔余客雅州见教局芙蕖满池,群花皆白,特此以志感:

亭亭无俗韵,絜身蹈水国。①
语让流莺娇,艳游西湖色。
是匪不能言,②言忌三代直。
亦匪不能容,容冶憎蛊惑。
何如方塘中,安素守缄默。
寡尤复寡悔,顺时养潜德。
潇洒出尘表,世态罔或识。
落落挺幽姿,清矫自殊特。
更结白水盟,莹怀矢靡忒。③
风雨听飘摇,东南复西北。
花萎节不捐,此心何否塞。
有时混污泥,精白涅不黑。
皎然冰玉躬,永为浊世则。
屈伸惟所适,天地任欹侧。④
淡远发芬芳,息息通八极。⑤
君子重素行,无人不自得。

(选自《四川省立第二女子师范学校校友会》)

注释:

①絜:通"潔",简体为"洁",清洁。指莲花洁白的样子。

②匪:假借为"非",表示否定。

③靡(mǐ):表示否定,不。忒(tè):差错。

④欹侧:倾斜;歪斜。

⑤八极:古时谓八方极远之地。

刘行道

刘行道(1873—1910),字士志,四川达县(今达州)人。12岁中秀才,调尊经书院学习,20岁中举人。历任成都通省蒙养师范学堂教习、成都高等学堂教授、重庆中学教习、高等附属中学堂监督。愤清政腐败,与巴县杨庶堪结交,密谋革命,弃教职走京师,旋病卒。

乙未京师北归

万峰云缭一天青,往岁曾经似武陵。
海上电光通鸟道,山中风气渐膻腥。①
深林乔木欣无恙,浮世沧桑且漫争。
投劾去思贤令事,尘分无复上碑亭。②

(选自《近代巴蜀诗钞》(下),巴蜀书社,2005年)

注释:
① 膻腥:荤腥。旧时用以比喻其他民族对汉族的入侵或统治所造成的影响。
② 投劾:呈递弹劾自己的状文。古代弃官的一种方式。去思:去思碑或去思亭。尘:佛家、道家指人间。

雷 昭 性

雷昭性(1874—1922),原名慑,字泽皆,号铁崖,又号铁铮,四川富顺人。光绪二十年入业内文学院,补博士弟子员,后负笈东渡。于光绪三十二年在东京参加同盟会,成为同盟会首批会员。与屏山邓甸坤、邓亚珍兄弟共创《鹃声报》,鼓吹革命。民国元年,曾任临时大总统府秘书。1918年应熊克武邀返蜀,抵家凤疾发,留养三年卒。曾参加南社,诗文散佚。柳亚子称他"工诗文书法"。有《雷铁厓集》行世(章开沅主编,华中师大出版社1986年7月出版)。

哭广州殉难诸烈士(四首)

一

誓捣黄龙聚义兵,复仇匪羡帝王名。
却怜涿鹿干戈起,辜负昆阳雷雨声。①
子弟八千殉项羽,英雄五百死田横。
胡儿漫善根株尽,得遇春风草又生。

二

汉家元气满中州，风虎云龙大义投。

夜月杜鹃犹泣蜀，蛮荆秦伯忍忘周。②

九华峰冷红颜史，五岭山横白骨秋。

儿女英雄归一冢，珠江呜咽水西流。

三

当道豺狼厉爪牙，羲皇遗胄化虫沙。③

张宾助虏人心死，④翟义摧师汉室嗟。⑤

万古玄珠沉赤水，千年碧血洒黄花。

乌啼月落羊城畔，尚有灵风拂柳斜。

四

生寄死归何足戚，健儿早已戴头来。

白山黑水妖犹在，红粉青年我尚哀。

魂魄不衔精卫石，风云犹黯越王台。⑥

天南漫道香花供，北望神州总惜才。

（选自章开沅主编《雷铁厓集》，华中师大出版社，1986年）

注释：

①昆阳：今河南叶县。更始帝刘玄即位后，派王凤、王常、刘秀进攻昆阳。昆阳大战一举歼灭王莽的主力。

②蛮荆：古代称长江流域中部荆州地区，即楚国。

③化虫沙：变成了虫和沙。《太平御览》卷九一六引《抱朴

子》:"周穆王南征,一军尽化,君子为猿为鹤,小人为虫为沙。"

④张宾助虏:汉人张宾帮助胡虏。后赵政权的建立者石勒为羯族,属于胡人。汉人张宾协助石勒,成为石勒的首席谋臣。

⑤翟义(?—公元7年):西汉上蔡人,王莽摄政,称"摄皇帝",翟义起兵讨伐王莽,立刘信为帝,自号大司马柱天大将军。移檄郡国,国人达10余万。后被王莽击败,被杀,夷灭三族。

⑥越王台:在今浙江绍兴,系后人为缅怀越王勾践卧薪尝胆,复国雪耻而建。此处用其"复国雪耻"之含义。

舟抵万县,有吴姓役婢堕江死,感而书此①

飞轮履险波, 正午热如火。
解衣恣旁薄, 斗觉喧阗夥。②
惊疑起询谘, 金云一婢堕。
年华十四五, 体态素娩娜。③
舟小客积薪, 夜眠嗟不可。
主妇拥高座, 骄矜富而夥。④
役使无停晷, 缓则詈之惰。
精神甚矣惫, 步履苦哉跛。
主妇寻午酣, 婢傍船舷坐。

神昏起睡魔，颠扑任右左。
瞥然力不支，忽尔构奇祸。
如石掷江心，汩没口难哆。⑤
船客皆惊吓，主妇鼻齿瑳。⑥
诸公胡张皇？婢死焉损我。
但糜数十金，重购尤婀娜。
我闻长太息，人类虫同蜾。
胡为作人奴，昕夕被牢锁。
主人悍若箭，奴仆卑似垛。
敲扑固当然，生死且难叵。
奴海惨难言，此婢第么么？⑦
共和虽云建，平等竟未果。
遥望美利坚，呜呼林肯颇！

（原载于《南社丛刻》第六集，1912年）

注释：

① 此诗作于1912年5月。

② 喧阗：亦作"喧填"、"喧嗔"，喧哗，热闹。唐杜甫《盐井》诗："君子慎止足，小人苦喧阗。"夥：多。

③ 媯(guǐ)：女子体态娴静美好。媒：娇媚柔美。

④ 哿(gě)：美，嘉；欢乐。《诗·小雅·正月》："哿矣富人。"

⑤ 哆：张口貌。

⑥ 瑳：玉色鲜白，泛指颜色鲜明洁白。

⑦ 么：排行最末的人。意谓此婢堕江还不是最后一个。

刘 扬

刘扬(1874—?),字香浦,四川酉阳(今属重庆市)人。曾为四川省议员。石青阳于1930年为刻《香湖诗草》,称其诗有革命志气。其身世未详。

丙辰秋,偕石青阳、王子履由渝赴綦江,夜宿界石丝厂,得民国开国纪念钱一枚

秋高月照汉家营, 为国艰难乞救兵。[①]
茧足荒山深处去, 英雄扪髀过南平。[②]
池上蛟龙非偶然, 匣中剑气欲摩天。
汉家新复五铢业,[③]看到山阴一大钱。

(选自《香湖诗草》,1930年刻本)

注释:
①自注云:"时吴光新踞渝,余偕石、王两君到綦江乞黔军。"
②自注云:"綦江,古南平。"
③五铢:五铢钱是我国钱币史上使用时间最长的货币,也是

用重量作为货币单位的钱币。西汉武帝元狩五年(前118年),在中原开始发行五铢钱,从此开启了汉五铢钱的先河。公元25年,光武帝刘秀建立了东汉王朝,直到延武十六年(40年)才重铸五铢钱。

梅际郇

梅际郇(1873—1934),字黍雨,巴县人。早年历主各书院学校,兼为教员。1903 年与杨庶堪等成立"公强会",后加入同盟会。蜀军政府成立,任巴县民事厅长。1916 年起,长期担任四川省立第一甲种商业学校校长。工诗文书法,精通古典文学。著有《巴语雅训》《篆隶决嫌录》《念石斋诗》等。

辛亥除夕感怀九首①

其一

南面居然百里侯,②重儓积皂世悠悠。③
元年一琖屠苏酒,④借尔真消万古愁。

其二

鼃声紫色已穷途,⑤同起南阳始讼租。
我笑刘郎田舍相,作官妒到执金吾。

其三

牵衣趣鼎意何诚,假面公然动列卿。

欲倩弥天木皮子,九衢到处说歪生。

其四
豚珮鸡冠马上姿,⑥黄金难买少年时。
蟠龙阿杜新骄贵,谁赠金钗十二枝。

其五
五色霓旌飐万家,⑦晴云丽日拥高牙。
九宾廷实雍容甚,莫笑公孙井底蛙。

其六
被发缨冠大道扬,糇粮未裹矢斯张。⑧
不嫌蜀地花猪瘦,愿抉脂膏奉竹王。

其七
采药寻师二十年,偶随鸾鹤便升天。⑨
谁知上界足官府,尚忆猪都木客贤。

其八
为探奇胜至深山,荆棘牵衣石渐顽。
一问前程尚千里,贡金谁与铸神奸。

其九
春入枯荄淑气嘉,欣欣便自长权枒。

东风吹白诗人鬓,且看尊前年景花。⑩

(选自梅际郇《念石斋诗》卷四,1936年)

注释:

①组诗序号为编者标。

②古代君王登基之后便向南而坐,位置都是坐北朝南的,称为"南面称王"或"南面称帝"。

③重儓:即"重台",指称奴婢的奴婢。皂:古代贱等人之称。重儓积皂:均指普通平民。

④琖(zhǎn):小杯子。屠苏酒:一种椒酒。过年饮屠苏酒是一种风俗。

⑤鼃声:非雅正的或淫邪的乐曲。鼃,通"蛙"。紫色:古代人认为不是正色(朱是正色),比喻用假的冒充真的。

⑥豚珮:指以野猪獠牙为佩带饰物,以示勇武。

⑦五色霓旌:缀有五色羽毛的旗帜,为古代帝王仪仗之一。亦借指帝王。此处指南京临时政府成立悬挂五色旗。

⑧糇粮:干粮,食粮。

⑨鸾鹤:鸾与鹤。相传为仙人所乘。此处借指神仙。

⑩原注云:"年景花略似秋海棠,立春前开。合川铜梁最多。"

次韵沧白见怀①

星海伏流漕渭川,浊情适异出山泉。

故人乌府辞官后,②问我龟泥曳尾年。③
却怪在镕金跃冶,几曾蕴璞玉生烟。
碧云千里心如结,二月独居花满廛。④

附录原作:

苦忆江州梅仲子,晚来花药慰林泉。⑤
不堪垂暮俱充隐,⑥犹似当时两少年。
亲故凋伤半人鬼,⑦乡园寥落莽烽烟。
劳君约话西窗雨,好为山中办一廛。⑧

(选自梅际郇《念石斋诗》卷四,1936 年)

注释:

① 次韵:依次用所和诗中的韵作诗。也称步韵。世传次韵始于白居易、元稹,称"元和体"。

② 乌府:本为御史府,此借指官府。《汉书·朱博传》:"是时御史府吏舍百余区,井水皆竭;又其府中列柏树,常有野乌数千栖宿其上,晨去暮来,号曰'朝夕乌'。"后因称御史府为"乌府"。

③ 龟泥:《庄子·秋水》:"往矣,吾将曳尾于涂中。"指隐逸生活。

④ 廛(chán):里居房舍,市中存放货物的栈房。

⑤ 仲子:对兄弟中排行为第二者的尊称。花药:即芍药。林泉:指隐居之地。

⑥充隐：冒充隐士，此为谦虚的说法。
⑦原注："时吴梅修卒已逾年,董颂、伯江、岳生均病,偏废。"
⑧西窗雨：唐李商隐《夜雨寄北》诗："何当共剪西窗烛,却话巴山夜雨时。"一廛：古时一夫所居之地。后泛指一块土地、一处居宅。

重柬沧白申归隐之约①

乱朝方以官为饵，斯世真无隐可充。
诗述倦游殊隽异，晚成归计即酬庸。
龙蛇已度圣贤戹，②豺虎让人夷翦功。③
为报嘉陵春涨绿，聊胜京洛软尘红。

（选自梅际郇《念石斋诗》卷四，1936年）

注释：

①柬：信件、名片、帖子等的泛称。
②戹：穷困，灾难。后作"厄"。旧时迷信，认为人有灾难，可以禳除逃过,谓之度厄。《太平广记》卷一引晋葛洪《神仙传·老子》："人生各有厄会，到其时，若易名字，以随元气之变，则可以延年度厄。"
③翦：斩断，除去。夷翦：杀戮。《隋书·刑法志序》："恣兴夷翦，取快情灵……此所谓匹夫私雠，非关国典。"

寿曾吉芝六十诗①

风流石室久消沉,城阙何曾有嗣音。

幸赖菁莪能锡我,②遂教桃李得成阴。

党庠里序皆千古,③寿考作人只一心。

盛事期君能久视,飞鸮终集泮宫林。④

(选自《重庆文史资料》第36辑,政协重庆市委员会文史资料委员会编,1991年)

注释:

①原无题目,编者拟加。曾吉芝(1872—1942):名纪瑞,重庆人。教育家,著名的书法家和诗人。

②莪:植物名。即莪蒿。

③党:古代一种地方基层组织。五家为邻,五邻为里,五百家为党。庠、序:古代的地方学校。

④泮宫:西周诸侯所设大学,后泛指学官。

周君小传①

周君国琛,字际平,巴(县,编者加)人。父邑诸生,雅有时誉。君幼魁桀,任气敢讼,为一乡豪。其人长身若直鳍，黎面炯目，威如也。弱冠学于日本专修体操，归任重庆体育教师者三年。重庆反正，君率民兵环朝天观迫巡道守，令短发归义。以功为蜀军政府守卫团团长。第五师成，改十九团团长。二年。讨袁军起，君以兵溯嘉陵江而上。不旬月，抵顺庆，拔之。熊杨之讨袁也，计兵两路取成都。一循刘备徇蜀故道，君任之；一遵陆向资简，龙灼三任之。君既下顺庆，力战荣隆间，复屡胜。南道诸军，自拔来归者数千人。当是时，赣宁已覆，海内诸散地义军，但倚蜀为为重，君号能军矣。九月，王陵基攻顺庆，君方与支队长范畏予以文书细故不相中，②兵无援应，复陷敌诈计，卒遇敌，不及备，遂弃顺庆跳归。一日夜趋三百里至合川，③无何黔军偪重庆。④五师溃，亡走。至忠，为县知事所获，死之。

梅生曰："善哉，至公之论，顺庆之役也，谓范周果知兵，当直取遂宁。一以联络三台，为张尊声援；一以阻王陵基，使不得深入。时龙军以抵资内，分一旅袭安乐，则王腹背受敌，不降即成禽耳！且张治祥在阆中，顺庆无关形胜，置之可也。二子疏于兵略，徒逞小忿，终致挫衄，⑤以误大业。惜哉！君死三年，弟渊如从石青阳攻张邦本川北有功。所略地，即君当日用兵处也，是亦可以无憾矣！"

（选自《蜀中先烈备征录》卷三，新记启渝公司代印，1923年）

注释：

①周国琛：鹅岭公园内有辛亥革命十先烈纪念碑，共有张培爵、张伯祥、邹杰、淡春谷、梁渡、席成元、张威、罗绳彦、周国琛、程钟汉十先烈。他们都是在1912至1916年在重庆、四川、天津、上海等地发动的讨袁战争中被捕牺牲或病亡的。

②细故：细小而不值得计较的事。

③趠(chuò)：远行。

④偪(bī)：逼迫，威胁。

⑤衂(nǜ)：亦作"衄"，挫折，挫伤，失败。挫衂：挫折，失败。

廖树勋传①

廖树勋，字子亚，洪雅人。清宣统三年九月廿八日，树勋以长寿独立。初，孙先生为中华同盟会章程，孰先举义师，即其地为军政府，以都督领军民事。八月十九日，武昌首义，黎元洪为都督，传檄遍海内。于是，军政府与都督，如芦萌麦喙刺平土，②樊然而四出。③既亦自恶其多且易，④则据孙先生章程，相与争孰先举义。甚且张文告，缪前其月日，以为吾固先他军政府若干日。盖人人乐暴得大名如此。蜀自赵尔农（应为丰，编者注）虐杀士民，民大怨所在。兵起，保路同志会号数十万人至逼会城,数里而军。然无敢据城隍建名字者,其灼然反清而为汉。在四川,惟长寿实先。树勋拳捷,少通轻侠。浪游至重庆,依大侠张树三为客。三介之入同盟会。武昌、夔关、重庆谋响应顾难。巡防军不敢发,则遣谢持就树勋,长寿图先举。盖树勋已为长寿学校体操教师数岁,遍识其桀猾少年。持至,即号召诸客建义旗,成师而出。先下涪,驱兵反逼重庆,时夏之时先以新军至,蜀军政府成立矣。署树勋长寿司令官,令下兵徇夔万。⑤十一月,树勋兵至梁山,巡防管带杨占元,闭门而守,使谓树勋:"吾已附义军,何为涉吾境?"树勋信之,迂道掠城过。至蓼叶河,或说树勋曰:"梁山据吾军后,占元虽言附义军。然其人故巡防,不可信。若畔而拒我,⑥我军不得归矣!"树勋大寤,⑦遽返辔,叩占元壁,近城劣半里,⑧伏兵发。树勋中鎗颠,⑨所携兵十余名骇散。逾年,蜀军政府以兵问梁山杀树勋状。占元遁梁山。人归其尸,已丧元矣!又五月,熊克武至万县,捕得占元,诛之。民国元年葬树勋浮图关侧。

　　论曰:"贪夫徇名,徇名所以徼利。虽纤义微辞。靡不杖之,矧杖孙先生者乎?树勋冒百险于官权横盛之下,事幸成。据约自署都督,宜无责焉?乃旷然以其兵属人受约束,唯谨难矣。"树勋既死,其妾欲往复仇。夜治爆药,成厄箧中。⑩有二小生,窃发视之。遗药屑

箧凹,箧骤合。盖牡蛎药,⑪药大发。二生几死,妾亦伤臂,士论并矜之。

(选自《蜀中先烈备征录》卷二,新记启渝公司代印,1923年)

注释:

①廖树勋:1910年,同盟会员廖树勋在长寿县林庄高等小学任体育教习,组织学生操练军事,11月18日拂晓率四名学生军直奔衙门知县卧室,廖双手各举一枚自制炸弹大喊"缴枪不杀",吓得门卫缴械,知县交印投降,长寿县成为四川最早独立的县之一,有力地支持了重庆起义。廖被推选为总司令。又率众东征梁平,被内奸出卖中弹身亡。长寿人民悲痛不已,召开了追悼大会。后来内奸被革命军抓获处决,祭奠烈士忠魂。

②萌:植物的芽。喙(huì):器物的尖端。

③樊然:纷乱貌。

④恧(nǜ):惭愧。

⑤徇(xùn):巡视,巡行。

⑥畔:通"叛",背叛,叛变。

⑦寤:醒悟,觉醒。

⑧劣:刚。

⑨颠:倒仆。

⑩庀(pǐ):具备,备办。

⑪牡蛎:一种贝类。此指开启贝壳触动引信而爆炸。

吴楚传

吴楚,字曼倩,巴县人。家世业化居,生事微也。少孤,赖母以育。年十七,入重庆中学校。三年,以师范毕业。属童宪章、梅际郇、杨庶堪相继监督是校,三人皆诵说革命,楚遂入中华同盟会。楚为人廉谨,貌白皙腴泽,蹒跚雅步,造次必于儒者。①尤善讲说,每据席敷演,曼声徐论,条绪鬈然。毕业后,为医学校、民立中学校、巴县小学校及体育学校教师,而在体育尤久。同教席者周国琛、王培菁、但懋辛、熊兆飞并寝,馈谋革命。故楚益得恣其说,所讲授者,大率屏夷秽,振汉子,勖学生以事国也!②其后,重庆反正,革命军即由体育学校成列出。论者谓:"楚倡导力尤多。"二年,袁世凯叛民国,东南义军起,号第二次革命。八月,熊克武、杨庶堪以重庆应之。川东北悉下。九月,庶堪署楚东乡县知事。时袁军已渐逼,或风楚:"义军成败不可知,曷少首鼠规利便?"③楚曰:"国人风称工趋避,不肯任事,顾人人如是,义军不俟敌袭而自瓦散矣!且沧白吾师,于我有再三之谊。④虽知不济,安所逃乎?"遂行。东乡,壮县也,胥役尤横,⑤魁桀数十,白役巨千,⑥皆食奸利以活。楚至,痛绳之。并为具条法,定所谓案费

者,⑦民大悦。行之二十七日,而义军败,楚出走。它弃职遁者,多觑善地飏避。⑧楚有母笃老,无藉难远游,则潜归就母所。袁氏所命军重庆者捕得之。十一月某日,坐伪官,⑨死于市。初楚之东乡,以短铳授其远姻某甲,⑩令为卫。洎归,力不能蓄卫者,遣之去。甲故无赖,欲得所假铳,因胁以逃官挟兵图废乱事,扬言将首发之。楚不胜愤,索铳益力,终夺甲铳手中。甲大恚,告密袁军。遂及于祸。楚无子,其友葬之。

论曰:"革命士,多轻健。群居论事,或起立环走。精悍之色,浮溢大宅。楚愔愔闲雅,⑪以昵就寡亲,⑫独扞横网。"石青阳曰:"战与革命,不得以报施命相论,岂其然乎?祸机一作,缘宵人复轻以挑其怒,⑬亦士者之疏也已!"

(选自《蜀中先烈备征录》卷三,新记启渝公司代印,1923年)

注释:

①造次:匆忙、仓促,指急迫。

②孓:剩余。勖(xù):勉励。

③风:通"讽",劝谏,泛指劝说。首鼠:踌躇,迟疑不决。规利便:谋求利益、好处。

④再三之谊:极其深厚的情谊。

⑤胥役:胥吏与差役。

⑥魁桀:指首领人物。白役:旧时官署中的编外差役。

⑦案费:依法案规定所交的费用。

⑧飏:(向上)飞。亦指遁去。
⑨坐:因……而判罪。
⑩铳(chòng):用火药发射弹丸的管形火器。
⑪愔愔:和悦安舒貌。
⑫昵(nì):亲近。
⑬宵人:小人,坏人。

朱庆澜

朱庆澜(1874—1941),字子桥、子樵、紫桥。绍兴钱清秦望村人。父锦堂,游幕山东,为历城县刑名师爷,庆澜生于任所。6岁丧父,14岁丧母,自幼孤贫力学。17岁,为治理黄河河工。后随友赴东北,投东三省总督赵尔巽部下,深受赏识,历任三营统领、凤凰、安东知县,东三省营务处会办,光绪三十三年(1907年)任陆军步队第二标标统。同年入陆军将校研究所,充督练公所参议。

清宣统元年(1909年),赵尔巽调四川总督,随之入川,任四川巡警道,第三十三混成协协统,旋升陆军第十七镇统制,特给陆军副都统衔,他与同盟会员程潜等编练的新军,成为西南主要军事力量。辛亥武昌起义,响应革命,宣布四川独立,被推为四川大汉军政府副都督。后因巡防队索饷哗变及川籍军人反对,不得已离川。

民国三十年一月,积劳成疾,卒于西安灾童教养院。西安各界公葬于长安县杜曲乡东韦村,冯玉祥为之作碑文。

赠张伯苓夫妇五十双寿诗[①]

弹指结褵四十秋,[②]与梅同到几生修。

先生高踞谈经席,俛仰从无内顾忧。

采蘋采藻事蒸尝,[③]佳客入门罗酒浆。

不识宾筵三百对,几人举案似鸿光。[④]

（选自《北洋画报》,1935年第25卷第1201—1250期）

注释：

①张伯苓（1876—1951）：原名寿春,字伯苓。中华民国时期的教育家。1897年毕业后服务于海军,不久离职回天津执教于家馆。1904年,张伯苓赴日考察教育,回国后将家馆改建为私立中学,定名敬业学堂。1907年,在天津城区南部的开洼地,即民间所称"南开",建成新校舍,遂改称南开中学堂,从此声名渐著。1950年5月,从重庆到北京,受到周恩来总理欢迎。1951年2月23日在天津病逝。

②结褵：古代嫁女的一种仪式。女子临嫁,母为之系结佩巾,以示至男家后奉侍舅姑,操持家务。后泛指男女结婚。

③采蘋：《诗经·国风》篇目,为四言诗。诗中描述了女子采摘浮萍、水藻,置办祭祀祖先物品等活动,真实记载了当时女子出嫁前的一种风俗。《〈诗〉小序》谓《采蘋》是赞美"大夫妻能循法度"的诗,故后世以"采蘋""采藻"用作颂扬

妇德的典故。

④举案齐眉:指送饭时把托盘托得跟眉毛一样高。后形容夫妻互相尊敬,是赞美夫妻美满婚姻的专用词。举案齐眉是汉时梁鸿和妻子孟光的故事。出自《后汉书·梁鸿传》:"为人赁舂,每归,妻为具食,不敢于鸿前仰视,举案齐眉。"

蒲 殿 俊

蒲殿俊(1875—1934),字伯英(以字行),又字沚庵,四川广安人。光绪丁酉拔贡、癸卯举人、甲辰进士,授刑部主事,以官费留日,肄业于东京法政大学。宣统元年各省设谘议局,被选为四川省谘议局长。宣统三年,为争川汉铁路商办权,被川督赵尔丰将其与罗纶、张澜等九人扣捕,引发保路风潮,成为辛亥革命导火线。1911 年 10 月"武昌起义"后,在成都成立"大汉四川军政府",自任都督,后因兵变去职。民国元年被选为国会众院议员。反对袁世凯称帝、张勋复辟,曾任段祺瑞内政部次长。后返居渝,鬻字为生。1934 年应友人邀往河北定县办乡村自治,感染伤寒,卒于北京。有《沚庵诗文钞》《壶溪草堂诗钞》传世。

轻舟发宜昌入巴峡

浩荡江天一夜辞,前程鼠入角尖时。①
孤篷睥睨蜗能国,②列嶂餐眠翠不离。
岩树乱于村妇髻,滩声喧过大夫祠。③

清猿候雁俱消歇，徒倚深杯却待谁？

（选自《近代巴蜀诗钞》（下），巴蜀书社，2005 年）

注释：

①角尖：比喻细微。鼠入角尖，指前途黯淡。

②睥睨：眼睛斜着看，形容高傲的样子。蜗：蜗牛。《庄子·则阳》："有国于蜗之左角者，曰触氏；有国于蜗之右角者，曰蛮氏。时相与争地而战……"此处比喻小舟自成天地，有自嘲意。

③大夫祠：屈原祠。位于秭归县东 1.5 公里长江北岸的向家坪，又称清烈公祠，为纪念屈原而建。

八月重庆访梅黍雨，辱赠四诗。归广字，逾重九，山腴成都和诗先至，乃谢客天池山舍，追赋为酬答山腴①

故人话秋雨，意多词不给。
咏叹出以诗，前尘绘历历。
俯仰三十年，俱失双鬓碧。
所得诗独多，输君此其一。
速唱迟为酬，引吭似无力。
林叟千里外，应统乃如镝。
挟我趋亦趋，不许独骙辟。②
群吠乖夙心，孤往成新癖。
岂料嘤嘤鸣，③为苏喑哑疾。

向来拟息交,复此感三益。

(选自《近代巴蜀诗钞》(下),巴蜀书社,2005年)

注释:

①梅黍雨:梅际郇(1873—1934),字黍雨,巴县人。山腴:林思进(1873—1953),字山腴,晚年号清寂翁,四川华阳人,先世自福建长汀入蜀,是民国期间"五老七贤"的"七贤"之一。

②槃辟:盘旋进退。古代行礼时的动作仪态。

③嘤嘤鸣:《诗经·小雅·伐木》:"伐木丁丁,鸟鸣嘤嘤,嘤其鸣矣,求其友声。"

和南山吟(八首选三)

李瘿僧、卢子鹤居停巴县水南老君洞观,邹建侯用王贻上水绘园修禊八首韵为南山吟贻之,事端既启,唱酬遂盛。子鹤拳拳此遇,要余必和其诗。巴县入夏真非善地,城中比屋如焚,趋避不遑,诗于何有?且余为诗,方主破弃一切韵书,取谐口读。以他人成句相拘挛,宁复可受?顾念吾数人多年而聚,聚又将别,昔人有为朋友屈节者,吾诗一时迁就渔洋,不犹胜于康对山以书干刘瑾耶?特矫揉饾饤,不当复以诗论耳。

市人万口蛙阁阁，故人到眼星落落。

吟声忽出汗雨中，意外炎洲拳杜若。①

入尘不浅山不深，遭逢往往疑绿林。

避诗如寇竟难免，天籁吾惭田水音。

朱门煮鸭肥如壶，山田菜尽草不芜。

贫国所富惟妖异，地灶无烟天有厨。

却怜旱魃来何暮，捷足早据要津住。

满地香山东府材，税吏不收谁拾去。

渡头野浴酣水嫛，②去山亭午鸡争啼。

城闉一步变心境，幽梦碎如遭拳捶。

宏羊能使天不雨，③宁成或疑虎所乳。④

官祠禳旱赦鸡豚，祠外暴尸如败鼓。⑤

（选自《近代巴蜀诗钞》（下），巴蜀书社，2005年）

注释：

① 杜若：一种植物，别称地藕、竹叶莲、山竹壳菜，常生于山谷林下。古人认为它是"香草"的代表。

② 嫛（yī）：喜悦。

③ 宏羊：指桑弘羊（前152—前80），汉武帝时大臣。实行均输法、盐铁专卖等政策。反对者认为其系苛政，值久旱不雨，乃言"烹弘羊，天乃雨"，要求严惩之。此处借指残酷剥削人民的官吏。

④ 宁成：西汉酷吏，南阳穰人。贪暴残酷，人云"宁见乳虎，

无直宁成之怒"。

⑤暴尸：古代的一种酷刑。为惩罚死者生前的行为，将其尸体暴露在公共场所，未经许可不得收殓。败：破旧。败鼓，即破鼓。

白坚送五月菊

远志与小草，同物异其名。
微箕与夷齐，一身忽可并。①
翻覆极玄黄，随转固物情。
历历秋菊疎，②遂竞夏槿荣。
或言此非菊，冒窃与时迎。
枝叶跗萼华，刻儗何分明。③
门兰本在谷，隰芝时苗槛。
阮族有独富，齐战有先鸣。④
焉知东篱种，必坚霜霰盟。
迟著各所甘，万趣非一衡。
礼乐期百年，固哉鲁两生。⑤
我屋受西日，处欝出畏炎。
忽枉隐逸花，犯热来不嫌。
助我饮水乐，勖我餐英廉。
代我镇心瓜，赠意深可砚。⑥

所惜如火茶，黄白色不兼。⑦

不然暴富象，一一生曝檐。

暴富亦何常，倘来受或谦。

石电终变灭，念极意复恬。

去冬裹棉袄，战胜北风铦。⑧

矧兹朱明燠，适体费则纤。⑨

排日就菊饮，延伫及秋蟾。⑩

物色实畏人，安用披裘严？⑪

白衣固所望，典贳亦无惬。⑫

南皮谢瓜李，瘦影方垂帘。⑬

（选自《庸言》，1914年第2卷第6期）

注释：

①夷齐：《史记·伯夷列传》："伯夷、叔齐，孤竹君之二子也。武王已平殷乱，天下宗周，而伯夷、叔齐耻之，义不食周粟，饿死于首阳山。"

②疎：同"疏"。

③跗：同"柎"，物体的足部。儗：比拟。

④先鸣：先于他人欢呼胜利。《左传·襄公二十一年》："平阴之役，先二子鸣。"晋杜预注："十八年，晋伐齐，及平阴。州绰获殖绰、郭最。故自比于鸡，斗胜而先鸣。"

⑤鲁两生：鲁地两位墨守成规的儒生。汉初，叔孙通为刘邦定朝仪，使征鲁地诸生三十余人，有两生不肯行，谓叔孙通所为不合于古。叔孙通笑其为真鄙儒，不知时变。后

以"鲁两生"喻指熟谙礼乐典籍而不知权变的人。
⑥觇(chān):观看,观察。
⑦原注云:"花皆深红,无黄白者。"
⑧铦(xiān):锋利。此指北风凛冽。
⑨矧(shěn):况且,何况。燠(yù):暖,热。费:耗费。纤:细小,微细。
⑩延伫:引颈企立。形容盼望之切。
⑪严:严实。
⑫典:抵押,典当。贳:借贷。
⑬南皮:似指张之洞。张之洞(1837—1909),号香涛,字孝达,别号壶公,又号香岩居士、无竟居士、抱冰老人。族系南皮"东门张",居双庙村。溥仪称帝后,摄政王载沣一意扶植"少壮贵胄集团",清廷统治基础大为缩小。张之洞深知这样势必危及清朝统治根本,反复抗争,终因"孤掌难鸣,不得已而萌退志"。在弥留之际,留下遗折,再次强调"满汉一体",为挽救清王朝作了最后努力。瓜李:瓜田李下。比喻处在嫌疑的地位。

范 天 烈

范天烈(1875—1943),字绍先,别号颐园,永川人。年十四补博士子员,27岁领壬寅乡荐,两试春闱不售。曾游幕黑龙江。入民国,历知蜀中县事,始梓潼,终营山,两任成都,凡十四县。有遗著《颐园诗稿》。

疫鬼歌①

天灾流行古所有,　未闻蔓延如斯久。
更甚水火与刀兵,　死亡枕藉十有九。
健者某公奏调来,　自夸医道擅奇才。
连帅闻之色然喜,　遂令幕府相追陪。
某公防疫术甚怪,　石膏四两到处卖。
是疫非疫準此医,　欠负多少冤鬼债。
冤鬼积愤气填膺,　群排阊阖叩天阍。
泣诉某公防疫事,　杀人如草不闻声。
天帝闻之赫然怒,　区区冤鬼奚足数。
更添十万疫鬼兵,　大江南北任分布。

鬼兵领旨胆更壮，左右疫鬼相依傍。
冤鬼望之不敢前，尽谋归顺免诛丧。
新鬼故鬼合为群，每日愈多陈死人。
彼疆此界均不分，责言渐起东西邻。
某公亦知术将败，急合鬼谋寻替代。
更分数路扰关东，先取滨江道以外。
沿途里胁鬼更多，一夜飞度大凌河。②
辽阳沈阳鬼声起，津门京华鬼婆娑。
自从某公散鬼去，到处辟成殖鬼地。
胶胶扰扰走中原，增出无数瘴疠气。
左及青岛右成山，防疫遮断胶州湾。
磋磨挫折生且死，何况益以饥与寒。
吁嗟生民何不幸，关外隆冬增劫运。
大雪元日三尺深，置酒争为某公庆。
某公高兴前致觞，诸事都叨疫鬼光。
杀人数万始竣事，可见保案真不易！

(选自《颐园诗稿》,刘麟生宣阁,1984 年)

注释：

① 疫鬼：散布瘟疫的鬼神。古代迷信，以为瘟疫有鬼神在主宰。汉王充《论衡·订鬼》："《礼》曰：颛顼氏有三子，生而亡去为疫鬼。"

② 大凌河：大凌河位于辽宁省西部，是辽宁省西部最大的河流。

光绪甲辰七月道梁山留别孙同年馥棠

闻说辽东尚未安,登楼北望泪阑干。
请缨不易降王得,投笔方知出塞难。①
掷去头颅谁叹息,劝来杯酒强忻欢。
中原有事当相避,②乃祖兵书卷卷看。

(选自《颐园诗稿》,刘麟生宣阁,1984年)

注释:

①自注云:"吾蜀人士慷慨从军颇多,而绩功保举卒少。"
②自注云:"用刘琨对祖逖语。"

张 培 爵

　　张培爵(1876—1915),字列五,号智涵,别署志韩,荣昌县人。1903 年入四川省城高等学堂优级师范科,1906 年加入同盟会,次年与熊克武等联络新军与会党,共谋江安、泸州、成都起义,均失败。1908 年在川南发动起义失败,至重庆任中学堂学监,继续从事革命活动。辛亥革命爆发,与杨庶堪等于 11 月 22 日宣布独立,成立重庆蜀军政府,任都督。成渝两政府合并后,任副都督,改民政长。袁世凯任临时大总统,调任总统府顾问官。"二次革命"爆发,潜至上海,资助黄兴取南京,事败避居天津租界。1914 年与海外同志谋划再举,次年被袁杀于天津。1916 年 6 月,其遗骨运回荣昌县荣隆场野鸭塘安葬。1935 年国民政府明令公葬。1944 年 7 月,由国民党中央执委会决定修建的"张烈士培爵纪念碑"在重庆炮台街(今重庆市沧白路)竣工落成,以纪念张培爵为建立民国立下的功绩。

张培爵与李宗吾书[①]

宗吾先生足下:

　　得五月手书,历叙故乡状况,并侪辈别后起居,俾

我闻所未闻,私心幸喜,岂言可说?开国以还,学校几无良师友,足下偕绂青、治华诸兄屈为造就,吾蜀后起多贤,皆食诸君子之赐也。绪初退求童蒙,藉以涉猎往事,超脱尘网,颇得处今世之道。秋华怨多而贫,其不能如郭习幸免,势所必至!某君一经风浪,何遽颓萎若此?同学时曾论其人不能耐失意事,于今见矣!克绳善病,今犹存亡莫卜,果不永年,同学弱一个矣!②不可叹邪?粟、卫、刘、李、蒋、韩,或成或渝,分任教育,洵为得所。③树东能一官至今,出吾望外,其应时之术,殆进欤?仲锡隐身剧部,或以歌曲宣泄其不平之气,④贤者不得志于时,大抵然也!言之令人郁悒。绂、培、屺少数子,年来放浪于酒,固谓借浇块垒,⑤究与祈死者何异?况绂子酒后狂骂,甚易招尤,又何必袭此等名士习气也!事会之来,岂有终极?此身摧丧,悔何可追?还望足下忠告之。绂等酒费虽耗至八百余元之多,以视某报论不肖花酒费则细甚。醇酒妇人,不肖诚爱之慕之。尝以规规于俗,未得一行其志为憾。乃亦获此盛名!孟子曰:"有不虞之誉。"⑥谅哉!至询及不肖中日文语云云,则以告者过也。不肖离群后,窃见世途险巇,⑦逾于泰孟,⑧又贪读高士传,妄欲摹拟其为人,乃觅庐津门,命仆执烹调,供洒扫,已则更易名字,蜷伏其间,静极时浏览书史;闷极时倾倒酒杯。时或仆人问字,则强为告以识字之法,如冬烘先生状。⑨设或倭馆旧居停，⑩携其子女来，则又必强操倭音，与谈其国之逸事，连连绵绵，类家人絮语。且喜着和服，与之往来，见者率谓为能，其实不过小小应酬，可无须舌人而已。⑪而古文更何敢冒"烂熟"之嘉许也！⑫三月前，虑生计艰窘，又偕仆亲操识袜事，殊有效。将来举家力此，尚可自食，幸勿为念。唯报销案，川吏不亮，驳指万五千元，呈辨中央，仍不见亮，因公受累，不图如是之巨，彼辈告偿，从何措办？是则可忧者耳！小儿留学费，本年已汇去，后此正不知若何？官债莫偿，私债又逼，复不肯伈伈伣伣，⑬乞怜于心性背驰之人。来日大难，念之危竦！故人爱我，何以教之？临书不罄百一，唯□夏自爱。

智涵再拜
七月一日（民国二年）
（选自《书简杂志》，1946年第2期）

注释：

① 李宗吾（1879—1943），四川富顺自流井（今四川自贡市自流井）人，其早年加入同盟会，长期从事教育工作，系四川大学教授，历任中学校长、省议员、省长署教育厅副厅长及省督学等职。中国近现代著名的思想家、教育家、革命家，畅销书小说作者，他曾撰写了轰动一时的《厚黑学》。

② 弱：丧失，失去。

③洵：诚然，实在。
④洩：同"泄"。
⑤块垒：比喻胸中郁结的愁闷或气愤。
⑥不虞：意料不到。
⑦险巇：崎岖险恶。
⑧逾于泰孟：朝秦暮楚的恶人比陈朝的泰孟还要糟糕。泰孟：陈朝的官吏，当隋朝大军攻陈之时，泰孟不作抵抗，将所掌控的州县尽献隋军。
⑨冬烘先生：指昏庸浅陋的知识分子。
⑩居停：为"居停主人"的简称。指寄居处的主人。
⑪舌人：古代的翻译官。
⑫胃：此处似应为"谓"。
⑬伈伈：恐惧貌。俔俔：怯懦貌。

张培爵烈士遗书
——与廖绪初①

绪初先生足下：

别后事复，不知从何说起！去秋来又未审起居，公潜书虽略道梗概，卒未详其底里；自得宗吾书，乃稔吾贤伏处乡间，摈除尘杂，入则家人聚首，出则偕十数童蒙讲道论学。当此天下嚣然，而吾故人所尚若此，雅自可敬！独憾不肖退处后，浮沉南北，无善足言，栖迟至今，②相依者唯一解甲顽兵；往来者不过二三异国男女,已自了无生趣!而外观诸世,内省诸群,又复日趋于下,且视人心陷溺,胜于亡清,愿景傍徨,几不知税驾之所,而长来更日月益促,纲纪匪易,飞光忽逝,每一念及,忧何可支!所差足慰者,不肖秉性虽麤,略识庄生安时处顺苦乐不入之道,③加以年来涉猎中外往事,用证吾辈所经,与夫国情逐年之变态,④深信大地有史以来,皆作如是观。以是之故,任外界形形色色,纠错相纷,素志固犹迥然也。唯块然独处,⑤日及聩聋,侪辈非无启我者,徒以不察时宜,又昧条理,虽难力止,未敢强同。持此不变,此身直一蠢物耳。为之奈何!吾贤识素通朗,近复沉观,振聋发聩,必有伟略,幸明以告我,再君我儿女子事,自戎政倥偬,遂未提起,别来又两更岁序矣。似不可以再默不肖,拟商请宋吾民新为介绍人参酌近日定婚式,彼此换易,恳允书及戒指为证,它均不须,盖如此则简便而郑重,且小异于流俗人也,尊意然不?复宋吾一书,阅后望为转去,其来书在五月念四日,其时不肖适入乡研究袜业归,又以报销案赴都,迟迟作答,虑其暑休于家也,报销良恼人,贤者亦为我策之。比日前代遗老,都肯出山,国旗亦议改定,将来政况,必大有大观,只是天灾人患,生生不已,甚将遍于国中,岂苍苍者,⑥尚未悔祸邪?言之慨然!良觌莫繇,⑦

临纸怅惘,溽暑,⑧万维顺时珍摄。不尽!

智涵上言

七月一日(民国二年)

(海辑)

(选自《张列五先生手札》,成都球新印刷厂代印)

注释:

① 廖绪初:字世楷,从学于自井炳文书院,卢翊庭先生之门。同学者有雷铁厓、雷民新昆季、张荔丹、李小亭、王检恒、谢伟俯、曾圣瞻等。癸卯冬,肄业于四川高等学堂。光绪三十四年下期及宣统元年之交,任富顺县视学。宣统元年下期,君奉命任叙州府中学堂监督。所聘教职员,有杨泽溥、谢绥青、张列五、张夷白、卢锡卿、刘长述、杨西园、胡八俊诸人。其时之学生,有刘明藻、冈次元、严鼎成、刘质文诸人。

② 栖迟:亦作"栖遅""栖遟""栖犀",指游息。

③ 不人:谓视人若己,不分人我。语出《庄子·庚桑楚》:"至礼有不人,至义不物。"郭象注:"不人者,视人若己。视人若己则不相辞谢,斯乃礼之至也。"

④ 变态:指事物的情状发生变化。

⑤ 块然:孤独貌,独处貌。

⑥ 苍苍:指悠悠苍天。

⑦ 良:长,久。觌(dí):观察,察看。繇:通"由"。自,从。

⑧ 溽暑:指盛夏气候潮湿闷热。

温 朝 钟

温朝钟(1877—1911),字镜澄,或静澄。别号温而理、孔保华、恍惚道人。黔江人,土家族。青年时期参加同盟会,广结革命志士,于1910年在黔江发动了震撼川东南的"庚戌起义",一度攻占黔江县城,后被清军包围,壮烈牺牲。其诗文作品大多散佚。

途中偶占[①]

瀛海劫灰欲化尘,[②]神州狮睡孰为春?[③]
龙将离沼云先起, 虎未啸林风已生。
尼父尚轻亡国虏,[④]汉儿甘作醉乡民![⑤]
皇天有命诛残暴,[⑥]谁是攀鳞附翼人?[⑦]

(选自《川东南民族资料汇编·文艺·土家族文人作品第一集》)

注释:

①庚戌年(1910年),全国革命形势迅速发展,温朝钟奔赴四川江津、永川(今属重庆市)等地,访同盟会战友,途中口占此诗。

②瀛海:大海。劫灰:劫火的余灰,此指战乱毁坏后的残迹。
③狮睡:狮子沉睡。用以比喻未觉醒的旧中国。
④尼父:亦称"尼甫"。对孔子的尊称。孔子字仲尼,故称。
⑤醉乡:醉酒后神志不清的境界。
⑥残暴:凶恶者。
⑦攀鳞附翼:又作"攀鳞附凤",比喻依附权势以成功名。

酬王克明①

世界昏沉不计年,风毛雨雪尽烽烟。

谁能逐鹿行千里?② 我欲屠龙下九渊。

提起寰球烘白日,掀翻苍海洗青天。

拼将一著成孤注,免得情丝恨缕牵!

(选自《川东南民族资料汇编·文艺·土家族文人作品第一集》)

注释:

①王克明:温朝钟同乡好友,同盟会员,曾与温朝钟一道发动庚戌起义。

②逐鹿:喻争夺统治权。《史记·淮阴侯列传》:"秦失其鹿,天下共逐之,于是高材疾足者先得焉。"南朝宋裴骃《集解》引张晏曰:"以鹿喻帝位也。"

向　楚

　　向楚（1877—1961），字先侨，一作先樵，亦作仙樵，号皴翁，巴县人。早年从师于东什书院山长赵熙。1902年中举，曾任清内阁中书。并先后在泸州、广东、重庆、叙永等地任教。1906年加入同盟会重庆支部，投身反清革命活动。1911年蜀军政府成立，任秘书院院长、重庆镇政府秘书厅厅长。"二次革命"时，任四川讨袁军总司令部民政厅总务处处长兼参议及秘书。1913年"二次革命"失败后逃亡上海。1914年，在上海参与策动"肇和"兵舰起义。1915年加入中华革命党。1917年任广东护法军政府大元帅府秘书。次年返川，被孙中山任命为四川省财务厅厅长。后任大元帅府秘书。向楚文史功底深厚，曾被孙中山誉为一代"儒商"。1926年，向被巴县政府聘为《巴县志》总纂，历经两年多，编成享有盛誉的民国《巴县志》。1937年，重返四川大学任文学院院长。解放后，为民革中央委员，并先后被选为四川省人民代表、省政协委员。1952年调任四川省文史研究馆副馆长。

辛酉腊尽奉香宋诗柬感赋

旧梦燕山孔鲋书,^①廿年身世竟何如。

磨牛寸步皆陈迹, 枥马长途有笨车。

庾信文章伤乱后,^②向平婚嫁累人初。^③

诗来字字宣南感, 愿就峨眉一卜居。

(选自《近代巴蜀诗钞》(下),巴蜀书社,2005年)

注释:

① 孔鲋:秦末儒生。孔子后裔,居于魏国。秦相李斯始议焚书之事,孔鲋听说后,收其家中《论语》《孝经》《尚书》等书,藏于祖堂旧壁中,自隐于嵩山,教授弟子百余人。陈胜领导农民起义,他也从军反秦,为博士。旧传《孔丛子》为他所作,实出后人伪托。最后在与秦将章邯的战斗中战死。

② 庾信(513—581):字子山,小字兰成。南阳新野(今属河南)人。梁为西魏所灭,庾信与王褒不得回南方。所以,庾信一方面身居显贵,被尊为文坛宗师,受皇帝礼遇,与诸王结布衣之交,一方面又深切思念故国乡土,为自己身仕敌国而羞愧,因不得自由而怨愤。

③ 向平:东汉高士向长字子平,隐居不仕,子女婚嫁既毕,遂漫游五岳名山,后不知所终。见《后汉书·逸民传·向长》。后以"向平"为子女嫁娶既毕者之典。

题铁血斑斓图①

青天霹雳血花寒，猛虎声中藜藿干。②
博浪沙头期海客，③要离家畔买青山。④
驰驱许国无双士，忧乐关人十九年。
成败死生今已矣，相看一念一心酸。

（选自《空石居诗存》卷二，四川大学出版社，1988年）

注释：

① 此图为悼念辛亥革命烈士彭家珍等作。
② 藜藿：两种植物，青翠时可食用，干枯时不能食用。常有"猛虎居深山，藜藿无人采"的诗文。"猛虎声中藜藿干"比喻烈士威名能震慑敌人。
③ 博浪：秦灭韩后，韩国贵族后裔张良雇力士于博浪沙椎击秦始皇。博浪沙在今河南原阳县东。
④ 要离：要离刺杀公子庆忌，坟墓在苏州胥门内梵门桥西城脚下的马婆墩。

题张列五诫子手卷

草草中华造国初，

佳儿还读蟹行书。①

而今手泽都灰烬，

犹剩堂堂诫子书。

(选自《近代巴蜀诗钞》(下)，巴蜀书社，2005年)

注释：

①蟹行书：即蟹行文。旧称欧美等国横写的拉丁语系的文字。

张列五先生家书遗墨映书属题①

屠龙长技付飘风，②零落家书三两封。

留与后人亲手泽，书生毕竟是英雄。

(选自《空石居诗存》卷二，四川大学出版社，1988年)

注释：

①张列五即张培爵烈士，其女映书成都师范大学毕业，前四川临时参议会议员，国民大会代表，解放后任四川文史馆研究员。

②屠龙：该词源出《庄子·列御寇》："朱泙漫学屠龙于支离益，单(通'殚')千金之家(家产)。三年技成，而无所用其巧(技巧)。"

大江东去

甲子九月望日,为夏亮工之时辛亥龙泉驿首义纪念,约聚摄影。

人心思汉,看青山一发,苍头特起。孟胜有徒三百个,豪杰驱除难耳。螳斧当车,虫沙化劫,怕见恒河水。①黄花依旧,笔人清瘦如此。

最苦多难余生,年年今日,过去如弹指。煦沫江湖同此聚,②焉用屠龙长技。玉垒浮云,③花潭小样,④往事凭谁记。纷纷成败,诸君自此休矣。

(选自《国立四川大学季刊》,1935年第1期)

注释:

①螳斧:螳螂的前臂。恒河:佛教术语,指大河、大水。
②煦沫:谓用唾沫互相润湿,比喻互相救助于困境中。
③玉垒:山名,在今四川省都江堰市西。杜甫《登楼》:"锦江春色来天地,玉垒浮云变古今。"
④花潭:似指桃花潭,李白《赠汪伦》:"李白乘舟将欲行,忽闻岸上踏歌声。桃花潭水深千尺,不及汪伦送我情。"

过金陵

天涯何处著行縢,①
咫尺江南又绿塍。②
六代铅华谢无语,③
枇杷初熟过金陵。

(选自《学衡》,1923年第15期)

注释:

①行縢:即绑腿。以布条裹胫,便于走路。
②塍:通"塝",田埂、畦田之意。
③六代:南北朝历史上,吴、东晋、宋、齐、梁、陈六个以南京为国都的朝代。

蚕背梁①

石骨千年蜕茧迟,②
红蚕春老渡江时。
世人无限风波苦,
食尽沧桑总不知。

(选自《学衡》,1923年第15期)

注释：

①蚕背梁：在丰都川江航道上。由于此梁似天蚕纵卧江心翘首迎流，后人以讹传讹，渐渐以形象的"蚕背梁"取代了"镌碑梁"这个名字。蚕背梁古亦称"海船滩"。

②石骨：坚硬的岩石。

宋玉宅

湘楚何年更闭关，
巢痕如寄耐秋寒。
萧条异代三朝记，①
蕉萃江南庾子山。②

（选自《学衡》，1923年第15期）

注释：

①三朝记：庾信先仕梁代，后被迫留仕西魏。北周代魏后，又仕北周，不得回南。历任三朝。

②蕉萃：同"憔悴"，形貌枯槁貌。庾子山：庾信（513—581），字子山，南阳新野人。八世祖庾滔随晋室南渡，官至散骑常侍，遂徙家江陵。庾信的父辈，兄弟三人，都有文名。

陈英士先生哀辞①

天挺雄秀，浙江之水，知与不知，曰陈其美。
辛亥之秋，公乃崛起，提兵犯库，抵冒万死。
遂领沪军，负海而垒，南方一壁，以有吾子。
曰军曰民，中外之市，小大万殊，待公而理。
一脊四肩，两臂百指，诽誉迭来，②不置怒喜。
民国既立，公请解兵，勇退示让，群喙歇声。
加命大农，公辞不行，息影观变，凡我同盟。
不操利权，不务荣名，日杲星槃，瞮然光明。③
阁命颠倾，元恶朕露，④暴之国人，不稍讳护。
血造民权，一朝改步，越法贷币，⑤盗杀宋父。
公挈沪军，再起再仆，百折千回，誓不反顾。
浮海走辽，凶问讹布，乃接孙公，追惟过去。
成事百端，铸此大错，重召党徒，锐身楮助。⑥
举国外内，动以万数，五九之辱，⑦公书四驰。
与黄抗论，大放厥辞，成败顿利，亡羊补篱。
曰辛曰癸，悔何可追，外辱方艰，起筹安会。
群逆扇氛，改元称帝，公于是时，再接再厉。
谋运万方，经月隔岁，病不及疗，劳不得憩。
先众讨贼，屡兴义旂，⑧大江之南，首数公最。

护国军起,民气怒张,曰滇黔粤,而蜀而湘。
首忌公者,公孙子阳,阴买刺客,觇司公旁。⑨
造作蜚语,谓公死亡,竟遭狙击,遽为国殇。
茕茕二孤,⑩有亲在堂,夫人生离,乃闻君丧。
往诋公者,谓公淫荒,又曰黩货,充乃私囊。
累累谤书,万口雌黄,牺牲令名,随人中伤。
公举肇和,相要一面,杨子先容,不遗鄙贱。⑪
握手大骊,⑫开怀谈谳,感时发愤,以掌抵案。
伟略雄才,其词侃侃,推襟送抱,诲我不倦。
沉毅有为,敢花好战,天下英雄,公乃其选。
知公此去,百无留恋,所不瞑者,国基未奠。
前途之责,踵起之彦,民贼诛夷,公不及见。
哀我鲜民,谁其慰荐,哭之此辞,以当吊唁。

(选自《国立四川大学季刊》,1935年第1期)

注释:

① 陈英士:陈其美(1878—1916),汉族,字英士,浙江吴兴人。近代民主革命志士,青帮代表人物,于辛亥革命初期与黄兴同为孙中山的左右股肱。1916年5月18日,受袁世凯指使的张宗昌派出程国瑞,假借签约援助讨袁经费,于日本人上田纯三郎寓所中将陈其美当场枪杀。陈其美遇刺后,孙中山高度赞扬陈英士是"革命首功之臣"。

② 诽:诽谤。

③ 皭然:洁白貌。

④元恶:大恶之人,首恶。朕:征兆,迹象。
⑤帑(tǎng):亦作"伝",财帛。
⑥榰(zhī):支撑。
⑦五九之辱:指1915年5月9日,袁世凯签字接受丧权辱国的"二十一条"。
⑧斾(pèi):亦作斾。指军旗。
⑨挐(ná):窥伺。司:通"伺"。
⑩茕茕:孤零貌。
⑪鄙贱:谦词,见识浅薄,地位低下。《史记·廉颇蔺相如列传》:"鄙贱之人,不知将军宽之至此也。"
⑫驩:通"欢"。高兴,快乐。

绝句五首①
——纪念辛亥五十周年

其一

星火燎原起路潮,辽东王气黯然消。②
满洲三百年天下,如此江山付浪淘。

其二

蜀军文献手亲编,埋血黄花骨已寒。③
开国英雄应时势,弁言谁写大同篇。④

其三

豪杰驱除难一场,那容洪宪蒋家帮。

偏安更比筹安难,历史车轮亦太忙。

其四

师俄不顾窜台湾,玷辱同盟旧党贤。

五十年如驹过隙,还留老眼看今天。

其五

开道骅骝首揭竿,谁追马列著先鞭。

中华革命殊今昔,更觉前贤让后贤。

(选自《重庆文史资料》第36辑)

注释:

①原无标题,编者拟加。

②辽东:清王朝的发祥地。王气黯然消:指清朝即将灭亡。语出刘禹锡《金陵怀古》:"王濬楼船下益州,金陵王气黯然收。"

③黄花:指黄花岗起义:1911年4月27日下午5时30分,黄兴率120余名敢死队员直扑两广总督署,发动了同盟会的第十次武装起义——广州起义。起义失败后,72位烈士的遗骸由潘达微等出面收葬于广州东郊红花岗。潘达微把红花岗改名为黄花岗,这次起义因而被称为"黄花岗起义"。

④弁言:前言,序文。因冠于前,故名。

四川辛亥之役

　　四川革命,萌芽于清光绪甲午(1895年)以后。乙巳(1905年)七月,中山先生在日本,同盟会初成立,黄金鳌首奉派回川,联络会党。丙午(1906年)复派黄复生、熊克武等先后返国,发展同盟会员,四川革命党人,因此兴起。

　　成都丁未(1907年)之败,党员中有告密者。在省同盟会员决议,以会员品类流杂,稍分居者行者为两组。居者专一学术,团结忠实党员为中坚;行者和附起义效奔走,非要事不相闻。延致党员尤矜慎。以东珠市街第二学堂为干部,别营校场于西安,为西南秘密机关,以谢持、邹杰、李一夫主之,当时党人所称实业团也。不二三年而党人日集。

　　辛亥(1911年)春,立宪党人首攻巡警道周肇祥。争路事起,宪政党人方执条文,以法律相抗争,所持者为国有民有二端,而非有志于革命也。川中党人惩三月广州革命,以无人民响应致挫败,思乘机再起,和附争路,鼓动民气益激昂,日推月大,遍于全川。

　　五月,成都成立四川保路同志会,各州县先后立协会。朱之洪、刘声元自川东至,曹笃、方潮珍、刘裕光、王殿等数十人讼言推动之。笃并阴结附省各县诸党人,温江李树勋,郫县张尊,新津邓子完,崇(庆州)、温(江)间哥老会倾向革命者数百人,各集中待命,密书报省党人朱之洪、邓声元等为之斡运。

清廷严旨镇乱。乃议召股东大会,扩组民众大会。时法律学校、叙属中学、第二学堂诸加盟学生,集六百余人,受刘继旭指挥,杂入民众中,于是民众大会颇一致。七月,即依大会决议,全川罢市罢课,以抗政府,继并声言,从此不纳赋,不出杂捐,抵股息。总督赵尔丰命司道县官解慰开市,不听。

七月四日,荣县党人王天杰即耸动县人罢市罢课,止纳赋捐,接收征收局。率民军训练所学生百余人,拘留县局委员。二十三日,天杰以总团长就五保镇号召民团千余人,枪数百挺,托名保路,布告起义。兵入城,居民多逃避,饷需无出。天杰父国平誓于众曰:"饷不济,愿竭家财充之。"

时县人朱国琛在成都,亦撰《自保商榷书》,散布铁路公司会场,时开股东会,与会者数百人。赵尔丰得书,视其词妄,疑咨议局议长蒲殿俊等所为,遂于十五日捕蒲殿俊、罗纶等九人,指为反逆,诡词入告。川人闻警,书木版为景皇帝牌位,各播香顶礼,环跪总督衙门。痛哭为罗纶等请命,营务处田征葵挥兵开枪击之,毙数十人。众仍不解,征葵复命防军燃大炮轰之,成都

知府于宗渔大哭,以身障炮,得免。而巡防军驰逐路民,践踏伤夷者不可胜计。逾日,城外居民复纷纷裹白巾,冒雨奔城下乞情。征葵复命开枪击之,死者又数十人。自是西南附省数十州县,更迭起民团,赴省营救。防军与战,颇杀伤。革命党人遂结合同志军哀号起矣!

曹笃于蒲罗等被捕日跳走南门,与朱国琛等就农事试验场裁木版,大书"赵尔丰先捕蒲罗,后剿四川,各地同志,速起自救自保"二十一字,于夜分投江中,乘秋涨顺流,不一日几传遍川西南。当时土人惊曰:"水电报"也!笃即驰赴川西各县,阴为布置,并派刘裕光走乐(山)、井(研)、仁(寿)、富(顺)、荣(县)、威(远)各县,密促诸党人发难。党人向迪璋自双流闻耗,亦联合哥老会首领及王辅权等,征公口,出枪械,募捐备请愿,救蒲罗诸人,团结同志会。先集红牌楼,不一二日,同志军达双流者逾六千人,环邻八县皆景从。巡防军分三路包围同志军,驻军管带邝某,密告迪璋为南路首要。迪璋乃潜赴川西南各县,促哥老会响应,以抗防军,树声势。于是同志军纷纷起,温江则李树勋、冯时雨,邓州则周鸿勋,郫县则张尊、杨靖中,仁寿则邱志云、秦载赓,井研则陈孔白、姚孔卓,荣县则王天杰、李晃父、范华阶、范受生,屏山则李燮昌,乐山则罗福田,荥经则罗日增,青神则赵南浦、余子静,资中则周星五。其他哥老会首领,新津侯邦富、杨俊巨,崇庆周朴斋,灌县姚宝珊,双流林某,温江吴庆熙、孙泽沛,井研邓大兴,乐山钟明亮、刘清泉、胡朗和,青神漆培基,犍为胡重义、朱勉交,仁寿王子哲,威远杨少南,眉山赵子和等同时蜂起。多者数千人,少者亦数百人,向成都出发,民气一动而不可复静。

七月十七日,同志军与防军战于红牌楼。清军将校姜登选、方声涛、程潜、张次方、陈锦江皆革命党人,各领兵督战,命前锋取自卫,勿得辄伤平民。登选率炮兵,当攻新军时,施花炮数百发,皆阴取去信管,佯相持不下。声涛为东路指挥,兵抵秦皇寺,不进,乃自诡曰:"敌重我寡也。"诸路同志军不甚知彼己,以为清军劣无能,不足畏,而士气反益壮。八月中旬,陈锦江领兵一连抵温崇间三渡水,与李树勋、冯时雨兵遇,率全军反正。周朴斋、孙泽沛、吴庆熙诸部,素昧革命大义,以锦江官兵也,乃仇敌,集众围之,树勋、时雨力阻不从,遂戕锦江,悉杀全连兵,并戮时雨家属。姜登选闻报,震怒,以同志军愚而暴,立挥所部兵攻新津,不半日城陷。方潮珍在青神指挥民军,既得耗,火即移书姜、方,与之约,登选兵至新津,声涛兵至籍田铺,皆请停止前进,俾川南党人得以民军力取数十州县为根据,即易帜共义,今日且善视川西同志也。方、姜如其言。笃与潮珍等既筹划,侠旬间而彭(山)、眉(山)、青(神)、井(研)、仁(寿)、邓(睐)、名(山)、洪(雅)、夹(江)、荣

(县)、威(远)十余州县相继反正。时八月上旬,武汉尚未起义。

哥老同志会中某某,不解革命运用,以为保路之役,所仇者赵尔丰,所救者蒲罗诸人,而反对排满,逐杀官吏,以此晤。秦载赓在井研遂为邓大兴所害。党人文洪模、肖参、曹昭鲁、范爱众、陈范九、王潜书、李善波等分途开解之。范、陈、王、李皆陆军学生,尤冒历艰险,周旋诸军间。党人与哥老会同志军,自是益接近取联络。

八月下旬,同盟会员邓洁率同党邓树北、马集成、舒兴复等在屏山组革命军,攻下县城,宣布独立,以树北为司令。县官金正炜挟滇军反攻,克之,执树北,械系至叙州,惨死。文显模初任叙永学校教员,同志军兴,即集合学生组革命团,旋由泸州之井研,与肖参同遇险,逸去,走自流井,再纠合徒党,有众逾万,乃还隆昌,与黄万里、陈石溪谋反正。是月二十日,率众二三百人入城独立,建革命军司令部,推县人陈石溪、曾倬三为统领,郭书池为县长司令,司令即县长也;文显模、曾昭鲁为秘书,李式之、戴辅臣为交际员。是役也。黄万里为主谋,郑挥武、李咸有、薛海、魏九如、黄源江、黄志仁、程泽湘、黄金熔、郭仁珊、陈舜五、廖廷兰诸人与焉,而全县哥老会人亦杂侧,黄金鳌先所组"大同公"实为中坚。不数日,讹言雷动,或曰成都官兵至,众汹惧,万里、显模独镇静,日夜守城如故,已而寂然。其时有哥老首领郭莲舫尤反动,乃命曾倬三率兵击杀之,县事遂定。

当争路初起时,督办粤汉川汉铁路大臣端方,奉清廷命入川查办,并率鄂新军戡乱。重庆自成立保路会,开会万余人,推党人朱之洪等为代表。端方至夔府,之洪等上书,要以三事:一事请伸川民冤抑,二事罢入川军队,三事释蒲罗等。端方以川人正称乱,率兵乃朝命,然许奏释蒲罗诸人。

重庆城乡间及诸台观,大抵皆为同志会演说,而府中学堂故有同盟会机关部,党人张培爵时为中学堂学监,与监督杨庶堪及谢持、朱之洪、杨霖等皆旧同盟会员,自之洪被举为川汉路重庆股东代表入成都,机关部即派之洪与省党人密议进行。之洪未发,走庶堪问大计。庶堪笑曰:"君此去,蒲罗恐未足与谋,吾与闾士方有正事也。"闾士,陶闾字,之洪笑应之。既至成都,笃、潮珍、参、昭鲁、张颐、刘裕光、杨伯谦、刘咏闾、龙鸣剑、刘永年等,及凤凰山新军党人皆与议,谓成都自丁未之役,省会防革命极严重,无铁寸可凭借,若在外发起,庶几可响应。于是党人分派四出,取川南东下,威远、荣县、富顺则裕光,笃返自流井,潮珍返井研,参、颐则之青神、井研、荣县、贡井以南,皆密商定计,审机待动。之洪归自成都,而重庆机关部复派周国琛入省,视

察川西局势。国琛人地不两习,未得要领而还。重庆诸党人以全川民气尚不可为,会参、颐抵渝见庶堪、培爵等,告以青神、井研、荣县、自贡间民气可用,且有党人居中策动,诸人益奋起,密谋革命。

渝人见同志会日强大,演说者集万众,哗动一时,不见庶堪等于会场有言论,窃窃私议之。党人以语庶堪,庶堪曰:"此非根本革命,无以拯民,保路云云,要皆枝叶耳。"于是庶堪、培爵等日夜与诸党人谋,数书致各路,虑邮之泄,则遣腹心驰递之。各州县党人,始悄悄集重庆,决疑定议,谋财政,操运筹,周旋官吏,延揽党员。主盟,则庶堪尸之;事交通,任联络,征器械,发纵指使,则培爵,持尸之;联官绅,交客军,通往来,则之洪尸之;为书札,草檄告,则向楚、董鸿词、朱蕴章、陶闿、吴俊英分任之,熊兆飞、夏江秋则制炸弹。乃书抵隆昌,约党人曾省斋驰赴渝,共谋端方。省斋复书,以谢、张、杨诸贤之才,足以办此,而民军以仓卒招募之众,当清廷训练之兵,惟有纷纷发难,使清军防不胜防,以分其势而杀其力,庶几可救败。乃在垫江小沙河集会徒众,通告四方,约期垫江。共议者以人少为虑,复向大寨坪李绍伊借百人,绍伊遣王二冲、刘吉之率队至,又苦器械不利。省斋忿然曰:"同仁顾虑太深,将何以成事?吾深晓垫吏终日事佛,军事毫无备,语曰:'出其不意,攻其不备。'今其时矣!"于是以九月六日率队径取垫江,光复县城,县吏遁。

省斋所领众,专收取枪械弹药,不犯人民秋毫,全城燃爆竹,欢喜为贺。适有官款八万余,将起解,王二冲等悉卷劫之,一哄而去,仍返大寨坪。省斋惧生变,乃下令退却,所得毛瑟枪三百余支,药弹十数担,戒夫役质明整队出城,行三十五里,至母间桥,众主解散,省斋恐遗祸,亦主赴大寨坪定行止,谓此役取而不守,罪在王、刘、绍伊人也,过此集徒众,宜略加训练,从军令,受指挥,乃有济耳。张观风曰:"是不足忧,广安有团练传习所,学生四百人,悉加入革命,教习十九皆同盟会员,可招之来。"乃派张超伯赴广安,学生从来者二百余人,教习五人,于是悬旗募兵,留少壮,汰老弱,选得二千余人,用新军法编为一团二营,配列干部,日夜训练。于是月二十一日誓师出发,连取大竹、渠县、邻水、广安、岳池,而蓬溪、射洪、营山诸县,皆传檄而定。十月朔,开全民代表大会,佥举省斋为蜀北都督,张观风副之。顺庆金人、拥清吏残杀党人。省斋出兵讨之,与驻县防军千余人战,终日肉搏,登城,省斋中流弹,断右臂,乃退回广安。四川革命有都督,省斋为最早。

重庆诸官吏,署川东道朱有基,庸懦简出;巴县知事段荣柔软不任事;巡警总署署长杨体仁(朴愿);重庆府知事纽传善,兼府城警察监督,并充添练巡防军统带,操政、军、警权,其人机警善变,号能吏。党人以商业中学监督舒兴渭善辞令,常与传善亲近,推兴渭相机

说传善,以传善性巨测,主慎重,罢原议。

府中学堂既为革命党机关部,庶堪、培爵辈密为主持,接受邮书倍平时,传善既疑怪之,阴令人尾其后探所为,而诸人皆未之知也。庶堪所居,背中学堂而近疏脱,每就培爵语,辄至夜分不去。一夕出校,见便衣四五人立门外,手镫巡哨异常时,则大惊。庶堪造传善,传善语曰:"人言教职中某某皆革命党人,信乎?"庶堪笑曰:"某某皆书生,必欲相中伤者,庶堪尚近之也。"言毕拱手谢去。

时端方率鄂军过重庆,李湛阳以省亲自广州至,端方以湛阳在粤官巡警道,为督练亲兵统领,即以防军统领属湛阳,募新兵充之。党人多投身其间,因以间得通防军。川绅施际云代表端方召集官绅商学于总商会,之洪、江潘等提议举办团练,际云主团而不练,之洪力争之曰:"今各地盗匪窃发,不练无以资抵御。"传善欲防民,以无火器诘之。会员简达西尝管川东团械簿,录团枪铁炮刀矛可数千,当出一纸示传善,众议遂决。于是商会谋办商团自卫,士绅亦致力团练保安,向楚、李时俊、刘祖荫各分区集众倡民团,皆先以党人实其额,城中新兵,亦阴乐为党人用。

培爵等复令张颐等走夔、万,游说下东党人,同时起义。以肖参返荣、威、自贡,与诸党人谋投身同志军,俾倾向革命。以陈育堂赴大竹,促张懋隆来渝策进行。

鄂军前队至资中、荣、威间，曹笃与李中儒领同志军拒之威远之瓦子垭，即有鄂军党人王志高、蔡品三密向笃营要结，告其军革命宗旨。笃语之曰："全川起义者皆革命党人，托名保路，以覆清室，为驱除难耳。"志高、品三以得川军实情有喜色，笃犹疑，恐刺探不信，而相过从日密。及张颐抵万县，端方所统鄂军后队适至。田智亮者，亦鄂军党人，见颐则深语，谓武昌于八月十九日起义。即为书与颐，密传鄂军前队立反正。颐挟书取道梁、垫兼程返。

当时党人但懋辛以广州革命之狱，递解至重庆，刘光烈在广州自言为懋辛母弟，故亦连递。重庆士绅省宿，被庶堪等相约入同盟会。懋隆亦至自大竹，诸党人谋将赴渝起义，以应武昌，而未敢遽动。盖以成都号召一省，秩序当不致大乱，若自外发难，必启纷争，而凤凰山新军及诸党人，又无可措手，乃益阴联邻县急图之。

党人高亚衡自涪陵至重庆请方略，培爵等仍促亚衡返涪，各就邻县起义，以威胁重庆。亚衡乃商以王之甫率民兵趋长寿，助涂海珊、廖子亚等反正。九月三十日，旋师回涪，宣布独立。初密议以武力举义，县议会大冉阶藩等闻其谋，一体赞成，要请和平反正。十月初，开会成立革命政府，亚衡被举为地方司令官，立发兵下忠州、丰都、分赴彭水，三县皆相继反正。由是下东云、万、黔江、酉阳，次第响应。

廖子亚本在长寿为体操教习,先自上海购运英吉利毛瑟枪百余支至县,联合党人左当、杨翕、马常、卢相书等,密谋起义。后走重庆,约谢持至长寿商计,决由子亚先发难。遂于九月二十八日就试院县参议会召集绅民,首举义旗,县官沈漫云交印出,调集四方团练成军。

酉秀间同志军蜂起,其同志会长刘、杨等联结彭安国、白锦桢等谋起义。江西大贾瑞太利,赢于财,愿捐万金济饷,使人收团兵以绿林成军,以锦桢长军事,彭藻、彭灿副之。锦桢攻秀山,与清军统带高玉林战于石堤,锦桢父子死焉,藻逃免;而灿别攻酉阳龙潭,玉林闻警驰往,至则灿率数千人战稍利,绿林乘势群起合围,玉林虑援绝,遂遁。时酉阳士绅陈燕士迫县吏谢鹄显弃职逃,一县芬然,刘、彭等入城,推燕士、陈菊飡、陈德元、冉遇隆、夏声为五司令,维治安,遂反正。黔江人相惊革命军至,盖县人王克明妾杨氏,其夫殉难死,闻武昌起义,阴聚徒百余人,托革命军造蜚语,执其仇王可臣等杀之,为书促谭国材速反正。国材以为革命军果至也,约同志百余人入城,召集士民,开会演说,激动之。宁成衡首署名,曰:"事不成,贾祸不怨也。"于是相继署名者百余人。士绅王斐然,年六十余矣,县官王梁鼎以为祸首,捕之去,王杨氏挺身入署曰:

"此事乃我所为,于斐然无与也,若欲杀之,请先杀我。"梁鼎惧,释之。遂于九月二十三日成立革命政府,举彭铸臣为司令。二十七日,党人王颉书亦结徒众就合江起义,各县先后纷纷响应。而重庆机关部为革命枢纽。初闻端方军舟运军火,将过涪州,机关部派谢持赴长寿,伺而劫之,不济而返。而鄂新军中盖多同盟会员。川东党人易在中、柳达,阴识鄂军中要人,即命在中、达赍鄂军后队书,密致前队。涂传爵亦赍黄兴书返蜀,驰抵成都,走凤凰山,以书与方声涛。声涛在新军势微,不敢轻举。

夏之时者,故同盟党人,毕业于日本东斌学校步兵科,旋蜀,以新党为大府所疑忌,沦下久,初隶陆军第十七镇为排长,驻成都。同志会起之时,与党人陈宽等组《西顾报》宣荡之。复混迹同志会,密谋起事。既而知同志会志在保路,不足以图革命,又闻大府将逮捕蒲、罗诸人,私以为事机可乘。部署未定,即被命撤其兵役,暂任留守。无何,各路同志军围攻成都,默察新军中多愤郁思动。九月初,奉命率步兵一队调戌龙泉,乃以种族主义编演白话,训练士兵,人人知感发。于是斡运驻新军步兵一队,骑工辎重兵各一排,宣布革命,众皆从之。十五日夜,约集武装兵230余人,就附驿之土地庙誓师起义,戕东路卫戍司令魏楚藩。适赵尔丰命教练官林绍泉赴资中迎端方,宿龙泉驿,兵哗,以枪射绍泉,中其骸,之时力保住之,得不死,挟之以行。众推

之时为革命军总指挥,即夜率兵东下。

　　至简阳,与孙和浦兵遇,和浦为新军某协支队官,之时召集其步、炮兵各一排,演说民族革命,众愿归附,增新兵一百八十余人,步枪山炮随之。闻端方拥鄂军驻资中,不敢前,乃渡河取北路东下。次日,驰百八十里,止施家坝,众疲甚,惧追兵,官长逃者三人。土人来问行军意向,之时复集群众宣说,乃手刊中华革命军总指挥印,出示安民。次日,兵将抵乐至三十里,闻新军管带龙光,奉命率大队追兵且至,林绍泉以危言恐怖士众,众益惧。之时复大宣说,鼓励士兵前进。行十五里,遇邮卒,检之,得乐至驻军情报,请统制派兵增援。乃伪为奉命援乐,兵至。官兵迎之入城,即集驻乐军队,宣布革命假道,士兵归附者又三百余人。次日至分水岭,众奔疲,军心不固,思逃散,乃结盟以维系之。闻追兵缓进,休士一日。

　　次日,行安岳道中,有王生者,以壶浆迎,具言其师王休奔走革命有年,今图谋安岳反正。之时即告王生达休。兵抵城门,闭不纳,将令攻之。王生出,道休正劝县令降。未几,令弃印遁,休出城迎,相见大欢。以军队多,饷乏,请休就地方借钱数千缗散给之。是夜龙光追至分水岭,以长书移让之时,速其自解散引去。之时商之休,休曰:"重庆诸党人密谋光复,组织久,并通鄂军中要人,宜赴重庆助发动。"于是之时答书,以革命大义让光。光下令攻之时,而军中有向义者,无战志。民间见光军纷集,亦燃炮数响应之。光立令不服从者缴械,率队返。光本革命党人,后语人曰:"夏倡独立,兵少,吾名追之,实送之耳。"

光追兵既退。夏军休整三日,乃拔队至潼南,驻二日,有合州代表白炳宣等,来白之时,谓合州愿自谋响应,不劳兵力,请速趋重庆。乃由舟取水道,行两日,抵江北黄葛树。之洪代表重庆总商会与黄崇麟先后至。商会许遗之时银二十万圆,米百石,请勿入城。之时笑谢之,与之洪密划步骤。之洪返,经龙隐镇、浮图关,说退水警巡防军,归语商会人曰:"夏军来,乃促渝人独立,已拟露布,不者即入城。"于是之时亦兼程进,抵浮图关,天将曙,质明巡城,以望远镜窥巴县城在指顾间,备整队入城。

而重庆自武昌首难,天下震撼,九江、长沙、安庆、昆明、贵阳先后响应,城中闻外军将临,官吏兢兢不自保,特戒严,尤侧目中学堂。教员周啼颜工篆刻,买两石材,密刻蜀军都督及总司令官印,藏之馆舍。适有人伫立门外久不去,烯颜竖之,阴复取印夹诸两腋间,出置他所。时李鸿钧、张煦诸同盟会员,纷纷集重庆。诸校学生中党人,亦群为革命效奔走,于是会党防军皆已密约效命。

十月朔,士绅集总商会密谈,即推之洪往说之时,

欲即以防军统领李湛阳为都督,免地方糜滥。公举向楚、温仁寿、杨朝杰往说之。既见,湛阳流涕曰:"吾有老亲,不能当此非常,秩序如可维,维之;不可,愿党贤好自为之。"于是培爵、庶堪等益急备,石青阳与卢汉臣等密组敢死队。十月二日,中营城防游击队先出,商勇三队、川东巡防营、水道巡警及炮队,皆袖白号章以应。培爵躬率义师,赴朝天观集会,与会者二三百人,民众环集寺外石梯及街道者约数千人。川东道朱有基先遁,重庆府纽传善不至,县绅赵资生等推之洪、向楚,先过李湛阳,同往要之。巴县令段荣嘉亦至。庶堪、培爵说下传善,促之洪出城答夏军。时鄂军党人田智亮等亦武装与会,李鸿钧、夏江秋、欧阳尔彬、陈崇功等,手执炸弹,在传善左右,周国琛持拳铳响之。传善平日善口辞,今慑民众,语畏缩气阻,愿书同盟誓约,与荣嘉皆剪发缴伪印降,义军挟之游市,传善挽庶堪手,牢持不肯释。居民遍悬白汉旗。设军政府于巡警总署,众推张培爵为都督,夏之时为副都督,通电全国,宣布独立,是日大事完,兵不血刃。

先是,之洪出通远门,守兵以无传善命令,不敢开城,乃就城阙卑处梯而下,张颐继之。未几,体育学堂学生军亦至,本与夏军约,如时开城,不者将进攻。朱蕴章叱守兵,乃剖锁劈门。之洪等至两路口,遇夏军,告以城中反正,遂迎之时率全队入城安民,民皆悦喜。

于是组军政府,次第设职司。培爵、之时既正位视事,乃以林绍泉为蜀军总司令兼参谋部长,唐仲寅副之;谢持为总务处长,董鸿词、朱蕴章副之;向楚为秘书院长,董鸿词副之;审计院长则李时俊;监察院长则熊兆飞;军政部长方潮珍;行政部长梅树南,龚秉枢副之;财政部长李湛阳,刘祖荫副之;军需部长江经沅;司法部长邓洁,张知竞副之;外交部长江潘;交通部长杨霖,陈崇功副之;别开礼贤馆,以陈道循主之;改官银行,组大汉银行为金库,朱之洪主之。当时官银行库银三数百万,独立之夕,诸党人方推都督议大计,向楚立率队役二,趋取中浚两银行所存簿籍甲乙数十册,归纳军府,告培爵曰:"此革命饷源所关,稍不审,即易生奸利也。"之洪与庶堪皆居顾问,有大事,谘而后行。

传檄各州县,改置司令官,内组军谋、军政、军需、军书等处,外分行政、财政、司法、学务等科。照会各国驻渝领事,任保护;布告江巴两县,裁撤新厘杂捐,旧有厘金,豁免五日。军队编制,近卫军以盘铭为标统;改敢死队为义勇军,以石青阳为标统。余分四标,标统黄金熔、舒伯渊、周维新、邹杰及炮兵第一营管带肖步周等隶总司令。以刘兆青为亲兵营营长,罗俊声为九门监察。蜀军第一纵队长则向寿荫,南路司令则王培菁,命率兵会攻合江。

时鄂军前队随端方在资中,既得其后队密书。而

武昌自八月起义，孙武即密致书电于川中鄂军诸党人图端方，促川人独立。端方遣人监视邮电，凡诸密书电自鄂至者，尽为端方所得。鄂军党人恐后发为人制也，在渝即谋刺端方，渝机关部阻之，以渝为商埠，若有扰乱，即惊外侨，损市崖，不利人民甚。故端方拔队，即有鄂军党人逸回重庆，与渝机关部相密约，独立之日，且为蜀军前驱。田智亮请走资中图端方，培爵等拨兵三百人，炸弹八十枚，资以五千金，兼程往。将至资中六十里，鄂军党人至，与语，谓闻重庆捷音，吾人已计划，暂勿前。是夜，鄂军党人相与密议，非杀端方，不足以信川人而报鄂军政府。议定，众皆画押。剪发辫，毁肩章，袖缀白布，以明一志。协统邓承拔、标统曾广大，惧祸，夜縋城走。端方午闻变，与弟端锦持而泣。幕客劝微服遁，端方恃于众有恩也，不从。七日平明，军士群拥入端方坐帐索饷，挟端方、端锦至天上宫行辕。端方曰："吾本汉族，投旗才四世。吾治军始鄂湘，而两江，而直隶，遇兵士不薄，今四川尤有加。"众曰："此私恩耳。今日之事，乃国仇，不得顾私恩。"荆州人卢保清者，三十二标军士，素骁健，挥刀刺之，任永森复手断端锦头。次日，与田智亮电蜀军政府，报鄂军反正。举蔡镇藩为统领，拔队东下，过内江，助其县独立。抵渝，保清等出示端方、端锦头，贮铁匣，沉浸清油其中，交军府。培爵等以鄂军有殊勋，犒以牲酒，保清、永森各以红白绫标其肩。智返渝，才耗所资金五百余，余金械弹皆缴还，军府嘉之。复之洪向镇藩借全标兵安川，镇藩兵驻川东师范学校，方交涉间，鄂军大哗，众曰："鄂独立未久，亟须实力，吾曹父母妻子皆在鄂，人人思自救早还！"不肯留。之洪又达军府意借械，众又大哗曰："吾军人，枪乃生命，若云借，是缴械耳。"之洪乃镇藩订约，军府遗鄂军三万金，鄂为购军械如数报之。其后属冯中兴运枪自鄂，纳熊克武军，履蔡约也。

是时，下东泸南皆有党人运谋其间，夔万则熊山华等，泸南则杨兆蓉、邓西林等，或联官绅，或结防军，密图响应。于是万县巡防营统带刘汉卿于（十月）五日反正，次日以兵下夔府，七日宣布，被推为下东蜀军副都督。

时卢师谛、王亮等自汉、宜返蜀，经夔、巫、云阳间夔巫旧驻水师颇戒严。巫山团防孙杰五，为人好任侠，师谛开晓之，慷慨喜共义，翌日昧爽，即开拔回夔，共图发难。而夔有水道警察二百余人，枪三百余支，船数十艘，统带官为第八区水警正娄汝翼。亮与汝翼姻旧，故相善，乃密语汝翼，"勿为清室助"，汝翼从其言。而吉五复联合巡防军百余人，待发动。师谛复走云阳，与党人汪厚坤、易存贞、刘梓春、晏祥武等计议，留亮主夔事。十月六日，找奉节知县，徇巡防军之请，推陈某为司令，王亮为参谋长。而云阳亦于是日举义，推晏祥武

为司令,卢师谛为参谋长,于是下东南五十七州县皆先后反正。

　　成都自端方奏释蒲殿俊等九人,尔丰亦悔祸,九人出而官绅间仍隐然若敌国。时尔丰调集巡防军三十营,意防陆军与革命,库金亦逾六百万,兵饷皆在握,党人不得逞。川绅邵从恩、陈崇基等以尔丰一日不去,川难一日不止,遂相与计议,政权移转。署提法使周善培,日与从恩、崇基、吴钟铭等会于帘官公所。善培被劾于端方,为上下所疑谤,又足疾不能出门,以崇基为转枢,奔走诸绅间。从恩与钟铭则走督署,日相机说尔丰,宜俯从民望,让政权,尔丰意坚强不易动。两人则为切情中理、委曲徘侧之说以徐转之。如是者六日,尔丰乃许交出政权。尔丰初欲以军权属统制朱庆澜,政权属从恩。从恩以国体将且改共和,都督当由民选,省民大令既不能溥开,则应以富民间接选出之咨议局议长任之,尔丰无以难。又议及正副,尔丰欲援鄂例,以庆澜为正都督,蒲殿俊副之。从恩谓湖南正都督谭延闿亦文人,以民选议长而置之副,恐不惬舆情,于是议乃定。尔丰以文告宣示四川自治,由川民举蒲殿俊为都督,朱庆澜为副都督。尔丰惧川人仇己,谓朱庆澜足恃也,交印出。

　　时滇军统领叶荃驻建昌,方声涛为参谋长,皆同盟会员。

董修武以军府非党人,欲待叶、方计议,先于东较场开同盟分会,全城皆惊。军府派邵从恩商修武,次日修武与尹昌衡相见,介之入党。修武任政务总理,兼摄财政;从恩长总务;以龙灵任民政;杨维为巡警总监;黎清瀛任交通部署寝定。

川民见蒲、赵间定有协约凡三十条,申请尔丰仍主边务,扩充军备,协济藏款,供应常年费,兵饷岁四五百万;而仍请尔丰留成都,暂缓赴边,便遇事商求援助指导,为患大,舆论尤大哗。党人持协约奔告重庆军政府为之备,又时时宣腾报社间,分条为驳议。蜀军政府以尔丰仍居督署拥兵,一朝变生反侧,系全蜀安危,推副都督夏之时率师西,为川民请命。乃改编蜀军各标为三路司令,以但懋辛为参谋长兼中路支队长,总司令林绍泉兼北路支队长,改第一纵队长向寿荫为南路支队长。不数日而有十月十八日之变。

初,殿俊许各军休假十日,给三月饷酬庸。至期索饷者纷纷,巡防军无人统治,尤骚扰。是日假满归营,给饷一月,众不服,找发饷委员,分劫银行典当、盐库、蕃库及全城官商,火三日不熄,变兵饱掠,出城扬去。而各路同志军入城,亦纷纷无统纪。陆军小学堂总办尹昌衡自凤凰山率宋学皋所部新军一营入城,剿捕乱兵,胁之缴械,乱少定。众遂举昌衡为都督,罗纶为副都督。赵尔丰被执至皇城明远楼侧,数其罪杀之,传首

城中。昌衡既正位,仍倚修武为政务处总理兼摄财政,谢持董鸿诗副之。以宋学皋为第一师师长,彭光烈为第二师师长,孙兆鸾为第三师师长,成渝两军政府对立。先是十月十二日,渝军府得合江筹防局密报,有贺建章手治军印章及吴以刚名刺,称蜀军统领招兵,下渝图大举。其同人罗燕章,已赴贵州仁怀,招得人若干。复令指为假冒,捕建章至渝,搜得建章致吴克勤及陶叔侯书,称邓井关、仁怀、土城各招炮队若干人。十日可到。克勤即以刚,前川江巡警提调;侯叔名家琦,前巴县经征委员。先已投诚,忽又假名义招兵,图煽动,宣其罪诛之。

蜀军闻尔丰既就戮,乃罢西之师。林绍泉自北路支队长令下,即毁文书,剖官防,手拳铳睥睨都督,以北路支队长级低下,为摘去总司令官权,呼且骂。之洪忽至,见绍泉强梁,劝之不止,乃袒胸喝阻之,绍泉去。即夕大召诸党人及各部院长、军官开临时会议,党人吴永珊适至,即推永珊为主席。之时言中外军制,支队长名义乃分道出师之领队长官,有以一镇成一支队者,有以一镇再加步兵若干成一支队者,其名义不卑,其范围不小,况任命文书亦并无取消司令官语意。且先会及参谋部属声明:林支队长出师时,随营佩带司令官关防。是司令官出师,并加支队长名号,事权不为不重,委任不为不专。而林绍泉平日跋扈,今更悖妄,外间树党,颇闻有密谋拥戴绍泉,检查得证据凡几事。绍泉知已败露,不得已自服其按军律当处死,之时终以绍泉自龙泉后,襄军有微劳,援都督特赦令赦之,送回鄂。之时自兼蜀军总司令,姜登选副之。

标统舒伯渊、周少鸿、周维新,教练官汤维烈等,阴与绍泉结合,欲乘北伐军困乏,哗变扰重庆,谋撼蜀军,颠覆政府,即拥林绍泉为都督。伯渊等初密说黔军标统叶占标,占标以客军来援,饷糈仰赖蜀军,不敢应;又密饵都督近卫兵,集会川东师范学校。朱登武者,龙泉驿起义时副目,被招与议,知其谋,告密,故临时会议褫夺绍泉时,近卫兵群引枪向议席,哗指伯渊谋乱欲击之。部长梅树南,老,手暖炉,与伯渊坐近,闻兵哗,枪簧动,大惊,手炉翻倒,扬灰,与李湛阳、江潘仓皇散去。旋复议定,令监视伯渊、少鸿、维烈等。次日质明,令欧阳尔彬捕维新。维新在客馆,尚挟妓卧,未起,筐中诸密书不及销毁,搜逮付军法,鞫况得实,宣舒、周等罪诛之。欲定反侧,奸不得发。

不数日,获防军统领田征葵。征葵年过六十,易服,小舟欲从涪水逃。得报,派财政部长李湛阳、秘书院长向楚、外交部长江潘觇之,果征葵、仆数人皆缴枪,处之别馆,幽之。十一月十二日,培爵、之时集队决征葵阶下,命军法官读罪状:七月十五日之变,论事实则祸之首,论法律则罪之魁也。征葵闻状,佯不省,强笑

曰："欲加之罪，何患无辞。"盖征葵自庚子官山西，助巡抚毓贤仇洋杀西人，联军索名不得，潜伏者三年，乃来川酿大祸，斩之。标木牌大书"民贼田征葵之首级"，枭示万众。

蜀军政府威信日立，于是川南都督刘朝望，下东副都督刘汉卿，皆自去名号，请归并蜀军受统一。余大鸿自泸州率防军一营东下。大鸿鄂人，本林绍泉师，绍泉先有电请大鸿率兵下渝，意共图重庆，既至，而绍泉败，兵至石桥铺，之时派之洪、陈佶迎之。大鸿知渝有备，愿举全营交蜀军。之洪与之约，兵不得入城。次日于南岸铜元局接收大鸿兵，治酒舟中款之，大鸿只身返鄂。

元年一月，党人有主公开哥老会者，遏之不可，谢持力言军府不可与哥老共事，因开同盟会议之，争辩甚烈，几至变乱，然后乃定。

鄂军自蔡镇藩部东下，只余一百人留富顺。适驻井防军被同志会周鸿勋击溃，奔入县城，知县孙锡祺与士绅数人，实为内应。防军入城肆劫掠，妇孺以身裹棉被坠城下，累累相属，呼号不忍闻。鄂军乃由白马庙舟行，泊岸，梯人登陴，斩关放其军入，击走防军，诛杀十余人。乱平，鄂军将之泸州，富人德之，攀留者逾月。时张桂山率千余人来驻县城，未敢扰乱者，鄂军震慑之力为多。援川滇军至富顺，鄂军乃离去。

黔军叶占标受蜀军命令，逮中路出师，调黔军从，寻黔内乱，闻命拔队归。但懋辛兵既出，之时以方声涛继参谋长。而成都兵变后，朱庆澜亦微服至渝，止声涛家，姜登选介见之。之时曰："公为吾长官，以清官吏能树标级，遇事忠实，心极服之！"于是赆庆澜三百金，送之东下。

滇以谢汝翼、李鸿祥两梯团先后出发援川，郭灿为援川巡按使，陈先沅副之，由昭通入蜀。蜀人客滇者，飞书密告滇军援川含侵略意。蜀军派谢崇飞迎之叙州，并要其长官下渝，订约限制之。蜀军政府认滇军为援川军，给兵饷，然不得自由行动，干民财政。约既签订，而滇军适委宜宾知事彭汝鼎，杀富顺司令范华斋。合江之役，川南总司令黄方以受降旋师被害惨死。复据有自流井，以滇人黄德润总权盐税以济军。时成都尹昌衡、罗纶秉政，省城往往立公口，曰哥老会。滇、黔、湘三省通电，认蜀都督为四川都督，诋成都军政府为哥老会政府，滇军且以此备文咨蜀军都督，欲树声援，进窥成都。培爵曰："哥老会诚足诟病，然四川当以大局为重，吾岂为位置而革命者？如此必大扰乱。"复电力止之。初蜀军派周代本赴沪购械，并与各省代表团在湖北会议。时熊克武、黄金鳌等在沪组蜀军。而金鳌率先抵渝，适渝军政府总务处长谢持请假返富顺，即以金鳌代持，旋任为巡按使，出巡夔、巫、云、万，

诛除强暴陈兴等以下数十人，发摘奸贪，清理公款，夔关、万县盐局等私人握款至百余万，一追查，下东因此大定。

成都军在自流井，与滇军遇于界牌，相持，几交斗。闻清廷以重兵犯潼关，将横截西北，以牵制东南。于是东南各省见大局危，皆筹备北伐。王人文由陕西旋川抵渝，谒军府，培爵等优礼之，请为联合北伐代表，人文欲东下，逊谢。胡景伊适自广西返重庆，蜀军以景伊与滇将领有旧，乃委景伊以全权，继人文为代表，刘声元副之，至自流井界牌，会于游家祠。成都军政府派联合北伐团委员王馨桂，滇军交际全权员邵从恩、王琦昌，滇军总司令官韩建铎，第一梯团长谢汝翼，第二梯团长李鸿祥，自流井支队长黄毓成等与议，交涉订约，议由重庆输款，以滇军全部北伐，蜀军政府拨筹备费三十万金，出川后，蜀军月给军饷十五万，后方勤务由蜀军任之。初滇黔通电，推之时为北伐总司令官，培爵为北伐总兵站官，财政部长李湛阳，首捐助饷二万金为之倡。时成渝合并之议起：蜀军应成都之请，以兵变后省库空，由渝输金十万，为援陕出师济饷，乃即以李湛阳、黄金鳌、刘祖荫、古秉钧、赵城璧等筹备北伐饷捐事宜，文武职司捐薪者争先后，士民妇女投金脱簪者亦众。

自景伊与滇军签订北伐约，即直入成都。刘声元以未先电蜀军政府请示，不副署。滇军抵渝三日，乃得报及约文。不数日,奉南京陆军总长黄兴电令,南北统一,罢北伐军。以令视滇军,滇军仍执约索巨款。蜀军与滇军议,以客军远道来援,劳以三数万金礼遣之。滇军不去,卒予三十万金。景伊至成都,尹昌衡以为军团长,乃命第三师师长孙兆鸾率兵赴重庆,迫滇军出境,各戒严,蜀军力解之,两军皆离渝。

方蜀军三路出师,复遣安抚使分道四出,北道安抚使王休,中路则刘先觉,南路则陈佶,下东则冷忠培。自北路支队长林绍泉被夺,以姚国祯充之,北路秩序未大乱,其行军淮取防御与震慑,故出兵不多。南路军既下合江,见客军与义军杂处,居间调解之。但懋辛由中路抵资中,遣人与成都军约:资中以上,保境之责,省军任之;资中以下,责之蜀军。时周星五踞资中城,懋辛督同黔军击散其众,资民以安。而滇军在川南,以力能平匪乱,遂强压,自由干政。

成渝间峙立两军政府,事权分,非共图合并谋统一,必糜烂无以已乱,乃书电专使往还,蜀军派朱之洪,成都派张治祥,皆为全权代表,遇于荣(隆)昌之烧酒房,相约至重庆,草合同十一款,各签订缮缔。两军政府召集特别会议,议决加印,成立合并。以成都为政治中枢,重庆设重镇,成渝正都督,由两军政府合并之职员选定正副,两副都督,拟代以重庆重镇主领或枢密院长及军事参议院长,以元年二月二日换约。

越十日,培爵率警卫军启行,以陈先沅为行营参谋长,向楚为行营秘书长,方潮珍为行营副官长,卢师谛、董鸿词、张颐、赖肃等从。行抵隆昌,谢持自富顺至,党人张习自成都至,集行营会议。培爵自电请让正都督于昌衡,谢持从之成都,以向楚、张习返重庆,商组镇抚府。习既至,之时以金鳌出巡,命代理总务处长。三月九日,培爵抵成都,十二日,就副都督职,遂通电全国,告四川统一。于是重庆由前蜀军副都督摄镇抚府总长,初以张习为政务处长,未几辞去,以刘光烈继习,朱蕴章副之;以向楚为秘书厅长;军政分司司长则刘植藩;民政分司司长则王休;财政分司司长则李湛阳;外交分司司长江潘;司法分司司长则马柱。镇抚府既成立,已先定蜀军第一师师长属熊克武,克武故统有蜀军,兼以军政府辖全军属之。之时遂固请辞职,出洋留学,四川军政府赠游学费三万金酬其勋。以军团长胡景伊为镇抚府总长,复改编克武所兼辖为第五师。四月,培爵派政务处副理谢持兼程赴渝劳熊军,适川南总司令宋辑先首通电请取消镇抚府,于是持商景伊,召集大会决议,于六月十日废重庆镇抚府,改巡按使黄金鳌为川东宣慰使。七月,尹昌衡统兵经略川边,景伊权川都督,培爵被任命为民政长,而统一分治之局以成。

(选自《成都文史资料选编(辛亥前后卷)》,2007年)

重庆蜀军政府成立亲历记
向楚遗稿

我今年八十五岁了,辛亥革命时正是壮年。我原本是巴县举人,七品小京官,当时在重庆府中学堂任教,是同盟会会员。蜀军政府成立时,我任秘书院院长,凡有关军政府的重要文件,大多出自我的手笔或亲自核稿,对于事前的活动与酝酿,当时的部署和措施,以及夏军起义,鄂军反正,端方授首,滇、黔军入川,军政府西征北伐,吴玉章回川主持开会戡定反侧,熊克武组蜀军回驻重庆,成渝两军政府合并与重庆镇抚府的成立等等,时间虽已经过半个世纪,往事历历,记忆犹新。昔年虽撰写《蜀军革命始末》一文,刊于巴县县志,现在看来,犹觉层次不够分明,资料复有挂漏。谨就回忆所及。参照原著分别更正补充,以供历史研究者参考。

(一)同盟会党人在重庆的秘密活动和积极部署

我参加同盟会是在一九零六年,得杨庶堪的劝说为多。当时我对民主革命的认识还是处于启蒙阶段,认为:(一)入学中举的科举思想,是落后的,腐败的,

它对于救国救民,只有害处,毫无益处,知识分子应当吸取文明进步的思想,以研求救国救民之道。(二)春秋大义,首重华夷之辨,应当推翻清朝统治,光复大汉河山。(三)清廷的政治腐败,丧权辱国,民不聊生,应当实行政治改革,方能富国强兵。因而赞成"驱除鞑虏,恢复中华,建立民国,平均地权"的斗争纲领,自思非入盟不足以言革命。当时虽曾顾虑入盟以后要担风险,情绪颇感不安。但我相信主盟人孙中山先生和介绍人杨庶堪。杨为我多年密友,他尚不怕,我又何所畏惧。吾师赵熙曾讥我"趋时"(指革命),当时只好相应不理;而今革命意识增长,我就要力争"趋时",遂置困难牺牲于度外,勇往向前,参加了革命的秘密活动。

一九零六年,同盟会在重庆始设支部。一九一零年重庆府中学堂监督杨庶堪,学监张培爵,教员向楚、黄圣库、熊兆飞、周国琛,川东师范学堂监督杨霖、学监朱之洪等均为同盟会旧会员,是时同盟会重庆机关部即设于重庆府中学堂。辛亥年三月二十九日黄花岗之役,广州党人曾密致书电请接济,培爵、庶堪等首倡响应之。广州起义失败,国中党人皆思乘机再动。重庆同盟会机关部亦积极秘密活动,并想方设地买炸药,造炸弹,作为起事的武器。同盟会员夏江秋即负责专造炸弹,熊兆飞、周国琛等亦能掌握造炸弹的技术,所有造成的炸弹都秘密存放在大米市附近,俟有机会发动革命时取用。当保路斗争开展，朱之洪被推举为川汉铁路重庆股东代表入成都，重庆机关部即派之洪与在省党人密议进行发动。之洪临走前，访杨庶堪问大计，庶堪笑曰："君此去，蒲、罗均未足与谋也。"之洪笑应之。既至成都，迭与党人龙鸣剑、曹笃、方潮珍、肖参，张颐、刘经文、杨伯谦、刘咏閣、曾昭鲁、刘永年等及凤凰山新军中党人开会商议，佥以成都自丁未之役，党人密谋乘省城清吏到会府朝贺清帝生日时，安放炸弹，为聚歼之计；事前被人告密，张治祥、杨维、黄方、王树槐、黎庆云、江永成等被捕，构成"六人之狱"。此后省会军警防范极严，发动较难，不如在外州县发起，互为呼应，较易成事。于是决定分派党人四出活动：刘经文取道川南，东下威远、富顺，曹笃返自流井，方潮珍返井研，张颐到青神、井研，而荣县龙鸣钊、王天杰尤为愤慨，首先举行武装起义。上述各地党人昔密商定计，伺机动作。朱之洪由成都转重庆，报告以上情况。重庆机关部复派周国琛入省视察川西局势，国琛人地不熟，未得要领而还。重庆的党人以全川民气尚不可为，迟未作出发动决定。其后肖参、张颐到重庆，会见庶堪、培爵等，告以青神、井研、荣县、自贡间民气激昂，且有党人居间策动，斗争正广泛开展。诸人闻之皆奋起，乃积极部署革命，但未作公开活动。渝人见同志会日益张大，演说时恒集万众，哗动一时，而不见同盟会党人

于会场中有言论,窃窃有私议。有人以此语庶堪,庶堪曰:"此非根本革命,无以拯救人民,保路云云,要皆枝叶耳。"于是庶堪、培爵等日夜与党人密谋,写信致各路,虑邮件泄漏,乃遣可靠心腹专送。各县党人渐次到重庆相与开会密议,关于内部组织,人事安排,亦重新决定:主盟为杨庶堪,负决疑定计、筹谋财政、计划开支、周旋官吏、结纳党人之责;张培爵、谢持负发纵指使、交通联络、征集军械之责;朱之洪负联络官绅商会,通往来、交客军之责;为书剳,草檄告,则由向楚等二三党人负责;熊兆飞、夏江秋则负责制造炸弹。

当时,重庆的清官吏中,署川东道朱有基,庸懦简出,巴县知县段荣嘉,巡警总署署长杨体仁多不任事,较易对付。惟重庆府知府钮传善,兼府城警察监督及新巡防军管带,一身操政、警、军大权,其人机警狡诈,号称干员,颇属可虑。党人中以重庆商业中学堂监督舒兴谓善于辞令,常与钮传善亲近,乃推兴谓相机说钮,终以钮性叵测,多主慎重,罢原议。府中学堂既为革命党人的机关部,收到的书信文件较平常增加许多,钮传善很为猜疑,阴令人尾庶堪、培爵诸人之后,探其所为,诸人皆不知也。庶堪所居在中学堂背后而迹甚疏脱,每就培爵语,辄至深夜不去。一夕出校,见便衣四五人立门外,手镫巡哨,状异他时,始大惊悟。庶堪于某日见钮传善,钮谓:"人言你校教职员中某某皆革命党人,是不是?"庶堪答谓:"这些人都是书生,那说得上,如果一定要拿革命党来中伤的话,像我本人,庶乎有点相近。"言毕,拱手笑谢去。党人的活动,既已引起官方注意,我们在行动方面也就更加检点,更加注意秘密工作了。

端方奉清廷命,任钦差大臣,统率鄂省新军一协(第八镇的十六协,辖三十一、三十二两个标),到川查办。清廷认为川省保路风潮扩大,是由于赵尔丰镇压不力所造成,有密令与端方,可以就地拘捕赵尔丰。其时,各地同志军风起云涌,川局在极端动荡中,重庆官方深感震恐。端方过渝时,决定募新兵成立防军三营,委派李湛阳为防军统领。李湛阳是巴县人,他的父亲是天顺祥银号大老板,拥有雄厚的财力,他本人原在广东任巡警道和督练新兵统领,因省亲请假回到重庆。端方见他是旧属,又在地方上有财有势,所以要他担任这个职务。李湛阳与同盟会早有联系,既奉命招募新兵,需人亦多,于是同盟会党人多投身参加其中,充任中下级干部,并介绍有关系的人进去当下级军官或士兵。向楚就介绍过张煦(午岚)等三四人在新军中任下级官,其他介绍去的人也不少。所以当时新成立的巡防军三营,不仅与同盟会通声气,而且基本上是可以加以掌握的。川绅施际云受端方之命,由涪州到渝,召集重庆官绅商学各界在总商会开会商讨维持地方治安

问题。党人等为扩大武装力量，由朱之洪、江潘等在会上提议举办团练。施际云主张"团而不练"。之洪等力争，认为各地"盗匪窃发，不练无以资防御"。重庆知府钮传善又以没有火器、军械为借口，拒绝团练。同盟会员简达西，曾主管川东团械簿册，乃当场出底册，开列清单，指出还存有团枪、铁炮、刀矛等共数千件，钮等无以借口，众议遂决。于是商会方面办商团，街坊方面办民团，在商团、民团中均渗入党人，并争取掌握其领导权。培爵等复派张颐等走夔、万，联络下东党人同时起义；派肖参返荣威、自贡与诸党人谋，分别建立同志军或渗入同志军响应革命；派陈育堂赴大竹，促张懋隆到渝共策进行。

随端方入川之鄂军前队行至资中、荣、威间，有军中党人王志高、蔡品三曾密与曹笃接头，曹笃不敢遽信，恐是刺探消息者，未与深谈。及张颐抵万县，端方所统鄂军后队适至，鄂军中党人田智亮见张颐，相与深谈，谓武昌已于八月十九日起义，并写信交张颐密转鄂军前队跟即反正。张颐持信，不分星夜，由梁、垫兼程赶回重庆。其时，地方人士被庶堪等邀约参加同盟会者益多，而张懋隆亦由大竹至，诸党人集议，谋据重庆起义，以响应武昌，计议再三，仍不敢举动。大家认为，成都为四川省会，可号召全省，成都还没有起事，若自外发难，恐收效不大，而凤凰山新军及成都诸党人目前还难于措手,发动的机会还没有成熟。于是决定再积极联络邻近县份的武装力量,并设法添置军火,准备起事。闻端方所运军火船将过涪州,机关部即派谢持赴长寿伺机截取,但此事未能成功。四川党人易在中、柳达,认识鄂军中党人不少,于是机关部乃派他二人将田智亮的信件秘密送到鄂军前队去。其时涂传爵亦携黄兴的亲笔信返川,驰抵成都,走凤凰山,以信与方声涛,声涛任新军参谋长,但实力甚微,不敢轻动。

(二)夏之时龙泉驿起义和率队到重庆会师

夏之时,合江人,日本东斌学校步兵科毕业,为同盟会党人。回川后,为清吏所疑忌,不得重用,最初派在陆军十七镇任排长,驻成都。同志会起,夏之时与党人陈宽等曾组织《西顾报》,借鼓动保路以宣传反清,并加入保路同志会,密谋伺机起事。既而知同志会志在保路,不足以图革命,又闻清吏将逮捕蒲、罗诸人,私以为有机可乘,但部署未定,即被察觉,被撤销军职,暂任留守。不久,各路同志军围攻成都,九月初,清吏以军事紧急,又起用夏,派他率步兵一队,到龙泉驿驻防。夏乃以种族主义鼓动士兵,一面串联发动同驻龙泉驿之新军步兵、骑兵,辎重兵各一队,同时宣布革命,众皆附和。遂于九月十五日夜间,约集驻在龙泉驿之武装

兵二百三十余人,于附近土地庙内誓师起义,杀东路卫戍司令魏楚藩。其时,适赵尔丰命教练官林绍泉赴资州迎接端方,夜宿龙泉驿。林闻兵变,潜至土地庙窥察,士兵有识林者,开枪击之,中伤其髁,夏力为维护,林得以不死,即挟之同行。众推夏之时为革命军总指挥,即夜率兵东下。至简阳与孙合浦兵相遇。合浦为新军某协支队官,之时召集其步、炮兵各一排,演说民族革命大义,众愿归附,遂增兵一百八十人,并得有若干步枪、山炮。当时。端方拥鄂军驻资州,扼阻东路,夏不敢前,于是率队渡沱江。取道北路东下。次日,驰一百八十里,到施家坝,众皆疲备,且惧追兵,官长逃者三人。地方来问行军意向,夏之时复集众宣说,并手刊"中华革命军总指挥印",出条告安民。次日,兵将抵乐至,距城二十里,闻新军管带龙光奉命率大队跟追将到,林绍泉更以危言恐吓士兵,众心恐惧,之时复召集全体士兵解说,鼓舞士兵继续前进。行五十里,遇邮卒,检查得乐至驻军清统制派兵增援的告急文书,乃伪装为奉命援乐之兵,驻乐至之清吏迎迓入城,之时即集合驻乐至清军,宣布革命军假道,士兵归附者又三百余人。次日,至分水岭,士众益疲,军心不固,思逃逸者增多,之时复与众共同结盟以维系之。同时,闻追兵已缓至,乃就地休息一日,以稍复疲劳。次日,行安岳道中,有王生以壶浆迎接,言其师王休奔走革命有年,今正策划安岳反正。之时即告王生转达王休,内外策应。之时随率兵抵安岳县城,但城门紧闭,拒而不纳。正疑虑间,王生出,告以其师王休正劝县令投降,嘱缓攻城。不久,县令弃印逃走,王休出城迎接,相见大为欢洽。之时率兵入城,地方接待颇为殷勤热烈,并借钱数千缗,分散士兵。是夜,龙光率追兵至分水岭,以长信责之时,要他速自解散引去。之时与王休商议,休谓:"重庆诸党人密谋光复,筹划已久,并已与鄂军中党人沟通,正待时机发动。"当劝之时速率兵到重庆,共图大举。于是之时复信与龙光,以革命大义严责之,龙光下令攻之时,其军中有向义者,无斗志,地方人民见龙光军纷集,亦群起燃炮响应义军。龙光立令不服从命令作战的士兵缴械,遂率队返。龙光本同盟会党人,事后始向人说:"夏倡独立,兵少,我名追之,实送之耳。"追兵既退,义军休整三日,乃拔队至潼南。驻二日,有合州代表白炳宣等来见之时,谓合州愿自谋响应,不劳兵力,请速趋重庆。之时遂率众由水道船行两日抵江北黄桷树。夏军来,一般人不知其意图,深为疑惧,于是重庆总商会决定送之时三十万元,米一百石,请其勿入渝城,并推朱之洪为代表,往见之时达此意。渝中党人则与之洪商定,晤见之时应密商筹划和部署举义事宜。之洪晤夏商妥一切后转渝,道经龙隐镇、浮图关等处,复说水警及巡防军归向革命,赞助起义。之洪并复

告总商会诸人,谓:"夏军此来,乃促成重庆独立,已拟露布,即将入城,勿用疑惧。"之洪既返城,之时亦引军兼程进抵浮图关。次日平明,以望远镜俯视巴县城在指顾间,乃积极准备整队进城。当之时与之洪晤面,标志着夏军与重庆党人已胜利会师,里应外合之势已成,独立时机便告成熟了。

(三)重庆光复,蜀军政府组成

自武昌首义,九江、长沙、安庆、昆明、贵阳先后响应,形势发展得极为有利。重庆同盟会党人亦积极加紧筹划,进行发动,除发展组织,加强联系,运动军警,赶造炸药外,并派石青阳、卢汉臣负责组织敢死队,秘密招集青年二百多人,予以一定的训练,为必要时冲锋陷阵作准备。一面指定专人负责联络哥老,共同行动。府中学堂教员党人周晞颜,工篆刻,机关部特购买大寿山石两方,嘱密刻"蜀军都督"及"蜀军总司令"印,在当时情况下,这是造反,查出要抄家灭门的。大家认为藏之校舍甚不妥当,因府中学堂已为官府和军警极端注意,故为此事大费踌躇。经多次密商,才在下陕西街巫德盛栈房附近找到一个妓女(妓女伪作眷属),由周晞颜送往存放她家。后来,见常有岗警逡巡于门前,恐被发觉,晞颜又把这两颗大印分别包好,藏在两腋之下,秘密挟出,存放其他地方。自夏之时率兵临渝城下后,城内居民闻大兵将到,惊惶不安,官吏尤兢兢不自保,宣布了全城戒严。其时,李鸿钧、张煦诸同盟会员纷纷集重庆,府中学堂学生中的党人,亦群为革命效力奔走,巡防军、哥老会并纷纷密约效命。但大家最担心的是巡防军中的开花炮,它是火力最大的武器,如果开花炮打起来,不但要轰毁很多房屋,而且会死伤很多居民。机关部对于这点还特地做了许多工作。巡防军管开花炮的是一个姓肖的管带,终于说通了这个管带的儿子,把开花炮的炮栓偷出,缴到机关部来。这样一来,开花炮也就打不响了。

十月初一日,重庆士绅及各界人士,齐集总商会密议独立问题,众以既推朱之洪往说夏之时暂缓进城,拟即推巡防新军统领李湛阳为都督,宣布独立,免致地方糜烂,乃举向楚、温仁寿、杨朝杰往说李湛阳。既见,李湛阳流涕辞谢,谓:"吾有老亲,不敢当此非常重任,秩序如可维则维之,如不可维,愿党中诸贤好自为之。"于是培爵、庶堪等益加戒备,并令敢死队作好准备,应付非常,维持秩序。

十月初二日,同盟会与各方联系均已妥当,准备亦已完善,于是邀集重庆绅商学各界,在朝天观开大会。到会的有机关法团代表、学生、市民数千人,鄂军中党人田智亮等亦武装与会。大会由张培爵主持,宣布重庆独立。会前重庆总商会会长古绥之、士绅温友松

（回族，秀才）曾探问杨庶堪曰："我们是同情革命的，也是参加的一分子，你们究竟是不是革命党？你们的领袖究竟是何人？"杨庶堪答曰："革命党自然是革命党，至于领袖，总之不是重庆人。"古绥之又说："你们把宝盒子揭开看一下嘛，使大家明白呀。"他们完全不相信这些书生老酸会将革命闹起来的。当时同盟会内部已决定推张培爵任都督，培爵为隆昌人，故庶堪以领袖非重庆人答古。当开会时，重庆的清吏中，川东道台朱有基已先逃跑，重庆知府钮传善不到，乃推向楚、朱之洪去府衙饬钮来会，向、朱两人又邀李湛阳同去，钮传善随即到会，巴县知事段荣嘉随后亦至。党人李鸿钧、夏江秋、欧阳尔彬等各手持炸弹，将钮传善包围，周国琛执手枪指着钮传善，叫他投降。钮人很狡猾，平时本善说词，今慑于群众威势，畏缩气阻，瞠目结舌，低头表示投降，同段荣嘉一起跪在地下，剪去辫子，缴出伪印，并亲笔书写"驱除鞑虏，恢复中华，建立民国，平均地权"誓词，当众宣读。随即由党人挟之游街，钮挽杨庶堪手，坚持甚牢，不肯稍释，意往挟以自保。是日，居民门前都悬挂一白布小旗，上书"汉"字，游行队伍一到，群众夹道欢呼，人人兴奋万分，个个眉飞色舞，热烈地庆祝重庆光复。

是晚，继续开会，众公推培爵为都督，夏之时为副都督，设蜀军政府于原巡警总署。先是朱之洪出通远门往通知夏之时，守兵以为无知府钮传善之令，不敢开城，乃就城阙卑处梯城而下，张颐继之。不久，体育学堂学生军亦赶到，事先本与之时约定如到时城门不开，即行攻城，朱蕴章乃喝退守门兵，将铁锁砍断，打开城门。之洪到两路口与夏之时军相遇，告以城中反正，遂迎夏军入城安民，通电全国，宣布重庆光复。一日之间，兵不血刃，大事已定，民皆悦喜。是晚开会筹组蜀军政府并派向楚带武装兵二人即到大清银行及濬川源银行进行接收。找两行的负责人把重要簿据一并交出，但是要向出一正式收据。由于蜀军政府尚未成立，无法给以正式印收，向楚即在皮包内，取出一张印有"向楚"二字的大红名片作为收据，将两个银行重要簿据几十本一并带转。其时军政府还在开会，向约张培爵出来，密向他报告，已把银行存款完全接受了，培爵大喜。盖当时两行存款共计二百七十万元，有此现款，则军政府的一切开支便可无虑了。

张培爵、夏之时既就任正、副都督，遵照党人会议的决定，乃以林绍泉为蜀军总司令兼参谋部长，唐仲寅副之；谢持为总务处长，董鸿诗、朱蕴章副之；向楚为秘书院院长；李时俊为审计院院长；熊兆飞为监察院院长；方潮珍为军政部长；梅树南为行政部长；龚秉枢副之；李湛阳为财政部长，刘祖荫副之；江经沅为军需部长；邓絜为司法部长，张知竞副之；江潘为外交部长；杨

霖为交通部长,陈崇功副之。并特设礼贤馆,以陈道循主持其事;改原有大清银行为大汉银行,成立金库,由朱之洪主持。之洪与杨庶堪均为军政府高等顾问,凡遇大事,定大计,均先征询二人意见,然后施行。对于军队方面,亦重新加以改编,统一编制:以盘铭为近卫军标统,周国琛为警卫军标统,原敢死队改编为义勇军。以石青阳为标统;原有巡防军四个标统黄金熔、舒伯渊、周维新、邹杰,及炮兵第一营管带肖步周,均予加委,隶属于蜀军总司令。此外,并委刘兆清为亲兵营营长,罗俊青为九门监察,向寿荫为蜀军第一纵队长。委王培菁为南路司令,率兵攻合江,支援起义群众。一面传檄附近各州县改置一司令官,兼管军民两政;司令部内设军谋、军政、军书、军需等处,分行政、财政、司法、学务等科;并委派五十七州县司令官,颁发五十七州县印信(均为周晞颜手刻)。一面照会驻重庆各国领事,申明负责保护外侨的生命财产。布告尽裁进口杂捐,并对江、巴两县旧有厘金豁免五天。军政府成立次日(十月初三)即布告安民,有"少数服从多数,世界公理所存,人民不分满汉,剪发即许投诚"等语。并由刘祖荫(巴县举人、军政府财政部次长)到全城主要街道亲说各商家打开铺门,安心照常营业。于是各商店都把铺门打开,并在门前插一"汉"字小白旗,以示光复。总的说来,重庆独立,不折一兵,不费一弹,市廛安堵,草木不惊,是皆由于事前顾虑周详,临时谨慎行事,一切工作都做得很把稳,故能收到和平独立的效果。

军政府成立以后,对一切费用均特别节省,即以薪俸而言,都督每月薪水仅为一百元,总务处长每月薪水为八十元,秘书、审计、监察等院院长每月七十元,各部部长月薪六十元。其他开支也很节省。

不久,春节到来,军政府大门书联志庆,联文为"奉新元为正朔,扬大汉之天声"。全城民众大放花灯,欢度了独立后的第一个春节。

(四)端方授首,川东南各县均告光复

端方在资中时,鄂军前队既得其后队密信,已知武昌起义确息;同时孙武于武昌起义后,又密致书电,通知在川鄂军中党人密图端方,促川人独立。端方来川,即派人随时检查邮电,凡鄂省来的秘密信件电报均为端方所得。因此鄂军中党人深虑后发为人所制,在重庆时即密谋杀端方,渝机关部阻之,以渝为商埠,若有骚乱,即惊外侨,损市廛,大不利于人民。故端方由渝拨队去资州后,即有鄂军中党人回重庆与渝机关部相密约,如起事杀端,鄂军田智亮等且为前驱。军政府成立后,田智亮请赴资州图端方,培爵等拨兵三百人,炸弹八十枚、现款伍千元与田,兼程往。行至资州六十里处,鄂军中党人与田智亮遇,谓重庆独立,他们已经知

道,并已经作好杀端方的准备,劝智亮暂时缓去。是夜(十月初五日)鄂军中党人密议,认为非杀端方不足以取信于川人而报鄂军政府。议定,众皆画押,剪去发辫,毁肩章,袖缀白布,以表明决心反正,并决定于杀端方后回鄂。鄂军协统邓承绂、标统曾广大惧祸,夜缒城而逃。端方午夜闻变,与其弟端锦相持而泣,起义士兵随缚之至天上官行辕。端方当向众说:"我本来是汉族,原姓陶,投旗才四代。我治军最初在湘鄂,后来在两江,在直隶,对待士兵,素来不薄,进川以后,对士兵尤有加厚。"乞免死。众答以:"此是私恩,今日之事,乃国仇,不能顾私恩。"有荆州人卢保清者,三十二标军士,素骁健,挥刀刺之,截其首级。军士任永森,复手断端锦头。

次日,田智亮等电蜀军政府报鄂军反正,举陈镇藩为统领,拨队东下。过内江时,协助内江独立。抵渝,卢保清等出端方、端锦首级,二头均贮在铁匣内。沉浸以清油。培爵等以鄂军建此大功,犒以牲酒,对卢保清、任永森两人,特加奖赏,各以红白绫标其肩,旌其勇决。智亮返渝,向军政府报命,仅用去五百余元,所余之款,悉数缴还,军政府大为嘉许。军政府旋派朱之洪向陈镇藩接洽,请鄂军暂时驻川,帮助维持地方治安。镇藩兵驻川东师范学校,正交涉间,鄂军闻而大哗,众谓:鄂省独立已久,正需要兵力,且父母妻子昔在鄂,人人思自救:愿早归,不肯留。之洪又达军府意,请借枪械,众又谓:枪械是军人生命,借出就是等于缴械,均不从。最后,之洪反复与镇藩洽商约定,由军政府给予三万元,即以此款订购汉阳兵工厂枪械(其后冯中兴运回是项枪械交熊克武军,陈镇藩是履行了原约的)。于是鄂军陆续离川返鄂。大部东下后,留富顺、内江间者尚有一百余人,适驻自流井的清巡防军被同志军周鸿勋部击溃,奔入县城,知县孙易祺与劣绅数人实为内应。清巡防军入城,大肆劫掠,奸掳烧杀,妇孺纷纷裹棉絮坠城下,哭号之声,惨不忍闻。鄂军乃由白马庙乘船到富顺县城,梯人登陴,砍开城门,击走清巡防军,诛杀十余人,平息了祸乱。县中人民深为感激,及鄂军将赴泸州,由水道东下,县人又恳切挽留,坚不让走,复留驻了一个多月。其时有张桂山所率千余人来驻县城,未敢扰乱者,鄂军镇慑之力为多。嗣后滇军至富顺,鄂军方行辞去。

当重庆未独立前,下东及泸南各州县,昔有党人运谋策动于其间,或联官绅,或结防军、哥老,伺机举事,俟重庆军政府成立之后,即行响应。当时,夔、万方面,由卢师谛等负责,泸州下川南一带由杨兆蓉、邓希龄等负责。驻万县防军统带刘汉卿(绰号刘罗汉)经党人策动,于十月十五日反正,次日以兵下夔府,七日宣布成立下川东蜀军政府,推刘汉卿任副都督。同时,卢师

谛、汪厚坤、易存贞、王亮、刘梓春、晏祥武等积极谋划各县独立。十月六日，杀奉节知县高矗义，徇巡防军之请，推陈某任司令，王亮为参谋长。云阳亦于同日反正，推晏祥武为司令，卢师谛为参谋长。泸州亦于十月六日宣布独立，建川南军政分府，推原任永宁道刘朝望为都督，温翰贞副之。长寿、涪陵、南川、隆昌亦先后与蜀军政府密约，陆续宣告独立。当时，川东南有五十七州县，均已反正，响应和拥护蜀军政府。于是蜀军政府已掩有半个四川，地位益加巩固。不久川南都督刘朝望、下东副都督刘汉卿均表示自行削去名号，请归并蜀军政府受统一调遣指挥。

（五）成都独立和蜀军政府派兵西上支援

成都闻重庆光复，端方授首，鄂军起义，川东南全部响应，亦于十月七日宣布独立。先是，赵尔丰虽为形势所迫，释放了蒲殿俊、罗纶等九人，但赵尚拥有巡防军三十营；藩盐两库尚存现款六百余万两，兵饷皆在握。川绅邵从恩、陈崇基等以赵一日不去位，则川局一日不安，遂相与计议政权转移。陈崇基则奔走于诸绅士之间，邵从恩与吴钟镕则赴督署，相机说赵尔丰，往返周折经过六日，赵尔丰与清廷消息隔绝，自知前途无望，始承认将军权交与十七镇统制朱庆澜，政权交与邵从恩。邵从恩以国体且改共和，都督宜由民选，省民大会既不能在短时间内召开,则应以省民间接选出之谘议局议长任之。赵尔丰惧川民仇己,以为朱庆澜拥有新军尚足恃也,欲援鄂例,以朱庆澜为正都督,蒲殿俊为副都督。邵从恩乃谓湖南都督谭廷闿亦系文人,若以民选议长而置之副,恐不惬舆情。在商定了所谓"官绅协约"三十条之后,赵尔丰以文告宣布"四川自治"。于是蒲殿俊为都督,朱庆澜为副都督,并筹组"大汉四川军政府"。赵尔丰在交印的同时,并宣布了所谓"官绅协约",约中有:请赵尔丰仍主边务及扩充军备,协济藏款,供应常年费、兵饷费四五百万两等等条文;更为荒谬的是仍请赵尔丰留成都,暂缓赴川边,以便遇事商求援助指导。川民认为根据此项所谓协约,则赵尔丰仍然手握重权,后患将不堪设想,一时舆论大哗。党人持"协约"奔告重庆军政府早为之备,蜀军政府立即在报纸上对此项"协约"逐条加以严正驳斥,深入揭露赵尔丰等的阴谋,号召全省人民群起反对。并以赵尔丰仍居督署,拥有重兵,一旦发生变乱,实系全蜀安危,于是决定推派副都督夏之时率师西上,讨伐赵尔丰,支援成都独立。乃将原有蜀军各标,改编为三个支队,以蜀军总司令林绍泉兼北路支队长,改第一纵队长向寿荫为南路支队长,以但懋辛为蜀军参谋长兼中路支队长。但率部甫进驻资中,不数日而有成都十月十八日之变。初,蒲殿俊于就职后许各军休假

十日,发给薪饷三月,以示酬劳。在赵尔丰、田征葵支使之下索饷者纷纷,巡防军尤为骚扰。是日于东较场点名放饷时,仅给饷一月,巡防军首先哗变,枪杀发饷委员。随之枪声四起,新、巡两军洗劫了银行、典当、藩库、盐库及全城许多商家和住户,称为"打起发",火三日不绝。变兵饱掠出城扬散。各路同志军入城维持秩序,始稍见安定。清陆军小学堂总办、"大汉四川军政府"军政部长尹昌衡自凤凰山乘机率新兵数百人入城。适兵变时蒲殿俊潜逃,尹昌衡遂为都督,罗纶为副都督。当兵变之后,赵尔丰竟公然以"总督部堂"名义,发出布告"安民",其忠实爪牙傅华封率川边清军已至雅安,复辟罪行愈益昭著,这就危及了尹昌衡的既得地位。尹为了巩固自己的权位和不得不顺应人心,乃擒杀赵尔丰于旧皇城。蜀军政府闻赵既已伏诛,乃罢西上之军,迄于资州而止。

(六)吴玉章到渝主持开会戡定反侧

　　林绍泉被任为西上军的北路支队长后,大为不满,当即将委令撕毁,把所发的支队长关防砍为四块,叫嚣支队长职位卑下,侮辱了他的总司令职位,并持手枪,傲睨放肆,大骂都督,大闹不休。朱之洪至,见林态度极为恶劣,出于意外,劝之不能止,乃袒胸大声喝止之,林始退去。其时,党人吴玉章适于发动了荣县、内江独立后来渝,玉章有卓识,能果断,素为同志所敬服。蜀军政府初建之际,不幸即发生林绍泉骄横跋扈的事件,培爵诸人均惴惴不安,不知如何措置。于是同盟会诸党人于迎接玉章进城后,即同往就商应付方策。玉章认为军府成立伊始,非整肃纪纲,严申法纪,不足以树威信而固根本。经确定原则,妥为部署后,即夕,召集各部院长、军官及同盟会党人开临时大会,众公推玉章为主席。玉章首先声明:大会主席必须由大会予以权力,可以控制会场,参加会议的人,要听主席的话,各守秩序,依次发言,会议才有结果,否则不任主席。众鼓掌赞成,于是玉章就任主席,宣布开会。首由夏之时发言,谓支队长名义,考之中外军制,乃分道出师之领队长官,有以一镇(相当于一师)再加步兵若干成一支队者,其名义不卑,其范围不小。况军府任命绍泉之文书,并无取消其司令官语意,且曾先召集参谋部属开会声明,林支队长出师时,随营携带司令官关防。是司令官出师,并加支队长名号,事权不为不重,委任不为不专,而林绍泉平日跋扈骄横,今则更为悖妄。并闻外间有密谋拥戴林绍泉作都督者,经检察已查得确凿证据。绍泉知事已败露,不得不自服其罪,按军律当处死。之时终以林自龙泉驿起义后,赞襄军务,尚有微劳,援都督可以持救之规定:予以特赦,宣布将林押解回鄂省原籍。标统舒伯渊、周少鸿、周维新,教练官汤维烈等,阴

与林绍泉相勾结,已定议乘北伐军发给子弹时哗变,扰重庆,以颠覆蜀军政府,事成即拥林绍泉为都督。舒伯渊等初曾密说黔军标统叶占彪同造乱。叶占彪以客军来援,饷粮皆仰给蜀军政府,不敢应。舒等又秘密邀都督近卫军的一些官兵在川东师范密议,有朱登武者,系龙泉驿起义时头目,现隶近卫军为下级军官,被招与议,知其谋,告密。当临时大会褫夺林绍泉军职时,近卫军群起引枪向会场,齐指舒伯渊,揭发舒谋乱。部长中有梅树南者正手烤铜烘笼,接近舒座,闻士兵枪簧拨动,大惊,手炉翻倒,灰火飞扬,与李湛阳、江潘等怆惶遁散。玉章主持大会,以极其镇静的态度阻止了仓皇逃会诸人,继续开会。旋议定,令监视舒伯渊、周少鸿、汤维烈等。次日黎明,令欧阳尔彬往捕周维新,值周维新尚在客馆挟妓卧床未起,箧中所藏秘密函件不及消灭,乃搜逮付军法。鞫讯得实后,遂宣布舒伯渊、周维新、周少鸿、汤维烈等罪状,处以死刑。同日,夏派曾昭鲁(隆昌人绰号曾猴子)雇一小船押林绍泉由渝起程,行至江北巴县间之野罗子地方,林小解,昭鲁乘势推其入水淹毙,乃回重庆向夏报命。林案处理后,夏之时即自兼蜀军总司令,姜登选副之。此次戡定反侧,奸不得发,实得力于玉章之到渝主持本计。

不数日,蜀军拿获了清四川巡防军统领田征葵。这个凶残屠杀人民的刽子手,由成都化装易服,乘小舟东下,欲从水路潜逃,终为蜀军所捕获。军府得报,复派李湛阳、向楚、江潘往查看属实。十一月十二日,培爵、之时等召集官兵集会,将田征葵押至阶下,命军法宣读罪状,大意谓成都七月十五日之变,田征葵挥军枪杀无辜请愿人民,论事实则祸之首,论法律则罪之魁。田征葵闻罪状,佯作不省,强笑曰:"欲加之罪。"在当众揭发田贼残杀人民的累累罪行之后,当宣布斩首,标木牌大书,"民贼田征葵之首级",枭示于市,人民大为称快。

川南都督刘朝望之参谋余大鸿(鄂人),本林绍泉师。林先有电邀请其率兵下渝,共图重庆。余尚在途间,而林已事败。余率兵至石桥铺,军府乃派朱之洪、陈传往视。余知军府已有备,愿将所率全营交蜀军,之洪与之约,兵不得入城,次日于南岸铜元局接收。余交出部队后,军府给与路费四百元,令其返鄂。

十二月军府得合江筹防局密报:有贺建章者,手持"四川治安军"印单及吴以刚名片,称蜀军统领,招兵下渝,图大举;其同伙罗燕章已赴贵州仁怀、土城各招得若干人,请军府指示。军府复令指为假冒,饬捕贺建章至渝,并搜得贺与吴克勤及陶叔侯信,信内称邓井关、仁怀、土城各招得炮队若干人,十日可到等语。吴克勤即吴以刚,系清川江巡警提调;陶叔侯即陶家琦,系清巴县经征委员。均先已"投诚",今又假冒蜀军名

义招兵图造乱,谋复辟,乃宣布其罪诛之。

成都兵变后,朱庆澜亦易服潜逃到渝,住方声涛家。姜登选引其见夏之时,之时以朱为旧长官,曾参加成都独立,乃赠送路费三百元,送朱东下。

经过这一时期的努力,戡定了叛乱,使蜀军政府的政权逐步地得到了巩固。

(七)熊克武在沪组成蜀军回镇重庆

初,蜀军政府派周代本赴沪购枪械,并与各省代表团集武昌开会,熊克武则在上海团结党人,谋组蜀军为中坚。时有保定学生吕超、张存孝等电熊筹济路费,熊等兑款接济之,于是党人南来者多青年军人。四川同盟党人乃在上海举行会议,推任鸿隽为主席,黄肃方为同盟会干事兼总务部长,熊克武为军务部长,陈一夔为财务部长,郭蔚华为庶务,设办事处于上海,图谋组织蜀军,但苦无款购军械。众以重庆沪商代表董秉章、贾应权两处尚保管有川汉铁路公司所购兰格志股票,可值一百七十万两,乃多方劝说董秉章、贾应权等将股票交出向银行抵借二十五万两,作为蜀军购械之用。二人初不愿交,经多次劝说亦归无效。后乃由党人黄祯祥(武昌的军人)携武器到两家,称说是黄兴大元帅的兄弟,强迫其交出,才将股票抵借现款,向日本军火公司订购了俄式步枪、山炮、子弹等军械一批。日本军火公司虽承卖军火,但还须有担保人,乃以同乡人关系,找江苏巡抚程德全出名担保,始行成交。于是公推熊克武为蜀军北伐总司令,彭家珍(金堂人)为副总司令。其时家珍已先走北京,挟弹往炸清禁卫军统领、宗社党党魁良弼。民元一月二十六日,家珍炸良弼于北京红罗厂,弹发,家珍当场牺牲,良弼受重伤,于二日后死去,清王室大为震恐。克武旋复奉民国政府大元帅黄兴任命,乃在宜昌将蜀军组成,并就近在汉阳购买厂造步枪子弹,添置军装,军容甚盛。蜀军成立之初,共有三个营:向传义营驻宜昌,丘延熏营驻万县,肖人龙营驻重庆。先是,宜昌上游发现炸药船,载炸药百余箱,雷管引线皆备,疑是川汉铁路公司所购运。乃分其半留武昌,余皆装制为炸弹,招青年学生百余人,士兵一百二十人,组织义士团,使用是项武器,推定颜德基为义士团团长,曾宝森任参谋,先蜀军达重庆。黄肃方抵渝,适总务处长谢持因父丧请假回富顺,即以黄代谢职。熊克武到渝,经军政府委充蜀军第一师师长,原军政府所统各部队均属之。其后,成渝两军政府合并,蜀军改编为川军第五师,由熊克武任师长,仍驻节重庆。

(八)滇军侵川的交涉

当保路风潮发生,各县同志军竞起,川局尚未臻安定之际,滇、黔均以"援川"为名,先后入据川境。黔军

叶占彪所部,原接受蜀军政府之节制,隶属中路,嗣因黔省发生动乱,遂全部开回。滇军谢汝翼、李鸿祥两梯团先后自滇出发,以郭灿任滇军援川巡按使,陈先沅副之,由昭通入蜀。蜀人客滇省者,飞书密告蜀军政府。军府乃派谢崇飞到叙府联系,并要请其长官赴渝订约,共相遵守。约中载明,蜀军政府承认滇军为援川军,付给兵饷,但不得自由行动,干涉民财政。约虽签订,而滇军首先破约,竟委彭汝鼎为宜宾知事,并杀害富顺司令范华斋。合江之役,川南总司令黄方竟被滇军惨杀,百余人悉被剖腹挖心,极其残酷。盘踞自流井之滇军复将同志军统领、革命党人周鸿勋杀害。并委滇人黄德渊总榷盐税,截留盐款。这些以援川为名的侵川行为,大为四川各方所不满。

时成都军政府,经兵变之后,府库空虚,财政极感困难,仅靠发行军用票维持,以自贡盐场为滇军霸占,截留税款,难于容忍,乃出军赴自井,与滇军相遇于界牌,相持几至交锋。时溥仪尚未退位,传闻清廷以重兵犯潼关,将横截西北以牵制东南。于是东南、西南各省以大局危,乃亟谋北伐。适王人文由陕西转川,到渝谒军府,培爵对之优礼有加,聘为联合北伐总代表,说滇军共谋北伐,王人文以亟须东下为词,谢而不就。其时,胡景伊(文澜)亦由广西回重庆,蜀军政府以景伊与滇军将领有旧,乃委景伊以全权,继王人文为代表,以刘声元副之，同至自流井界牌，会于游家祠。与会者有：成都军政府所派联合北伐团委员王馨桂，与滇军交涉全权委员邵从恩、王裿昌，滇军总司令官韩建铎，第一梯团长谢汝翼，第二梯团长李鸿祥，支队长黄毓成等。议定：以成都军政府因遭兵变财政枯竭，无法承担军费，由重庆蜀军政府先拨筹备费三十万元，作为滇军筹备北伐费用，部队出川后，蜀军政府再按月给军饷十五万元；后方勤务则完全由蜀军担任。在此以前，滇军曾通电推举夏之时为北伐军总司令官，张培爵为北伐军总兵站官。李湛阳首先捐助军饷以为倡导，蜀军政府即以李湛阳、黄肃方、刘祖荫等负责筹措北伐饷捐事宜，文武职司捐薪者争先恐后，士兵及市民、妇女之捐金钱脱簪珥以助北伐军费者亦众。时，成渝两军政府合并之议起，成都军政府以省库空虚，曾请由渝拨付十万元，作援陕出师协济饷款，蜀军政府为照顾全局即予如数拨付。胡景伊与滇军签订了北伐协约，应尹昌衡之召，即直入成都，亦不向蜀军政府复命。刘声元以胡未先电蜀军政府请示，竟与滇军签约，允此巨款，实为专擅，有负使命，乃拒不副署。滇军自川南抵渝已三日，蜀军政府始接到胡景伊报告及协约条文。正考虑间，不数日，奉南京陆军总长黄兴电令，谓清帝已宣布退位，南北统一，决罢北伐之师。当以电令示滇军，滇军仍执原约需索巨款，经过反复交涉，蜀军政府以客军

远道来援,愿以三数万元作慰劳,滇军仍坚留不去,卒与三十万元,始得毕事。胡景伊至成都,尹昌衡任以为军团长,位在各师之上。尹昌衡见滇军勒索巨款,仍不开拔,乃命孙兆鸾率兵赴重庆,迫滇军出境,双方戒严。蜀军政府为使人民免遭战祸,又出而调停排解,经过再三劝说,双方之兵始离去渝城。

(九)成都、重庆两军政府的合并和重庆镇抚府的设立与撤销

成渝两军政府合并的主要原因:(一)云南都督蔡锷来电正式承认重庆蜀军政府为四川政府,对以尹昌衡、罗纶为首的大汉四川军政府不予承认,指责尹等在军政府内普设公口,尹自任大汉公龙头大爷,所谓大汉四川军政府实为哥老会政府。蔡锷同时还咨请湘军都督,以树声援,并主张派兵西上进攻成都。蜀军政府都督张培爵及同盟会党人以哥老会诚有诟病之处,然应以大局为重,不可轻启兵端;且革命系为国为民,更不应借外援以谋取个人权位,当即电复蔡锷婉谢。自此,两军政府同感长此对峙,必受外省欺凌,而合并动机遂渐趋成熟。(二)同盟会在成都党人如董修武、杨维、龙光等,以成渝分立,两军政府事权既不统一。财政亦无法整理;又加滇军骄悍,哥老纵横,长此拖延不决,川

民痛苦必深,究其终极,势将两败俱伤,遂首创合并之议。重庆同盟会党人如张培爵、杨庶堪、熊克武、谢持、朱之洪、向楚等亦同感合并之必要。张培爵并电征泸州川南总司令但懋辛意见,但也复电赞同。自是成渝合并之议,各方便力促其成了。(三)重庆同盟会党人多以成都向为全川省会,渝城则属军事重镇,应当服从于久已形成的政治中心——成都。有人甚至还以"脚杆硬不过大腿"为喻,以说明重庆之应合并于成都。

在这样的情况下,双方书电、专使往还甚为频繁。重庆复派朱之洪、成都派张治群,皆为全权代表,相晤于荣昌之烧酒坊;随又同至重庆,议定合同十一条,各签订缮呈上报。两军政府乃各召集特别会议,审议加印,俱同意合并,成立统一的政府。合同内容大要为:成都为政治中心,省会仍设在成都,重庆地位重要,应设重镇;合并后的正副都督人选,由统一政府的全体职员选定,原成、渝两都督,分任合并后之正副都督,原两副都督拟以重庆重镇相畀,或以枢密院长及军事参议院长位置之。双方于民元二月二日换约。越十日,培爵率警卫队启行,以陈先源为行营参谋长,卢师谛、董鸿、向楚、方潮珍、张颐、赖肃等从行。抵隆昌,适谢持自富顺赶到,党人张习(时任成都盐务处长)亦自成都至隆,于是举行行营会议。当议定:培爵自行电请让正都督于尹昌衡,自就副都督职。盖明知两府合并后由

职员选举,成都人数较多,即选亦不可能得正,不如不选为佳。会上并决定谢持、但懋辛同赴成都,向楚、张习则转重庆商组镇抚府事宜。张习既到渝,夏之时以黄肃方出巡川东,乃命习代理总务处长。三月九日,培爵抵成都,十二日就任四川军政府副都督,遂通电全国,宣告四川统一。

重庆设置镇抚府,由前蜀军副都督夏之时任镇抚府总长。镇抚府的组织及人事安排,亦重新决定:以张习为政务处长(不久辞去,以刘光烈继任)、朱蕴章副之。向楚任秘书厅长,刘植蕃任军政分司司长,王休任民政分司司长,李湛阳任财政分司司长,江潘任外交分司司长,马柱任司法分司司长。蜀军政府既已合并于成都,重庆镇抚府实为同盟会党人的据点,因此大家都愿之时留任新职。殊王休密谓之时:"人生一世,好容易能得到雪花银三万两,你既当过都督,还应当注重生财之道。"夏大以为然,遂不经向楚拟稿,自己发电,坚请辞职出洋留学。四川军政府赠以三万元,以酬其功,夏遂挟资离渝。夏去后的继任人选问题,同盟会党人在隆昌开会时曾决定,如夏坚决不任镇抚府总长,即以张习继任,培爵等并嘱向楚同张习到渝,为之游扬。向当向蜀军政府旧有人员说明,张习才具在谢持之上,要大家一致拥戴。对于镇抚府总长一职,杨庶堪主张由黄复生继任,当时曾有电与尹昌衡推荐黄复生,内有

"复生海内奇杰,众望所归,文澜本吾故人,亦有时望,但不如以复生接任为宜"等语。而尹昌衡则对胡景伊特别信任,遂乘机发表胡景伊为重庆镇抚府总长。这正是同盟会党人授人以柄,从而遭受宰割的开始。

胡景伊既奉委,星夜兼程赴渝,至资中并电请尹昌衡将机关枪营拨给他一同到渝,为武力接收的准备。重庆方面派向楚、朱璧光赶赴永川,形式上是表示欢迎,实则探视情况。胡见向、朱等,首先说:"你们是来挡驾的吗?"向答以:"同是巴县人,那有挡驾之理,我们是来欢迎你的。"胡又说:"杨庶堪的电报很有趣味,复生海内奇杰,文澜本吾故人,所谓奇杰亦不过能耍几个炸弹而已!"言下悻悻之意溢于言表。镇抚府成立之初,成都即有人谓其组织庞大,与都督府俨然敌体,倡议撤销,以实现真正统一。同盟会党人中有许多人亦赞同此议,认为谋川局统一,本党具有诚意,革命非为职位地盘,主张明白表示,以示大公。党人川南总司令宋辑先(绍曾)遂首先通电请撤销镇抚府。于是经召集在渝党人开大会议决,并得培爵等同意,经尹昌衡批准,于六月十日撤废镇抚府,任黄肃方为川东宣慰使,任熊克武为川军第五师师长兼重庆镇守使。七月,尹昌衡西征,胡景伊代为都督,张培爵改任民政长。至是同盟会党人遂仅保留下熊克武一个师的兵力,张培爵名为专司民政,根本上毫无实权,不久亦为袁世凯、

先贤诗文选

胡景伊排斥去职,同盟会党人被残杀迫害,亦旋踵而至了。

(选自政协全国委员会文史资料研究委员会编:《辛亥革命回忆录》第3册,中华书局,1962年)

蜀中先烈传叙

余读欧阳修史,载王凝妻李氏事,①私怪五代之际,志勇义烈之士,岂为无人?乃传死节者三,②死事者十有五而已,其次冯道诸杂人,③则津津为一妇人,一再叹吁。呜呼!此可以观事变矣。而古今死国难者,有时感人之深,或旷百世而相慕,隔千里而相思。庄生有言:不精不诚,不能动人。强哭者虽悲不哀,强怒者虽严不威,强亲者虽笑不和。吾蜀自辛亥以来,士夫死国之烈,足以动乡邦,泣神鬼者,何其多也!世人论成败者,辄指曰"党祸"。今世界昌言群学。群之类聚区分,惟有贤不肖,与元凶大憝立异,④为拯国而群者,曰公党。树表旗,多为之名,善趣舍,持分合以相携,曰甲党乙党。因利乘便,亲权要,贵一己,以执藉相结合,⑤而高言不党,因而误国鬻国者,⑥盖亦莫不有私党。公私之闲贤不肖恒相杂,而党之名遂为人诋骂排倾,⑦黠者或因而利用之。世道人心之变,未有已也。昔鲁人学其子于墨,⑧其子战而死,其父让墨。⑨墨曰:

子欲学子之子,今学成矣。战而死,而子愠。⑩是犹欲枲籴,⑪则愠也。国人之委身于革命,墨道也。大彀之教,⑫以死为究极,不宗铁血,⑬而以旅金,⑭群之所以败也。昔赵宋将受禅,未有禅文,翰林承旨陶谷,⑮出诸怀而进之,尝自言头骨当戴貂蝉。⑯方筹安劝进之论浡兴,⑰隶民党者,皆目曰暴徒。抚头骨戴貂蝉者,大率皆贵人,旦夕跻列侯,举国骙骙向风矣。⑱袁氏败,共和再造,诸帝蟹稍稍积金钱为富人以亡命,⑲涂民耳目。而烈士之前踣后继相随属,⑳以败,以去,以购陷,㉑以辱,以死,则既一瞑而不复视。后死者至欲区区以文传之,此其志尤可悲,而文之传不传且勿论也。民国六年春,余客金陵。闻蜀中先烈传成帙,因痛逝者,而为之叙。巴县向楚。

(选自《国立四川大学季刊》,1935 年第 1 期)

注释:

① 王凝妻李氏事:王凝妻李氏自断其臂以示贞洁的故事。《新五代史·杂传序》:"予尝得五代时小说一篇,载王凝妻李氏之事……凝家青齐之间,为虢州司户参军,以疾卒于官。凝家素贫,一子尚幼,李氏携其子负遗骸以归东。过开封,止旅舍。旅舍主人见其妇人独携一子而疑之,不许其宿。李氏顾天已暮,不肯去,主人牵其臂而出之。李氏仰天长恸曰:'我为妇人,不能守节而此手为人执邪?不可以一手并污吾身!'即引斧自断其臂。"

② 三:此为约数,表示众多之意。

③冯道(882—954):字可道,自号长乐老。汉族,五代瀛州景城(今河北交河东北)人。历仕后唐、后晋(契丹)、后汉、后周四朝十君,拜相二十余年,人称官场"不倒翁"。《新五代史》作者欧阳修在书中严厉批判冯道的"无耻"时,即引用了王凝妻李氏自断其臂以示贞洁、懂"廉耻"的正面典型,意在教训冯道们:李氏能断臂,冯道们为什么不能用自杀来避免"忍耻偷生"呢?

④憝:亦作"憞",怨恨,憎恶。

⑤埶(shì):"势"的古字。势藉,即权势地位。

⑥鬻国:卖国。

⑦褫骘(chǐ zhì):即轻薄。

⑧学:学习。此取其使动意义,使学于。

⑨让:责备,责问。

⑩愠:含怒,怨恨。

⑪粜:卖出谷物。籴:买进谷物。

⑫大觳:太刻苦。《庄子·天下》:"其生也勤,其死也薄,其道大觳。"郭庆藩集释引郭嵩焘曰:"觳者,薄也。"

⑬宗:尊重。泛指推尊而效法之。铁血:武器和鲜血。借指战争。

⑭旅金:旅,官名,代指职位。金,即酬劳、金钱。

⑮陶谷(903—970):五代至北宋人,陈桥兵变时,后周宰相范质等人才知道不辨军情真假就仓促遣将是上了大当,但已无可奈何,只得率百官听命。翰林学士陶谷拿出一篇事先准备好的禅代诏书,宣布周恭帝退位。赵匡胤遂正式登皇帝位,轻易地夺取了后周政权。

⑯貂蝉:貂尾和附蝉,古代为侍中、常侍等贵近之臣的冠饰。

⑰浡(bó)：兴起。
⑱骎骎：马疾速奔驰貌。向：趋向。
⑲蠥(niè)：妖孽。
⑳踣(bó)：倒。
㉑购：悬赏征求，悬赏缉捕。陷：陷害。

烈士张君镇夷墓表

吾蜀自癸丑违难，①多义烈之士，其死事之至可歌泣者，尤称张君镇夷。求之史传中，庶几公孙杵臼、孟胜、徐弱、贯高者流也。镇夷名威，万县南乡人。幼沉默嗜书有奇气，下笔多深语中名理。与人交，轻财急难。年十五，入成都陆军学，继毕业南京保定。所至起学会，谋种族革命。共和改元，君力赞熊克武建蜀军沪宁间，师还重庆，改隶五师为营长，戍夔州。讨袁军兴，秦鄂军被北廷命，窥蜀门户。时赣宁新挫，君提数百人，以死誓师，谓不成先自杀，分其营为三队当敌。君自居中为策应，而秦师一旅，薄夔而陬。②君传檄战区，假称夔州总司令，兵不满三十，逐秦军二百余里。寻重庆败耗至，乃撤防。屡欲自戕，为士卒持抱，并取其拳铳佩刀，得不死。君乃散财聚械，内之奉节令。新兵有哗者，君已解兵。犹捕首事者，置诸法而去。君至上海，益发愤。尝偕江西张岂庸，挟叱弹走京师，为暗杀。

不得,之天津。前民政长张培爵谭之,③夺其弹。后图杭州,事泄,越城跳免,变名吴市。党人黄复生至自日本,授君爆药术。罣人告密,④复生与君同被逮,君与争死,及对狱,挺身具承,首自诬服,⑤卢思谛、朱之洪、向传义、刘鸿材、徐可庭诸人,营捄者百端。⑥淞沪镇守使郑汝成,其子某,尝同君学,亦有意脱贷之。君忼慨不屑苟免。⑦倾吐就义。谳成,⑧遗书告诀。以国事属之后死,侃侃数百言。谓人生行事,但求心之安耳。心安则为之,成败毁誉荣辱,皆外来事,不足以动于中也。死之日,年裁二十有六。⑨妻定郭氏,郭故隆昌士族。女兄某,高君义侠,面许之,归述行谊,女为动容,中遘乱离,⑩君数书辞婚,家人将许焉,女持不可,及女游学京师,与君相遇吴门。张习者,女师也。君从弟冲,要余同语习,欲修礼,且请期,愿不能迟父兄命。⑪女以书往复,惟勖君志事。君在狱,常佩女小相,临难,语刑人勿去,且以相殉,书诀女曰,夏正元朔。我生日也。年年此日,望字呼我,奠酒浆,慰我魂魄矣。女得书,为位设虚祭,哭之哀,遍征君行实。六年熊克武镇守重庆,上府部请予追恤。亡友吴骏英为之传,数年,闻女死。初君殡上海宝山里,⑫洪宪败殂,君诸故人与余省君殡所,相顾念流涕,而黄复生为尤痛。君治兵,军纪肃然,处常变能不扰民,夔人至今称之。其立意较然,⑬不欺其志,使稍委曲自诡,⑭隐忍以成功名,君之勇智,当不在杨忠、周阳武下,而今死矣。君父名子尚,读书立行,以广交荡生产。⑮君死,兄子继飞为之后。八年归君骨,公葬之浮图关。越七年,诸先烈墓成,乃撮君生平,镵山刊石,⑯为文以诏千秋。巴县向楚。

（选自《国立四川大学季刊》,1935年第1期）

注释:

①违难:遭难。

②陈(zhèn):通"阵",军阵,阵势。此为动词,列阵。

③譁(gé):文饰。

④睪(yì)人:指特务。"睪",伺视,侦伺,暗中察看。

⑤诬服:谓无辜而服罪。

⑥捄:同"救",救援。百端:谓想尽或用尽一切办法。

⑦忼慨:同"慷慨"。

⑧谳:判定。

⑨裁:通"才",仅仅。

⑩遘(gòu):遇,遭遇。

⑪迟:应为"违"。

⑫瘗(sì):假葬,暂厝。

⑬较然:明显貌。

⑭自诡:责成自己。

⑮生产:在此指生计。

⑯镵(chán):凿,雕刻。

前蜀军都督四川民政长张列五先生墓表

　　四川自辛亥首难,成都继重庆独立,而有十月十八日之变;五六年已来,连年多内争,追维期始,惟隆昌张公,开府重庆,光复四川五十七州县,安主客军,辑民阜财,①丧乱既更,②系人追思。公讳培爵,字列五,为名诸生。父照清,家贫为医。公初读书,见明亡之酷,辄慷慨中夜起,思以逐虏为职志。清光绪中,试学成都高等理科优级师范,入同盟会,与谋机要。课隙,则旁皇奔走国事。③诸党人屡蹶屡起,时方以科举功令为学。公思铸造舆论为风气。殚力期缔成都叙属学校,起书报社,说训导官,为兴教育会,会输金钱建乡学,于是居省同乡,举会长。叙属学校征岁费,一一推张氏矣!公身肩力赞之,④旁郡县,接官吏士夫,百端规划,卒定叙属学校年费三千金。明年,县人黄复生至自日本。黄金鳌至自菲律滨,富顺谢持至自泸。同盟会日兴起,诸党人纷纷集成都,内外联防营陆军。召会党,谋举省城,而谢持为之枢。事觉,黄方、杨维、黎靖瀛、张致祥皆下狱。事连谢持,持方还县运谋接济,抵省,闻变走出。公独留蜀,所称丁未六人之狱也!方诸人被逮之明晨,罩人诇驿,⑤四出大索,公从容市衢。为之经纪其饘粥,望见杨僕,招入书肆询谳状。⑥僕出致杨某书,极愤大诟,公慰遣之,而匿不与通,是时党员多遁逸,有杜门者,公乃愈奋厉,结四方畸士。⑦同里游侠多归之。叙泸间遂时有党人出没矣!川西则廖树勋,川北则熊克武,川南则某某,皆倚公密通声息。常谓其友杨庶堪曰:"朕即国家",意谓省无机关,惟予乃机关也!诸党人更屡挫败,频膏奸吏铁锁,⑧每役公则左右之,时出奇计脱免,而独混迹于叙府公立中学校。犍为之役,死者数十人。郡吏刊章捕治,⑨连公名,不去。于是党人颇稍稍集川南矣!女子学生入同盟会者,亦自公始。明年辛亥,杨庶堪主重庆中学,以学监属公。公至重庆,名任教育,实欲假以有为。谢持亦易名,自西安至,遁迹重庆女学校。广州之役,党人秘致书电,请济金为援助。公与杨庶堪唱首效应之。铁道债起,赵尔丰为总督,保路同志会诸要人,倡为木牌,书大清德宗遗论,集诸父老环跪总督辕门,尔丰恶众哗聚,令发枪拒之。以为乱民,寻捕蒲殿俊、罗伦等。而党人遂结合同志军,哀号起矣!端方受伪命为专使,廉察尔丰,尔丰益继防军屠杀。蜀以西,尸骸蔽野。重庆城乡间及诸台观,大抵皆为同志会演说,公则深悲大恸,日夜密与诸党人谋决,谓非革命无以振民。于是发书至四方豪杰,虑邮之泄,则遣心腹驰递之。各州县党人始稍稍集重庆,决疑定议,谋财政,操运等,周旋官吏,延致党员,主

盟则杨庶堪尸之；⑩事交通，任联络，征器械，发踪指使，则公与谢持尸之；交客军，通往来，为檄告，则朱之洪某某等分任之；而夏江秋独制叱弹。武昌奋动，天下震撼，九江、长沙、安庆、贵阳，先后响应，重庆伪吏戒严，而尤侧目中学堂，⑪中学堂者，蜀军独立中枢也！公乃益急备，会党防军炮队，皆已密约效命，遂有十二月二日之事，当是时，中营城防游击队先出，居民遍悬白汉旗，公则躬督义军，会于朝天观，时伪府县已先招致，皆皇恐愿缴伪印，反正义军，挟之游市，而人民欢呼，复喜见汉家日月矣！于是起义诸贤，以公尝主各军，有懋勋，遂举为蜀军都督，商市不变，耕农行旅皆无惊，川南军亦响应。是时，端方军资阳，赵尔丰据成都，公先遣人通鄂军谋刺方，数日而端方果然遇刺死，成都亦反正，出蒲殿俊等，推蒲殿俊、朱庆澜，都督各军，浃旬大乱，⑫朱庆澜走，尹昌衡代蒲殿俊为都督，蜀军总司令林绍泉、团长舒绍渊、周少鸿、周维新、教练官汤维烈等，亦欲乘北伐军哗变，扰重庆，谋撼蜀军，公既得实，大会诸党人，百执事，褫递绍泉，⑬诛舒周等，戡定反侧⑭，奸不得发，寻执防军统领将田征葵，称罪斩之，而川南军都督刘朝望亦请归并，于是蜀中诸士大夫，颇沾沾言成渝合并矣！时滇都督蔡锷，文书抵蜀，尊公为四川都督，目成都曰哥会政府，愿助公挞伐。⑮哥会者，蜀言汉流，号召群不逞，成都十月十八日之后皆是也，公持不可,众论复排合议,公慨然曰:"今日之事,为国耳民耳!宁等割据世局,为私人计权利者!且军兴以来,蜀人苦负担重,今吾两政府,加之以客军,民何疗焉!"⑯乃畀朱之洪全权,⑰与成都专使谋合并,约成,讹言复兴。谓公入成都者,身且蒙不利,公坦然就道,经荣昌,距家门五十里,不入,军行至隆昌,滇黔军都督文电交驰,推公为川滇黔北伐军总司令,适南北混一,公抵成都,群疑大释,初议正副都督,以投券决之,公首退让而处其副,军民分治之议起,公长民政,昌衡出兵略边,胡景伊以军团长护理都督,军民渐乖睽不调,⑱公有去志,越三月,袁世凯调公入京师,公立解职行,过家门,留三日,语不及私,以华盛顿归田,躬耕自矢。⑲既至,世凯遇之泛然,令为公府顾问官,公书生,浮沉京师人海中,无所表襮,⑳世凯亦易之。不甚措意。二年,宋教仁死刺客,借款议起,东南拒乱命,义军大兴,黄兴之谋取金陵,公曾潜至上海,输资助其事。亡何,义军败,重庆熊克武、杨庶堪相从举兵亦败,公鞅鞅不自聊,㉑又贫甚,则赁居天津租界,教材官织袜,卖之以自活。客中与酉阳邹杰、筠连陈乔邮为友甚密,杰故革命党人也,一日,有李客自言货蒐茸设肆津沽,介乔邮以谒公,其人瘠而黔,鹰准而羸,冉自瞚瞚,㉒类倾危多端者,相见即足恭为畏鄙求援系状。公不涉意,漫浮道与之而已,而欲与公合资为巨贾,并时时设饮招公,公不

欲常为客，亦治具酒庐报之。以此过从少稔。某月某日，复会公所，李客曰："织袜亦巨业，奚不谋以扩充之，君苟有意者，吾当投资张其事。"公以托业微意无它，[23]故遂许之。李客大喜，再三要结而去，越日，又来招公、杰、乔邺，乘电车至酒肆饮，车中，李客出纸一束授公曰："曩所议织袜，事虽细，不能无需折契，此吾撰拟者，君试更定之。"公以转授杰，时车将至，杰不及视，即置衣囊中，车止客下，倏军警四合，捕公、杰、乔邺及它客某而去。捕者搜诸人身畔，得杰囊中纸，乃志城团章程，皆抗叛政府之言，无所谓袜肆契也。求李客亦不复见，公及诸人械至京，[24]下军政执法狱，在狱中凡几十几日，而被杀之日，黄雾四塞，天昼晦，大风，风声惨厉如号呼，公步出狱门，犹从容四顾曰："天意如此，今日尚行刑乎？"至死，颜色不动，血激出丈许，尸不仆，杰、乔邺及资中魏荣权，亦同日死。初公入狱，鞫讯者再，[25]讯者但与好语。无治谳呼叱恶状，后并脱其桎梏，[26]公私揣狱不甚急，尝通问故人，索英文书，欲狱中读之，以自宽其意。盖世凯始亦无意杀公，经月余，有构蜚语中伤之者，乃署片纸付狱，狱中故事，狱官受公府印状将杀人，则于黎明，锐声呼其人姓名，公闻呼，并及乔邺，乔邺愤跃曰："亦死我耶？"又当就鞫，几上有小策，鞫者指谓公，此血光团员名籍，闻书之者亦乔邺也，公知为何同党所卖，竟死无一言置辩云。公深谋远画,不轻示人以厓略,至若快心一击,取人命于顾眄间,㉗吾党有行之者,公之素志,则固有在,乃中于一二宵人之怨诬,构狱冤杀之,稾葬与万人同坑死,㉘故人曾道:从子钟玙,同里潘式家尸之,血三日流,朋友袭敛,不能于礼。妻王氏,后八年卒,子钟洛,留学法兰西,毕巴黎飞机专门业,归以算术教授高等师范成都大学,又二年,客郭汝栋军,以时疫死涪陵。女三:长钟兰,适林伯儒;次钟蕙,适刘光美;季钟芸,适夏谟。公死难,巴县梅际郇纪其事,楚以辛亥识公,蜀军起义,为领文书之役,讨袁军败,投荒海上,㉙逾年,闻公陷狱死,一为文志其权厝,㉚复述公生平事迹,又十年,与公共义诸故人,于重庆为公衣冠墓成,督楚养文,以诏千禩,㉛不谓世乱,遽已抵此,使公而勿死,以观此成败利钝之纷纷者,又何以云哉!

(选自《知行杂志》,1948 年第 2 期)

注释:

①阜财:厚积财物,使财物丰厚。

②更:改也。

③旁皇:亦作"徬徨"。因内心不安而徘徊不定貌。

④身:担当。赞:帮助,辅佐。

⑤调:侦察,刺探。

⑥饘粥:稀饭。讞:议罪。

⑦杜门:闭门。畸士:犹畸人,独行脱俗之人。

⑧铁锧:古代斩人的刑具,借指死刑。锧,垫在下面的砧板。

⑨刊章:印刷通缉文书。

⑩尸:担任,承担。

⑪侧目:不敢正视,形容畏惧。

⑫浃旬:满十天。

⑬褫(chǐ):夺。此指革职。

⑭戡定:平定。反侧:不安分,不顺服。

⑮挞伐:征讨、讨伐。

⑯疗:解除,治。

⑰畁(bì):给予,付与。

⑱乖睽:背离。

⑲自矢:犹自誓。

⑳襮(bó):暴露。

㉑鞅鞅:因不平或不满而郁郁不乐。鞅通"怏"。

㉒瞚瞚:眼睛一眨一眨的样子。

㉓托业:谓借此以为治生之业。微意:微薄的心意。常用作谦辞。

㉔械:戴上镣铐枷锁。

㉕鞫讯:审问。

㉖桎梏:刑具,脚镣手铐。

㉗顾眄:回视,斜视。

㉘槀葬:草草埋葬。

㉙投荒:贬谪、流放至荒远之地。

㉚权厝:临时置棺待葬。

㉛禩:同"祀"。

邹绍阳

邹绍阳(1878—?),巴县人,邹容之兄,比邹容大7岁。他早岁入县学,补廪生,直到1909年,科举制已经停止,清政府为解决秀才们的出路,又举行一次优、拔贡考试,这才获拔贡,次年朝考,授补用知县,分发到陕西,署理城固知县。

黎怀瑾事略

黎怀瑾,字待聘,一字子瑜,合川人。前清廪贡。生性磊落光明,尚大节,不甚检细行,好谭时政。①庠序迂谨之士,多诽之,不与群。光绪甲辰春,应岁试,偕弟握中来重庆。欲入党籍,莫知途径。重容弟之为人,因与绍阳友,并遣握中从绍阳游。思东渡,苦无资。三月初,闻容弟在沪殁于狱,益愤激难已,廼尽售厥产,②得二百余金。以百金付握中赴成都留学,余作旅费。丙午春至日本,遂入同盟会。名曰游学,实朝夕惟与同人筹议实行革命,并无暇择校肄业也。次年回国,偕乡人陈某等,奔走京津间。数往保定,运动新编陆军发难,

皆无效。不得已返蜀。由万县步行至成都,寓某友人家。时赵督逮锢党人某某等于狱,③同党多引避。④怀瑾知事难成,乃归里。创办黎氏家学,撰《幼仪(应为义,编者注)直讲》等书,⑤以教授子弟。武胜黎君开唐,为之刊板行世。怀瑾旧与哥老会结,里中任侠少年及会中之知能稍优者,怀瑾或兄之、弟之、侄之、子之,不拘拘行迹间,故多感激,为怀瑾用。数往华蓥山,与著名会魁李幺等结歃血盟。风声稍稍传播,乡人多窃议者。岁庚戌,合川当事绅衿,⑥以怀瑾行逾恒轨,⑦虑祸桑梓,⑧密诉诸官,欲掩捕之。署中走卒某,怀瑾之死党人,得信飞报,乃夜遁至重庆,匿绍阳家。复闻合川有司移文巴县关捕。遂踉跄东下宜昌,隐身川汉铁路工程中,改易姓名,承揽工头事务。铁路佣工者,多鲁省人,性坦直,尚服从。怀瑾喜之,暗以兵法部署厥众。辛亥春,绍阳偕怀瑾族弟叔益,由洛赴秦,过彝陵,晤怀瑾,叩其意旨。怀瑾曰:"余得居此间,乃余之大好根据。彼路工者,我之士兵也。彼路款者,我之饷糈也。⑨一旦有势可乘,吾当突出荆沙,劫夺驻防旗军之器械。即南扼公安,以通湘南诸同志之声气。⑩然后顺流东下,进据城陵矶,则武昌以下震动,而东南各省必次弟响应矣!"⑪口讲指画,意气甚豪。临别,绍阳特以"对人宜谨言,谋事宜细心"十字箴之。是年秋,川路事起,保路同志会日与赵尔丰竞战于川西。党人李某,潜由成都,寓书怀瑾,嘱其设法援川。怀瑾得书,跃然无如。⑫渝万一带,无隙可乘,不敢遽发。会武汉倡义,乃悉散所领工资,得勇士数百人,屯于宜昌川主宫。时成都尚为赵尔丰所据,川东南志士亦怀观望。怀瑾则视为千载一时,稍纵即逝。故筹画援川,专主激进。九月初,怀瑾已具舟,将西上。不意川路局绅,以怀瑾所为,不利于路局,且恐祸及己,廼密谮于东湘县某司令官,乘间捕怀瑾。立斩之,未一审讯也。怀瑾临刑叹曰:"死,吾所乐。惟革命党亦杀革命党,为吾所不解耳!"初不知川路局绅之阱已也。在宜同志闻之,驰救已无及矣。敛其尸,葬于宜昌官地。

(选自《蜀中先烈备征录》卷三,新记启渝公司代印,1923年)

注释:

①谭:同"谈"。谈论,称说。

②廼:同"乃"。

③锢:监禁,关押。

④引避:引退,回避。

⑤按:《幼仪直讲》为清末王觉一传播的末后一着教的重要著作,与文意不符,考黎怀瑾所作之书为《幼义直讲》。

⑥绅衿:泛指地方上体面的人。绅,绅士,有官职而退居在乡者。衿,青衿,生员所服,指生员。

⑦恒轨:即常规。轨,法则,制度,规矩。

⑧桑梓:语出《诗经》,借指故乡或乡亲父老。

⑨饷糈:军粮给养。

⑩声气:犹言消息或音讯。

⑪按:"弟"应为"第"。

⑫无如:无奈。常与"何"配搭,表示无法对付或处置。

江 庸

江庸(1878—1960),原籍福建长汀,生于重庆璧山,字翊云,号澹翁。1901年赴日本留学,先后毕业于成城学校普通科和东京早稻田大学师范部。1906年回国,任天津北洋法政学堂总教习、京师法律学堂监督。武昌起义后,随唐绍仪赴上海与民军全权代表伍廷芳谈判。1912年后,任大理院推事、高等审判厅厅长、司法总长、法律编查馆总裁兼故宫博物院古物馆馆长。1923年曹锟上台后,辞去所任职务,在北京设立律师事务所,并创办《法律评论》周刊。后历任国立法政大学校长、朝阳大学校长、国民政府法制委员会委员、国民参政会主席团成员。曾在七君子事件中为被捕诸人义务出庭辩护。中华人民共和国建立后,任政务院政治法律委员会委员、上海文史馆馆长、全国政协委员。

大佛寺①

山门隐隐对城楼,地似云冈旧日游。②
迤逦水田多负郭,阴深岩洞不宜秋。
林疏微辨归鸦影,阁回难遮大佛头。

莫怨频年征敛苦,蒲团还冀老僧留。③

(选自《蜀游草》,大东书局,1946年)

注释:

①此诗为作者郊游大佛寺的写景记游诗。大佛寺在今重庆南岸区,据《巴县志》载,"江水过鹓鸪石(又名夫归石),弹子石至观音碚,南岸有大石佛,明夏都察院邹兴所凿也。"

②云冈:云冈石窟是我国最大的石窟之一,与敦煌莫高窟、洛阳龙门石窟和麦积山石窟并称为中国四大石窟艺术宝库。位于山西省大同市以西16公里处的武周山南麓。

③征敛:征收赋税。蒲团:用蒲草编成的圆形垫子,多为僧人坐禅和跪拜时所用。冀:希望。

吴 玉 章

　　吴玉章(1878—1966),原名永珊,字树人,自贡市荣县双石桥蔡家堰人。自小忠厚笃诚,坚韧沉毅,喜读史书,学识渊博,有"金玉文章"之誉。1903年东渡日本,入东京成城学校。1906年加入同盟会,任评议部评议员。在日八年,革命活动不断。1911年黄花岗起义,奉令购运军火。起义失败,返川领导保路运动。助荣县独立(9月25日),在全国率先脱离清王朝建立军政府。又赴内江领导内江独立(11月26日)。后乘夜赴渝,清除内乱,巩固了蜀军政府。民国初建,代表蜀军政府赴南京,出任参议院议员、大总统府秘书,助孙中山先生建政。袁世凯篡国,吴玉章参加二次革命,失败后到法国,在法组建华法教育会,为国培养人才。1917年回国,在北京创办留法俭学预备学校,选送留法学生近两千人,周恩来、邓小平、王若飞、陈毅、聂荣臻、赵世炎、蔡和森、张申府等留法学生,都成为中国革命的栋梁。推翻帝制,建立民国,培养革命人才,吴玉章功垂史册。

　　1925年在北京加入中国共产党。奉党之命从事统战工作并参加北伐。后参加南昌起义,任革命委员会委员兼秘书长。大革命失败,遵党指示赴苏联,在苏联东方大学等校学习、任教,出席共产国际第七次代表大会、世界和平会议。

1938年回国参加民族抗战,被选为第一届国民参政会参政员,出任延安宪政促进会会长、鲁迅艺术学院院长、延安大学校长、边区政府文化委员会主任,以花甲之龄为国培养各类人才,被尊为延安五老之一。1945年抗战胜利后,任中共代表赴渝出席政协会议。次年兼任中共四川省委书记,为反对内战、争取和平民主建国,同反动势力作坚决斗争。

　　吴玉章是中共六届、七届、八届中央委员。中华人民共和国成立后,被选为第一、二、三届全国人民代表大会常务委员。任中国人民大学校长17年,桃李遍天下。兼任国务院文字改革委员会主任、全国教育工会主席、中国自然科学普及协会主席等职,兢兢业业,贡献卓越。于1966年12月12日逝世。

东游述志
（一九〇三年于长江三峡）

　　不辞艰险出夔门,[①]
　　救国图强一片心。
　　莫谓东方皆落后,
　　亚洲崛起有黄人。

（选自《重庆文史资料》第三十七辑,政协重庆市委员会文史资料委员会编,1991年）

注释：

① 为了寻求真理，作者等一行九人于 1903 年 2 月 9 日乘船离开四川，东渡日本。当时，重庆以下的兴隆滩塌崖，川江航行很艰难，故谓"不辞艰险"。夔门，瞿塘峡（长江三峡之一）西边的峡口，为四川门户。

莽莽神州
（一九〇四年冬）

莽莽神州久陆沉，①
鲸吞虎视梦魂惊。
伤心亿万神明胄，②
忍作中流自在行！

呈仲兄大人鉴政，③甲辰冬季弟珊感时抚事，④作于东京客次。

（选自吴玉章《吴玉章诗选》，四川人民出版社，1983 年）

注释：

① 自注："故友侯鸿鉴在日本留学时，曾经写了一首词，其中有'东亚风云，大陆沉沉'之句，此处系借用。"按："陆沉"喻国土沉沦，《晋书·桓温传》："与诸僚属登平乘楼，眺瞩中原，慨然曰：'遂使神州陆沉，百年丘墟，王夷甫诸人不得不任其责。'"

②胄:指帝王或贵族的后裔。神明的后裔指中国人民。
③仲兄:作者的二哥,名永锟。
④珊:作者原名永珊。感时抚事:感慨时势,思虑国事。

1904 年留学日本时自题像片诗①

中原王气久消磨,②

四面军声逼楚歌。③

仗剑纵横摧虏骑,④

不教荆棘没铜驼。⑤

(选自吴玉章《吴玉章诗选》,四川人民出版社,1983 年)

注释:

①作者在1904年留学日本时,留日学生的拒俄运动发展到从组织拒俄义勇队转而改组为军国民教育会。作者于参加拒俄运动后,又参加军国民教育会。在积极进行军事训练时,写下了这首诗。

②王气:王者之气,借指国势。古代有所谓望气之人,认为国势衰弱,便显得王气消磨。唐刘禹锡《西塞山怀古》:"王濬楼船下益州,金陵王气黯然收。"

③《史记·项羽本纪》记项羽被围垓下,"夜闻汉军四面皆楚歌"。此处指国势衰弱,处在帝国主义的包围之中。

④纵横摧虏骑:扫荡敌人。

⑤铜驼:铜制的骆驼,晋代将铜驼装饰在洛阳宫西门外。

《晋书·索靖传》:"(索)靖有先识远量,知天下将乱,指洛阳宫门铜驼叹曰:'会(当)见汝在荆棘中耳!'"铜驼埋没在荆棘里,比喻都城陷落,国家灭亡。此句为作者将发奋救国,不让祖国在帝国主义的侵略中灭亡的誓词。

纪念喻云纪殉难五十周年①

(一九六一年)

当时年少正翩翩,②
慷慨悲歌直入燕。③
几尺电丝难再续,④
一筐炸弹奋当先。⑤
成仁烈迹惊环宇,⑥
起义欢声壮故园。⑦
五十年来天下变,
神州春色遍人间。

(选自吴玉章《吴玉章诗选》,四川人民出版社,1983年)

注释:

① 此为吴玉章1961年纪念辛亥革命五十周年所作若干首诗文之一。喻云纪,名培伦,四川内江人。四川同盟会员,留日学生。曾就读于日本千叶医学校,赋性聪敏,爱好弹琴照相,尤擅制作炸弹,技艺高超。曾服从组织要

求,亲制炸药,到北京与黄复生等组织暗杀清末摄政王载沣,未果。1911年,在广州起义中英勇牺牲。

②翩翩:形容风度轻盈美好。

③自注:"一九〇九年秋后,喻云纪与黄复生谋刺清朝摄政王载沣,潜赴北京,在琉璃厂开了一家守真照相馆,作为进行暗杀的机关。"

④自注:"一九一〇年四月的一个晚上,喻云纪、黄复生到摄政王府附近的一个石桥下安放炸弹,因事前目测不准确,电线短了几尺,致未成功。"按,"电"一作"铁",1961年10月10日《人民日报》载录。

⑤自注:"一九一一年四月二十七日(阳历三月二十九日)广州起义时,喻云纪挂一筐炸弹,奋勇当先,所向披靡。"

⑥自注:"喻云纪被俘受审时,慷慨地说:'学说是杀不了的,革命尤其杀不了。'"按,1911年4月27日喻云纪被俘遇害,英勇牺牲。

⑦自注:"一九一一年十一月,我们在喻云纪的家乡内江发动起义,获得胜利。"

纪任君季彭火化归土

（一九六一年五月于杭州）

季彭恨贼志可嘉，①

自杀身亡岂足夸。

借君火葬归黄土，

作了人生第一家。②

（选自吴玉章《吴玉章诗选》，四川人民出版社，1983 年）

注释：

①季彭：任鸿年，字季彭，四川省巴县人。1912 年在南京临时政府任孙中山总统府秘书。后因袁世凯篡夺辛亥革命成果，忿而自杀，年仅 25 岁。

②自注："这个'了'取了结之意，是动词，不是助词。"

附作者后记：

一九五五年四五月间，我游苏州、杭州，见路旁田间荒塚累累，力倡火葬归土之制。一九五八年回我家乡四川荣县，欲将我祖先坟墓启发，取出枯骨，火化归土，以无火葬场未果。今重游杭州，季彭之兄叔永君言，他二年前曾见西湖旁还存季彭愤世嫉俗自杀之墓，嘱为建议当局为之迁移，免碍建筑。但我是反对人死留墓的，因即商得当地各有关当局同意，启墓开发，火化归土。这是了结人生最好的方法，特借此得第一次实行，以为天下后世倡。

吴玉章
一九六一年五月八日

纪念辛亥革命五十周年八首

（一九六一年九月）

一

辛亥革命五十年，
当年志士半凋残。①
且喜建成新中国，
巍然屹立天地间。

二

东亚风云大陆沉，
浮槎东渡起雄心。②
为求富国强兵策，
强忍抛妻别子情。③

三

廿世纪初零五年，
东京盛会集群贤。
组成革命同盟会，
领袖群伦孙逸仙。④

四

飘摇清室遇狂风,
革命潮流汇广东。
七十二贤成烈士,⑤
至今凭吊有吴翁。⑥

五

丧权卖国震人心,
铁路风潮鼎沸腾。
武汉义旗天下应,
推翻专制共和兴。

六

革命党随革命消,
中山无力挽狂潮。
拱手让权袁世凯,
阴谋窃国祸心包。

七

辛亥革命未成功,
领导还须靠劳工。
自从建立共产党,
人间才得见春风。

八

世界风云今日高,

亚非拉美卷狂飙。⑦

东方红日普天照,

殖民帝国正冰消。

(选自吴玉章《吴玉章诗选》,四川人民出版社,1983 年)

注释:

①半凋残:大半凋零。凋零原指草本凋谢零落,这里引申指辛亥革命志士的去世。

②浮槎:传说中来往于海上和天河之间的木筏。《博物志》卷三:"旧说云:天河与海通,近世有人居海渚者,年年八月,有浮槎去来,不失期。"这里指渡海远航。

③作者去日本留学前,结婚只六年多,已有一个不到五岁的女儿和一个不到三岁的儿子。这里指离别妻子儿女。

④群伦:群辈,众人。

⑤1911 年旧历三月二十九日,黄兴领导革命党人在广州起义。起义失败后,有七十二烈士葬于黄花岗。

⑥自注:"辛亥广州起义,四川同盟会员曾用我的名义组织了一所起义机关,名曰'吴老翁公馆'。起义失败后,曾一度风传我已牺牲,做了烈士。其实起义之前,我即到日本买军火去了,等我赶到广州参加起义时,起义已经失败。"

⑦狂飙:疾风,暴风。

纪念龙鸣剑烈士[1]
（一九六一年）

锦江饯别发高音，举座沉吟感慨深。[2]
智借急流传警报，愤归故里起民军。[3]
出门拔剑誓除赵，病榻遗言速灭清。[4]
毕竟英雄人敬仰，万千父老哭忠魂。[5]

（选自吴玉章《吴玉章诗选》，四川人民出版社，1983年）

注释：

[1] 龙鸣剑：名骨珊，四川荣县人。在日本留学时加入同盟会。武昌起义前在四川领导荣县起义，是辛亥革命烈士之一。

[2] 自注："一九〇七年，川籍同盟会员王仲思、秦彝鼎等前往云南少数民族地区发动革命，行前会员曾在东京的锦江春饭店为他们饯别，龙鸣剑于席间引吭高歌，举座为之感动。"

[3] 自注："当一九一一年夏四川保路斗争达到高潮的时候，龙鸣剑等于成都城南农事试验场裁成木板数百片，写上要求各地响应成都人民斗争的号召，涂上桐油，包上油纸，然后投入河中，让其顺着四通八达的河流漂至下游各地。这种有效的通讯方法被称为'水电报'。这年八月，龙鸣剑等于四川荣县起义，这支起义军后与其他起义军

合并,组成东路民军,龙任参谋长。"

④自注:"龙鸣剑率领起义军离开荣县城门的时候,曾拔剑起誓道:'不杀赵尔丰,决不再入此门!'龙鸣剑于军中积劳成疾,临死前仍念念不忘革命工作,他对如何杀赵灭清提出了许多宝贵意见。"按:赵尔丰,是清朝派到四川去镇压革命的刽子手。

⑤龙鸣剑下葬时,群众自动送葬哀哭吊唁,人数约达一万三千人。

纪念邹容诗①
(一九六一年)

少年壮志归胡尘,叱咤风云革命军。②
号角一声惊睡梦,英雄四起挽沉沦。
剪刀除辫人称快,铁槛捐躯世不平。③
风雨巴山遗恨远,至今人念大将军。④

(选自周勇《辛亥革命重庆纪事》,重庆出版社,1986年)

注释:

①原无题目,编者拟加。邹容,字蔚丹,四川巴县人。1902年留学日本,参加留日学生爱国运动。次年回国,同章炳麟一起在上海英租界爱国学社宣传革命,在《苏报》上发表《革命军》,号召推翻清朝反动政府。1905年死在英租界工部局西牢中,时年仅20岁。

② 自注:"邹容十八岁的时候(一九〇三年),发表了著名的《革命军》一书,对宣传资产阶级旧民主主义革命思想起了很大的作用。"叱咤:发怒声。叱咤风云:指《革命军》具有极大的威力。

③ 自注:"一九〇二年邹容留学日本时,曾因愤剪去清朝政府的留日陆军学生监督姚文甫的发辫。章太炎在狱中赠邹容的诗中有'快剪刀除辫'之句。邹容于一九〇三年在上海下狱,一九〇五年死于狱中。"铁槛:指上海英租界工部局的西牢。

④ 自注:"一九一二年初,南京临时政府即将解散之际,由四川同盟会员申请,经孙文大总统批准,邹容被追封为大将军。"

席 正 铭

席正铭(1880—1920),字丹书,号筱琳,游居日本时,自号东溟。贵州省沿河县人。1910年6月在于右任、宋教仁的帮助下加入"同盟会",被推为学生代表参与辛亥革命起义的酝酿策划工作。起义前夕,组织五百多人参加辛亥革命的武装起义。起义成功后,先后受任湖北都督府参军、贵州宣抚使、留都督府襄赞。中华民国建立后,任职陆军部。不久,受孙中山派遣,率部入黔占领松桃,兵分三路直取铜仁,后撤到四川省秀山一带。1919年11月,席正铭受任黔军总司令。1920年2月8日,上任途经重庆,在白市驿被谋害,年仅36岁。孙中山得此噩耗痛惜不已,亲笔题词:"席正铭烈士。"黄兴题词:"男儿的一代英雄!"有《冷冷山人集》,1984年台北出版。

有 感
甲寅避难秀山[①]

明月衔窗午夜思,桑田沧海不胜悲。
春风无力群花怨,秋意先人百草萎。[②]
骐骥是谁失刍豆,凤凰毕竟占梧枝。

乡关回首千行泪，怕听声声蜀子规。③

黔山极目飞云黯，一寸乡心几处分。

仲子矫情甘寂寞，鲁连无策解纠纷。④

茫茫家国多幽愤，莽莽尘寰尽旧闻。

风木余悲千古恨，低昂俯仰意如焚。

（选自《冷冷山人集》，台北，1984年）

注释：

① 民国二年（1913年）秋，北伐黔军在湘西被迫解散，席正铭通电全国去职。此次正铭返黔进行倒袁活动，刘显世等闻之胆颤心惊，下令缉捕，非欲置于死地不可，正铭迫不得已匿居四川秀山，午夜思惟，悲愤交加，乃以诗鸣寄其感慨。

② 春风无力：指春天渐渐远去。李商隐《无题》："相见时难别亦难，东风无力百花残。"

③ 子规：即杜鹃鸟。传说为蜀帝杜宇的魂魄所化。常夜鸣，声音凄切，故借以抒悲苦哀怨之情。

④ 鲁连：指鲁仲连。战国时齐国人。有计谋但不肯做官。常周游各国排难解纷。

次韵王思荃知事留别①
甲寅夏避难秀山

萧萧易水恨难平，拔剑常闻起舞声。

先贤诗文选

专制迄今仍似旧，壮怀未遂枉谈兵。

破家我自无多怨，亡国人谁不动情？
锦绣河山蚕食叶，抚脾空叹宰官清。

鲲鹏自是凌云鸟，鬼蜮偏逢入室鸱。
鹰隼击秋争远骛，蛟龙失水困遐思。

满腔热血群凶靡，五夜寒光一剑私。
莽莽乾坤知己泪，愧侬无计起要离。

世情好似风云幻，愁思何如岁月多。
昭烈抚脾悲客老，②高皇提剑斩秦苛。

伤心娄吏才鞭柳，授政奸雄倒执柯。
欲博自由宁惜死，战争那怕鼓鼙歌。

等是有家未易归，黯云片片雪花飞。
英雄知己人原寡，廉士为官吏不肥。

雕鹗西来横铁槊，犬羊东顾起戎衣。
耒阳得识先生面，百里才原识者稀。③

(选自《冷冷山人集》，台北，1984 年)

注释：

①秀山知事王思荃,为官清廉,同情革命,支持席正铭,并为其作外围掩护,后来王思荃因故离开秀山,赋诗赠别。席

正铭感其情谊深厚,引以为知己,乃依韵和诗相赠。

②昭烈抚髀:昭烈,刘备(161—223),即蜀汉昭烈帝。髀肉重生:大腿上长出了赘肉。《三国》中刘备的感慨,"二十载征战无功"。

③百里才:《三国志·蜀书·庞统传》:"先主领荆州,统以从事守耒阳令,在县不治,免官。吴将鲁肃遗先生书曰:'庞士元非百里才也,使处治中、别驾之任,始当展其骥足耳。'"

重至罗堡寨钱宅有感①

池荷园盖我重游, 道绕黄花水自流。
门径尚寻前度迹, 园林勾起故人愁。

邻家怕听山阳笛, 酒市高登海客楼。②
客路欣逢张俭侠,③风云咤叱电光浮。

休将困厄怨青虚, 心有灵犀体自舒。
愿借阴阳为逆旅, 敢云天地是吾庐。

未弹客里冯瑗筜, 已快池中子产鱼。④
明媚风光何日好, 芙蓉潋滟菊花诗。

(选自《冷冷山人集》,台北,1984年)

注释:

①王思荃离开秀山,对席正铭来说,失去了有力的外围掩

护,于是,他躲到罗堡寨一家较有势力的能起保护作用的钱姓人家里。钱氏是正铭的故友,故人重见,故地重游,心感于物,形之于文。

②山阳笛:三国时著名文人嵇康旧居在山阳郡。海客楼:楼名。李白《梦游天姥吟留别》:"海客谈瀛洲,烟涛微茫信难求。"

③张俭(115—198):字元节,山阳高平(今山东邹县西南)人。汉桓帝时任山阳郡东部督邮,宦官侯览家在山阳郡,其家属仗势在当地作恶,张俭上书弹劾侯览及其家属,触怒侯览。党锢之祸起,侯览诬张俭与同郡24人共为部党。朝廷下令通缉,张俭被迫流亡。官府缉拿甚急,张俭望门投止,许多人为收留他而家破人亡。

④冯瑗:战国时门客。《史记》载,冯瑗不知足,弹起他的剑铗唱着歌:"归来乎,食无鱼!"子产鱼:春秋时期,有人给郑国大夫子产送了一条活蹦乱跳的大鱼,子产舍不得杀了吃,就叫人把鱼放到池里去养。管池人偷偷把鱼煮来吃了,然后告诉子产鱼开始不灵活,慢慢地游动,最后一溜烟游走了。子产高兴地说"得其所哉"。快:高兴舒服。

题张天极像①

其一

革命风云会,联军起蜀东。鲁戈回落日,欧剑贯长虹。我自怜斯世,伊谁画乃翁。人亡邦国瘁,何处觅英雄?

其二

蜀国多髦俊,坚贞说此公。荡魔摧短景,挟策驭长风。
魂绕酉江上,星沉鄂渚中。② 壮图遗哲嗣,谁为尽前功?

(选自《冷冷山人集》,台北,1984 年)

注释:

① 酉阳张天极曾参加辛亥革命,是席正铭的同袍挚友,反攻汉口北军时,英勇牺牲。席正铭见其遗像,以肃穆崇敬的心情,题了两首五律。

② 鄂:湖北省的别称。渚:《说文》引《尔雅》传:"渚,小洲也。"

感 遇①

双眉深锁酉江秋, 洪水滔滔苦横流。
激论听余心血涌, 新诗题罢鬓毛愁。
烟尘鹿鹿惊风起, 身世飘飘泛海鸥。
底事国民膏髓尽, 城狐社鼠据神州。②

(选自《冷冷山人集》,台北,1984 年)

注释:

① 作者在酉阳开展工作,极为困难。当同仁议论起社会黑暗,贪污成风,压榨无常,人民极其痛苦,而革命者寸步难行,走投无路时,悲愤而作。

②社:土地庙。城狐社鼠:城墙上的狐狸,社庙里的老鼠。比喻依仗权势作恶,一时难以驱除的小人。

客 思①

作客于今未展眉,此身漂泊复支离。
春申绿柳萦怀抱,秋圃黄花系梦思。
念弟云飞千里望,思亲草恋寸心知。
祀忧耿耿凭谁诉,搔首苍穹欲问之。

(选自《泠泠山人集》,台北,1984年)

注释:

①此诗作于酉阳。

望 乡①

怅望关山泪几重,回头凄绝五门冲。②
离乡久歇还家梦,经难全凋旧日容。
熏浦黯云笼彩凤,乌江寒月照骊龙。③
乡情惨淡凄风紧,怕听鹃啼玉女峰。

(选自《泠泠山人集》,台北,1984年)

注释：

① 席正铭的家乡沿河,与酉阳咫尺之隔,可望而不可即。诗人悲从中来,赋《望乡》致感。

② 五门:传说古代天子所居有五道门,自内而外,为路门、应门、雉门、库门、皋门。路门也作毕门。

③ 骊龙:此喻反动势力。

戏风姨(二首)①

风姨恋我阻行舟, 昨夜频来荐枕头。
今夜若还缘未尽, 逍遥河上具忘忧。

风姨戏我阻行舟, 耳畔声声要并头。
回过脸儿亲个嘴, 不曾真个也消忧。

(选自《冷冷山人集》,台北,1984年)

注释：

① 由于叛徒告密,敌探追捕甚紧,倒袁工作在秀山、酉阳已难开展,席正铭于民国三年(1914年)离开秀山出川。在彭水途中,遇大风戏作。

泊羊角①
甲寅十月初九

怒涛截棹枕横流，飒飒风号夜不休。
几处飞磷笼远树，半轮寒月照孤舟。
残魂飘荡龙岩去，大气扶摇羊角游②。
忐忑乡心迷蝶梦，醒来犹在此滩头。

（选自《冷冷山人集》，台北，1984年）

注释：
①羊角镇是千里乌江四大古镇之一，地处武隆县城西南。诗中巧妙地运用庄子《逍遥游》中的"羊角风"典故，与"羊角镇"相应，抒发了随风逍遥、雄浑高昂、乐观无邪的远大志愿。
②扶摇：急剧盘旋而上的暴风。羊角：旋风名。

下涪陵①
十月十五日

涪陵直可走艨艇，一阵冲波一阵风。
妁柄不窥天阙北，②铜琶高唱大江东。
兵家胜负原常事，豪杰升沉任乃公。

大敌万人吾岂敢,谁云项羽不英雄?

(选自《冷冷山人集》,台北,1984 年)

注释:

①舟下涪陵,诗人触景生情,以灵动之笔,抒发了胜负无常、升沉无虑、不计得失、不畏牺牲的果敢精神和远大抱负。

②天阙:指朝廷或京都。《宋书·桂阳王休范传》:"便当投命有司,谢罪天阙。"

出三峡①
十月二十四日

一泻长江万里行,瞿塘滟滪险纵横。

云迷巫峡舟人惧,梦醒阳台作客惊。

神女峰前猿鹤唳,刘公岛上角笳鸣。②

渔翁罔识兴亡恨,把钓长歌欸乃声。

(选自《冷冷山人集》,台北,1984 年)

注释:

①此诗歌颂三峡的雄伟壮丽,特借峡中典故来抒情叙事。大气旋转,翻旧为新,自创一格,否定了"兴亡千古,渔翁举酒一笑"的消极思想。

②刘公岛:位于威海湾口。1888 年,北洋海军成军时,成为

中国近代第一支海军的诞生地。中日甲午战争中,号称亚洲第一,世界第六,清政府花费数百万两白银打造的北洋水师在与日本联合舰队的一系列激烈交战后,于此全军覆没。

过白帝城吊刘先帝[①]
甲寅十月二十三日

火德垂垂熄赤符,群雄揎柱一军孤。
生儿不肖空遗业,得相能贤创霸图。
灵献有基心恋汉,关张无命气吞吴。
巫山峡口夷陵道,壁垒萧萧恨也无?

(选自《冷冷山人集》,台北,1984年)

注释:
①此诗追昔抚今,借古寄兴,褒贬得失,感慨万端。

望楚丘[①]
十月二十七日

一帆风顺出巴东,楚国云山入望空。
枫树洞庭生梦黑,梅花瘦岭吊春红。
哀时宋玉人何在,悯世屈原命亦穷。

异代萧条同感喟，荒凉最是楚王宫。

（选自《冷冷山人集》，台北，1984年）

注释：

① 民国八年(1919年)十一月，孙中山手令派席正铭为黔军总司令，仍照计划进行。席正铭乃入蜀团结各地干部，积极准备。黔军参谋长朱绍良、重庆镇守使王文华设阱以待之。席正铭天性爽直，不疑有他，与同志贺举良、刘振，卫士李正祥等官兵数十人坦然赴会，遂为所执，民国九年(1920年)二月初八日午后一时，全体秘密被乱刀戕害。孙中山暨诸同志闻之，无不痛哭失声，于上海环龙路十九号国民党总部，特悬"席正铭烈士"遗像，用示悼念。

杨庶堪

杨庶堪(1881—1942),名先达,字品璋、沧白,晚号邠斋。清重庆府巴县人。早年曾创办《广益丛报》并任主编,密组反清革命团体"公强会"。1906年春,同盟会重庆支部成立,杨庶堪为负责人。武昌起义后,杨领导了重庆起义。起义成功后成立蜀军政府,杨就任高等顾问。"二次革命"后,杨在渝任四川民政总长。1914年,杨被指派为中华革命党四川负责人。1918年,被孙中山领导的广东护法军政府任命为四川省长。1922年,任孙中山大元帅府秘书长,并为临时中央执法委员。1924年,当选为国民党一代会候补中央监察委员。同年3月,受孙中山命为广东省长。1942年病逝于重庆南岸大石坝寓所。次年,重庆城内炮台街改名为沧白路以资纪念。他在经史、词章和书法上造诣很高,著有《沧白诗抄》《杨庶堪诗文集》等。

三峡歌①

出峡复入峡,轻舟渺难驻。
巫山十二峰,②峰峰锁烟雾。
烟雾空濛里,云树有人居。③

不分世上米，但足江中鱼。④
群鱼游江中，独网张江边。
夜深明荻火，⑤沽酒傍渔船。
渔父向余说，无愁但言好。⑥
入世风波恶，愿得峡中老。
涉世已卅余，涉江凡几度。
欲采夫容花，恐折相思树。⑦
相思相望里，绿窗城南头。
安得一掬泪，⑧泪溯上渝州。
我家渝州曲，愁与老亲别。
计程过黄牛，⑨夜坐添白发。
思亲如引缆，循环无息念。⑩
所幸绝猿声，闻猿肠应断。⑪
肠断不足惜，魂销剧可伤。⑫
归心绕巴水，无复梦高堂。⑬
高唐楚绮词，芳菲日袭予。⑭
何处足离忧，蜀江晴云雨。
雨霁山色佳，⑮江天无纤埃。
谁解春波绿，临流照影来。⑯
呜咽瞿塘水，奔流滟滪堆。⑰
寒江冷蓬鬓，天际一舟回。

（选自《天隐阁集》，重庆出版社，1991 年）

注释：

① 此诗作于1912年。诗歌细致描绘了江行所见的三峡一带奇丽的自然风光和淳朴的人文风俗。连绵的江水以及凄厉的猿声，引发了作者深挚的怀乡之情。

② 巫山十二峰：巫山被长江切成幽深秀丽的巫峡，两岸秀峰连绵，姿态万千。《蜀江图》记载，巫山十二峰分别为独秀、笔峰、集仙、起云、登龙、望霞（神女）、聚鹤、栖凤、翠屏、盘龙、松峦、仙人。

③ 云树有人居：三峡人家居住在悬崖峭壁顶上的云树之间。

④ 此二句意谓：峡中人家不与扰扰世间争夺利益，只是安分自足地享用江中之鱼。

⑤ 荻火：烧荻燃起的篝火。荻为多年生草本植物，形似芦苇，生长在江边，可用来编席，也可作造纸原料。

⑥ 此二句意谓：渔父对我说，他们自给自足的生活很好，没有忧愁。但：只。

⑦ 夫容：芙蓉，一为荷花的别名，一为木芙蓉，此似指后者。相思树：晋干宝《搜神记》卷十一载：宋康王舍人韩凭妻何氏貌美，康王夺之。韩凭自杀，何氏亦投台而死。王怒，使里人分葬之。宿夕之间，二冢之端各生大梓木，旬日盈抱，屈体相就，根交于下，枝错于上。又有鸳鸯雌雄各一，常栖树上，交颈悲鸣。宋人哀之，遂号其木曰"相思树"。

⑧ 一掬泪：一捧泪。掬，两手相合捧物。

⑨ 黄牛：黄牛峡。黄牛峡东距宜昌市约40公里，江中乱石星罗棋布，犬牙交错。其间河道似九曲回肠，泡漩

如沸水翻滚,水急礁险,号称黄牛滩。古歌谣云:"朝发黄牛,暮宿黄牛。三朝三暮行太迟。三朝又三暮,不觉鬓成丝。"

⑩引缆:拉纤。缆,系船的绳索。息:停息。

⑪二句形容思家的极度愁苦。断肠,语出南朝宋刘义庆《世说新语·黜免》:"桓公入蜀,至三峡中,部伍中有得猿子者,其母缘岸哀号,行百余里不去,遂跳上船,至便即绝,破视其腹中,肠寸寸断。公闻之,怒,令黜其人。"三峡一带有民谣亦云:"巴东三峡巫峡长,猿鸣三声泪沾裳。"(见《水经注·江水》)

⑫魂销:销魂,形容愁苦。剧:极,甚。

⑬高堂:父母。

⑭高唐:指宋玉《高唐赋》以及咏高唐之事的诗歌。芳菲日袭予:芳香每日向我扑面而来。化用屈原《九歌·少司命》:"绿叶兮素枝,芳菲菲兮袭予。"

⑮霁:雨、雪停止,天放晴。

⑯此二句化用宋陆游《沈园》诗:"伤心桥下春波绿,曾是惊鸿照影来。"

⑰瞿塘:瞿塘峡。三峡由瞿塘峡、巫峡、西陵峡三峡组成。滟滪堆:长江瞿塘峡口的巨大礁石,附近历来是峡江航道上的著名险滩。旧谚云:"滟滪大如象,瞿塘不可上。滟滪大如牛,瞿塘不可留。滟滪大如马,瞿塘不可下。滟滪大如袱,瞿塘不可触。滟滪大如龟,瞿塘不可窥。滟滪大如鳖,瞿塘行舟绝。"20世纪50年代被炸毁。

别林大山庾

魂梦黯将别,相思日夜深。
惊怆杨柳曲,①怅望梅花林。
夫子妙文事,危时多苦吟。
还须靖国难,莫负泛瀛心。

(选自《天隐阁集》,重庆出版社,1991年)

注释:

①杨柳曲:指《折杨柳》曲,含离别之意。"柳"、"留"二字谐音,经常暗喻离别。唐代有送别时折柳枝相赠的习俗。

读南北史杂诗之一

虏将功高儗毅单,①
歌传明月照长安。②
凉风堂下妖氛恶,③
惆怅桃枝拂剑寒。

(选自《天隐阁集》,重庆出版社,1991年)

注释：

①儗：通"拟"，比拟之意。毅单：指乐毅、田单，均为战国名将。

②明月照长安：典出"百升飞上天，明月照长安"。此句是有关北齐名将斛律光的，百升为斛，斛律光字明月，这句话是说敌国在北齐大量散布斛律光要造反的谣言，后主高纬听信谣言将斛律光诱杀。斛律光死后，北周大举进兵讨伐北齐，北齐被灭。

③凉风堂：《北齐书》列传第九："周将军韦孝宽忌光英勇，乃作谣言，令间谍漏其文于邺，曰'百升飞上天，明月照长安'……顷之，光至，引入凉风堂，刘桃枝自后拉而杀之，时年五十八。"

短歌赠邓和卿

邓君坦荡人中豪，快论一似并州刀。
身经百战护国难，谓有天幸非人劳。
我闻此语增感恻，悍将骄兵满南北。
庄生腐心窃仁义，①夷齐悲歌采薇蕨。②
交趾久墟句骊尽，前车未及戒来轸。
沉醉钧天唤不应，唯我与子还同病。
行矣君今莫叹嗟，愿君努力爱春华。
饮头系颈有时舍，深山大泽生龙蛇。③

（选自《天隐阁集》，重庆出版社，1991年）

注释：

① 腐心：犹痛心。窃仁义：盗走仁义。《庄子·胠箧》："圣人不死，大盗不止……为之斗斛以量之，则并与斗斛而窃之；为之权衡以称之，则并与权衡而窃之……为之仁义以矫之，则并与仁义而窃之……彼窃钩者诛，窃国者为诸侯，诸侯之门而仁义存焉，则是非窃仁义圣知邪？"

② 薇蕨：薇和蕨。嫩叶皆可作蔬，为贫苦者所常食。"采薇"指归隐。殷末，孤竹君二子伯夷、叔齐，反对周武王伐纣，曾叩马而谏。周代殷而有天下后，他们"义不食周粟"，隐于首阳山，采薇蕨而食，及饥且死，作歌曰："登彼西山兮，采其薇兮，以暴易暴兮，不知其非兮。神农、虞、夏，忽焉没兮，我安适归兮？于嗟徂兮，命之衰矣。"遂饿死于首阳山。见《史记·伯夷列传》。

③ 大泽：大湖沼。《左传·襄公二十一年》："深山大泽，实生龙蛇。"

归国赴英士约寄内日本

九死犹能为国谋，① 全家绝岛独归舟。
已堪壮观偿宗愨，② 无复平生忆少游。③
海上明月孤枕梦，天南风急故山愁。
高堂弱息同荒远，落日凭轩涕泗流。

（选自《天隐阁集》，重庆出版社，1991年）

注释：

①九死：历经死难。《楚辞·离骚》："亦余心之所善兮，虽九死其犹未悔。"古时认为，九是"数之极"。表次多次。

②宗慤（què），字元干，南朝宋之南阳人。少时立志要"乘长风破万里浪"，后拜将封侯。

③少游：秦观，字少游，号淮海居士，高邮人，曾任太常博士，兼国史院编修官，是宋词婉约派主要作家。其词作结构深细缜密，重视音律谐婉，语言圆润，清新绮丽，具有一种柔婉之美。内容侧重儿女风情，比较窄狭。

浣溪沙

凉夏清阴错觉秋，南窗摊卷晚风柔。①日长人困欲成愁。

雪藕嫩铺槐下簟，②煎茶欲起竹间楼，静日新月上帘钩。

（选自《中华乐府》，1945年第1卷第3期）

注释：

①南窗：朝南的窗户。卷：书。

②嫩：通"嫩"，形容柔和、柔软。簟（diàn）：供坐卧铺垫用的苇席或竹席。

寄怀山腴①

十年不见小巢居,多难清诗独起予。②
浮世共怜槐国螘,③新书一寄锦江鱼。
孤城僻屋堪供老,凉簟疏灯好著书。④
我倦京华无处著,⑤故乡游钓近如何?⑥

(选自《时事周报》,1931年第1卷第3期)

注释:

①山腴:林山腴,名思进,字山腴,别号清寂翁,清同治十二年(1873年)生于四川华阳。宣统五年(1903年),已经30岁的林山腴在四川乡试中考取举人。四年之后,游历日本归国的他在北京经过朝考,被授予一个并无职权的闲职——掌管文墨的内阁中书。其时风云激荡、神州鼎沸,林山腴以侍母之名,收拾行囊打道归蜀,从此绝意仕出,埋头典籍,教书育人。1953年8月1日,一代耆儒林山腴魂归道山。

②原注:"君写寄诗首句为'多难逢元日'。"

③槐国:指"南柯一梦"故事中的"大槐安国"。见唐李公佐小说《南柯太守传》。螘:通"蚁",蚂蚁。

④原注:"君昔为诗有'凉簟疏灯五尺楼,宜人残夏似新秋'之句。余极喜诵之。"

⑤著:通"伫",滞留、停留之意。

⑥游钓:游走不定地谋生。

九日永宁作

天南重九雨如丝,多难登临已暗悲。

挈酒强判终日醉,①题糕却忆十年时。②

飘零书剑仍今我,破碎河山属阿谁。③

插菊满头君莫笑,避灾桓景剧堪疑。④

(选自《天隐阁集》,重庆出版社,1991 年)

注释:

①挈:提。强:迫使。判:分辨,断定。
②题糕:指咏重阳。宋邵博《邵氏闻见后录》卷一九:"刘梦得(禹锡)作《九日诗》,欲用糕字,以五经中无之,辍不复为。宋子京(祁)以为不然。故子京《九日食糕》有咏云:'飙馆轻霜拂曙袍,糇糍花饮斗分曹。刘郎不敢题糕字,虚负诗中一世豪。'"后均以"题糕"代指重阳题咏。
③阿谁:疑问代词,谁,何人。
④原注:"时有黄、杨之狱,余颇危疑。"桓景:吴均《续齐谐记》:"汝南桓景,随费长房游学累年。长房谓曰九月九日汝家中当有灾,宜急去。令家人各作绛斐囊,盛茱萸以系臂,登高饮菊花酒,此祸可除。景如言举家登山。夕还,见鸡犬牛羊一时暴死。长房闻之曰:'此可代也。'今世人九日登高饮酒,妇人带茱萸囊,盖始于此。"

哭刘士志[1]

当代刘夫子，平生独我亲。

未传东鲁业，已作北邙尘。

吏隐甘贫病，神交托死生。

怜君弃妻子，翻悼茂陵行[2]。

（选自《天隐阁集》，重庆出版社，1991年）

注释：

[1] 刘士志：刘行道（1869—1910），字士志，四川达县河市镇纸槽湾人。1893年中举，曾就读于成都尊经书院，1901年主讲于达县汉章书院，早年参加同盟会。1905年任四川高等学堂经史教习兼附属中学监督（校长），1906年创办达县中学堂（达一中前身），任监督。1909年应聘京师大学堂（北大前身）史学教习，后以内阁中书充光绪实录馆协修，1910年病卒于京邸。著有《永思堂诗文集》。《达县志》："达县有党人，自刘士志始。"

[2] 茂陵行：汉司马相如晚年退居茂陵著书。此以相如退居喻刘士志为内阁中书充实录馆协修。

佩箴将太炎先生告癸丑以来死难诸君文稿视犹珍宝什袭藏之为题（二绝）

其一

三乱知几未偶然，国殇山鬼剧烦冤。①

巨儒微意无人识，留作摩娑与后贤。

其二

白骨青燐黯淡思，倾车接轸使人悲。

武林一老声成血，茧足荒山尚泪垂。②

（选自《天隐阁集》，重庆出版社，1991年）

注释：

①国殇、山鬼：屈原作品《九歌》中篇章。此指"癸丑（1913年）以来死难诸君"。剧：极，甚。

②茧足：指辛勤劳作。成语有"胝肩茧足"。

日本东京次韵奉酬泉浦见怀之作

李膺今党锢，①杨震独安之。②

二月东京道，樱花袅故枝。

乡心在渔钓，雄梦及旌麾。

万里故人隔，无因闻谏规。

(选自《天隐阁集》，重庆出版社，1991年)

注释：

①李膺(110—169)：东汉人，字元礼。延熹九年(166年)，宦官集团指使人诬告李膺等人笼络太学生，交结门徒，互相联系，结成朋党，毁谤朝政，败坏风俗。史称"党锢之祸"。

②杨震(59—124)：东汉人，字伯起。汉安帝延光二年(123年)，升为太尉，能恪尽职守，秉公办事，勤政廉洁，为国为民，成了千秋万代学习的楷模。

送友人游学日本

骀宕少年事①，蓬莱殊可希。②

江山一送远，裘马几轻肥。

收我忧时泪，霑君越国衣。

慷慨入吴意，③始愿莫终违。

(选自《天隐阁集》，重庆出版社，1991年)

注释：

①骀(dài)宕：亦作"骀荡"，无所局限、无所束缚的样子。

②蓬莱：神话中渤海里仙人居住的三座神山之一(另两座为"方丈"、"瀛洲")，此指日本。

③慨慷入吴：承上句"越国衣"而言，指勾践入吴侍夫差，忍辱负重之事。此句意在勉励友人去敌国（日本）要努力学习，将来为振兴国势颓败的祖国作贡献。

途中漫兴

满目创痍举国秋，①频年风雪敝貂裘。
不知富贵为何物，欲买溪山遂老谋。
张咏好怀摅客邸，②留侯遗恨失沙丘。③
槃阿雅系平生志，④尘劫驱人遽百忧。⑤

（选自《天隐阁集》，重庆出版社，1991年）

注释：

①创：通"疮"。
②张咏（946—1015）：北宋名臣，字复之，自号乖崖，濮州鄄城（今属山东）人。慷慨好大言，乐为奇节。累官枢密直学士。两知益州，恩威并用，蜀民畏而爱之。摅：抒发，表达。客邸：指旅舍。
③留侯：西汉名臣张良。《史记·留侯世家》："张良运筹帷幄，佐刘邦平定天下，以功封留侯。"本韩贵族，年少时为国复仇，击秦始皇于博浪沙，事败，亡命天涯。
④槃阿：代指避世隐居之处。
⑤尘劫：佛教中称世界从诞生到毁灭的过程为"劫"，生灭一次为一劫，无量无边劫为尘劫。后亦泛指尘世的劫难。

晚归佛图关隐庐即事作歌

寒郊驿马嘶春风，斜阳雾锁燕支红。①

灯昏鸟语乱丛竹，关西一抹青濛濛。

牧儿嘲歌劚荒草，②中有伤心之古道。

斩蛇往事已成虎，③逐鹿今人只堪笑。④

萧然独访山中居，蓬藏当门床盈书。

人间几许斗蛮触，未妨天地生樵渔。

(选自《天隐阁集》，重庆出版社，1991年)

注释：

①燕支：草名，可作红色染料，即胭脂。

②劚：同"钃"，本是古农具名，与锄同类。后引申为以劚松土、除草、锄地。本文取其动词义，砍除之意。

③斩蛇：秦朝末年，刘邦斩蛇起义，最终推翻暴秦，建立汉朝。

④逐鹿：喻争夺统治权。《史记·淮阴侯列传》："秦失其鹿，天下共逐之，于是高材疾足者先得焉。"裴骃《集解》引张晏曰："以鹿喻帝位也。"

相见歌

落花微,雨春寒,思千般。极目乱云深处是乡山。
忧天泪,偷弹背,几时干。未逐西迁南渡有衣冠。①

(选自《中华乐府》,1945 年第 1 卷第 3 期)

注释:

①西迁:老死。晋陆机《董桃行》:"万里倏忽几年,人皆冉冉西迁。"郝立权注:"西迁,犹言老死也。"南渡:犹南迁。晋元帝、宋高宗皆为避北方少数民族,渡长江,迁于南方建都,史称"南渡"。

有 忆

绮窗归梦近何如, 新得蛮笺十幅书。①
去日耶娘亲买镪,② 佗时儿女各牵裾。③
曾经海外风涛穴, 更忆山中水竹居。
终是柔乡堪送老, 平生愁苦为君除。

水精帘外雨霏微, 蜀道音书有是非。
丧乱久嫌龙战剧,④ 相思翻恐雁来稀。

遥怜夜永舒清绣，犹分天寒怯薄衣。

韶丽春光黯离别，一官真悔作靮羁。⑤

(选自《天隐阁诗集》，重庆出版社，1991年)

注释：

①蛮笺：为唐时高丽纸的别称。也指蜀地所产名贵的彩色笺纸。

②耶：用法同"爷"。父亲的意思。

③佗：通"他"，"佗时"即"他时"，将来的意思。

④龙战：群龙在荒野大战。比喻群雄角逐。《周易·坤》："龙战于野，其血玄黄。"

⑤靮：马缰绳，也指牵制其他牲畜的绳索。羁：马嚼子。"靮羁"在此指官职对人的束缚。

成都赠刘士志

昔爱刘衷圣，坚清似古人。

乃宗胜后起，闻道得全真。

浩气慑魑魅，殷忧瘗鬼神。

所期肩巨责，勿忝汉先民。①

(选自《天隐阁集》，重庆出版社，1991年)

注释：

①忝：羞辱，有愧于。此处为自谦词语。先民：古代贤人。

渝州杂咏·观音岩

当年曾共望门投,①寺在人亡感不休。

后岁天风三万里,②海嵎仍梦此岩不。③

(选自《天隐阁集》,重庆出版社,1991 年)

注释:

①原注:"邹威丹儿时以谩骂当路得祸,余携之亡走岩观,栖止一日而去。童稚心情,思之哂叹!"邹容(1885—1905),原名绍陶,又名桂文,字蔚丹(威丹)。

②原注:"威丹游学日本,余以癸丑亦亡命彼国两年余。"天风:风。风行天空,故称。

③海嵎:指天涯海角。嵎:同"隅",角落。此处借指邹容墓地所在。

梦江南

桑海事,不忍忆江南。笑隔荷花闻软语,画桥一曲柳毵毵,①客思我何堪?

明远赋,悽断述芜城。多少六朝兴废事,寒江寂寞

夜潮生,吹角到天明。②

(选自《中华乐府》,1945 年第 1 卷第 3 期)

注释:
①毵毵:指柳枝垂拂纷披的样子。
②吹角到天明:语出陈与义《临江仙》:"杏花疏影里,吹笛到天明。"

菩萨蛮二首

其一

云窗雾阁疑天上,诗人老去空惆怅。舞女斗腰支,杏花春时雨。

东风骄正恶,佳丽惊萧索。红泪一沾衣,江南长不归。

其二

残红狼藉江南路,香车苦惜胡尘污。烟雨万人家,春风吹柳花。

衣冠混似雪,誓死生离别。何日饮黄龙,①泱泱歌大风。②

(选自《中华乐府》,1945 年第 1 卷第 3 期)

注释:

①饮黄龙:指打到敌人老巢,在敌人老巢中痛饮。《宋史·岳飞传》:"金将军韩常欲以五万众内附。飞大喜,语其下曰:'直抵黄龙府,与诸君痛饮尔!'"

②大风:指《大风歌》。刘邦击败项羽称帝后归乡时所作。歌云:"大风起兮云飞扬,威加海内兮归故乡,安得猛士兮守四方!"

赠李锦湘茂才①

去年结客罗英雄,乍见盘古倾心胸。
今年作客川南道,因之更识李湘老。
湘老为人天下奇,散金食客忘其私。
读书万卷拥敝褐,能令亲党无渴饥。
贱子疏狂世所弃,相见谬复能相许。
是时豺狼食人肉,魑魅尽行民大苦。
我也蜷处城南隅,谓暂勿撄不祥怒。②
寂寂庭前雀可罗,湘老颁赐来相过。
醇醪醉我使长卧,清茗解我令高歌。③
丹山幽胜迥清绝,往穷结骑瀛洲客。④
归来贶我寄怀诗,遥忆晚凉人小立。⑤
感挚无名且致辞,湘老厚我宁非迂。

我更狂言语湘老，如君一变可至道。

侠义广狭君所知，草间偷活能尔为。

浊世昏昏半枭虎，仁人不出孰霖雨。⑥

惨澹长吟恐过悲，悠悠陌路畴知己。

（选自《天隐阁集》，重庆出版社，1991年）

注释：

①李锦湘：四川泸州人。茂才：即"秀才"。东汉时，为了避讳光武帝刘秀的名字，将"秀才"改为"茂才"，后来有时也称"秀才"为"茂才"。

②撄：触犯。

③醇醪：味厚的美酒。清茗：清茶。

④丹山：在四川省叙永县。土石皆赤，为典型的丹霞地貌，因而得名。叙永县是四川泸州下辖县。迥：特别，尤其。

⑤贶：赐给，赠与。小立：暂时立住。

⑥霖雨：本为连绵大雨，比喻济世泽民。此取比喻义。

悲歌怀刘子

杨生三十仍不侯，枉随射虎南山头。①

有时发箧窥儒流，②明灯一室独咿嚘。

阴山胡骑骄未休，谁其驱之霍卫俦。③

我友我友在燕幽，往往北望穿双眸。
意气倾人移不周，夜话忘晓惊鸡筹。④
本志饿死箕山陬，强与计偕为国忧。
歧路骇驷摧双辀，⑤京洛尘土污衣裘。
书来约我期卢沟，亲老不得逍遥游。
海内夙闻大九州，畴人分散矜野求。⑥
我识文字知谣讴，欲往从之风涛道。⑦
壮谋歇绝今四秋，⑧君书撼我心魂愁。
胡为憔悴成天囚，过眼万事同浮沤。
日驭不及须臾留，已分丑老惭伛偻。
学道坎廪赢世羞，人间忧患纷相缪。
粗幸如君能见收，海枯石烂心不犹。
吁嗟刘子思首邱，⑨故山松桂清且修。
作诗招隐归来不？

（选自《天隐阁集》，重庆出版社，1991年）

注释：

①射虎：指汉代李广射虎的故事。《史记·李将军列传》："广所居郡，闻有虎，尝自射之。及居右北平，射虎，虎腾伤广，广亦竟射杀之。"李广功高，却终生未封侯，此句用此意。

②发箧：开启书柜。

③霍卫：指霍去病、卫青。据《汉书·卫青霍去病传》，卫青

出身下层，因同母姊卫子夫受武帝宠爱而立为皇后，得以任用，努力征战匈奴，步步高升，官至大将军、大司马。霍去病，卫青姊少儿之子（即卫皇后姊之子），年十八侍中，善于骑射，英勇作战，征伐匈奴之功过于卫青，官至骠骑将军、大司马。两人身逢汉武帝兴功之时，又因是外戚，年少为将，加之个人才干出众，英勇善战，取得了大胜匈奴的武功，成了汉代抗击匈奴最有代表性的英雄人物。俦：辈，同类。

④鸡筹：筹，更筹，古代计时单位。"鸡筹"指拂晓公鸡打鸣。

⑤骇驷：狂奔的驷马。

⑥畴人：古代掌天文历算之官，父子世代相传。《史记·历书》："幽厉之后，周室微……畴人子弟分散。"此句用此意，指国势衰微，礼崩乐坏。矜：惜。野求：《论语·宪问》："礼失而求诸野。"

⑦遒：雄健有力。

⑧秋：年。

⑨首邱：指死后归葬于故乡。又作"首丘"。《九章·哀郢》："鸟飞返故乡兮，狐死必首丘。"

成都送士志入京

日日相过信黯然，沧桑剧感若为传。
岂期异地出关别，忽忆联床听雨眠。
已约余年共箕颍，^①那堪临老入幽燕。
王城人海君思隐，莫羡儿曹早著鞭。

衣素终当避洛尘，几人谈笑出天真。
未应孤契怜东野，莫慢贫交弃茂秦。
逆旅闻鸡谁蹴足，斜阳立马独伤神。
锦官衰柳垂垂绿，万恨千愁各自萦。

北来闻息近何如，此日怆离赋索居。
学道早空干世策，②累情无复绝交书。
相思天汉两鸿鹄，待尔云安双鲤鱼。③
我似文园倦羁蜀，茂陵红叶想萧疏。

冠盖京华憔悴行，忽将血泪向时倾。
一生知己为刘惔，④何日还山了尚平。
细雨骑驴知剑外，秋风归雁忆辽城。
行当各返猿鹤乐，白发相看无世情。

(选自《天隐阁集》，重庆出版社，1991年)

注释：

①箕颍：河南郾城县城东北15公里有箕山，颍水从山侧流过。传说唐尧欲把帝位禅让给高士许由，许由不受，洗耳颍水，隐居箕山。此指隐居。

②干：干预。策：计谋，主意，办法。

③双鲤鱼：指信。《饮马长城窟行》："客从远方来，遗我双鲤鱼。呼儿烹鲤鱼，中有尺素书。"

④刘惔：东晋沛国相人，字真长，世称"刘尹"。生卒年不详，约晋穆帝永和元年(345年)前后在世，年三十六岁。

少清远有标格,与母寓居京口,织芒屩为养。雅善言理,简文帝初作相,与王濛并为谈客。累迁丹阳尹,为政清静,门无杂宾。知桓温有不臣之迹,请帝勿使居形胜地。帝不纳。温伐蜀,惔以为必克,后竟如其言。卒后,孙绰诔之云:"居官无官官之事;处事无事事之心。"时人以为名言。

酬天倪见寿之作

劳君远为寿,示我哲人篇。
平生家国心,慷慨欲为传。
弱龄共里闬,① 典籍穷钻研。
一朝际革除,军幕相周旋。
击贼志不就,遂趋东海壖。②
我因风波涉,君耕歌乐田。
别袂越三载,③ 持节归两川。
嗟君晚闻道,奘基寻真诠。④
弘我维法施,梵释细不捐。⑤
期为备资粮,上以撑妙玄。⑥
火宅虽云居,聊复淡膏煎。
愿言葆樗散,⑦ 世寿终百年。
五十愧无闻,乃君独言寿。
人命若巴且,⑧ 脆柔安可久。

饰智妄自矜，安心复何有。

忧患苦煎逼，浸欲成老丑。

昔梦为宰官，觉来但余咎。

九死为国谋，民困犹谁某。

以此退自挶，思欲潜陇亩。⑨

平生论久要，唯子于我厚。

贻时縢红叶，奚翅投璕玖。⑩

因欢遂成咏，更问平安不。

（选自《天隐阁集》，重庆出版社，1991 年）

注释：

①弱龄：在此指青少年时。里闬：代指乡里。

②堧：亦作"壖"，空地，边缘余地。

③别袂：犹分袂。举手道别。

④奘（zhuǎng）：粗而大。

⑤梵释：指色界诸天王及欲界帝释天王。

⑥撢（tàn）：同"探"。探求，探取。

⑦樗散：樗，指樗木。散，指闲置。即樗木因其材劣多被闲置。比喻不为世用，投闲置散。在此用作谦辞。

⑧巴且：即芭蕉。

⑨陇亩：田地。"潜陇亩"指归隐。

⑩璕：亦作"璚"，"琼"的异体字。美玉。玖：似玉的浅黑色石头。古代常用作佩饰。

蜀中先烈备征录序四

烈士者,不详之名。而世乱则矜之。然有国有群,以为一世蕲。①夫治者,则必尸祝,②以为天地义仁之气。大难大患,唯御捍之,异族之冯陵,独夫之僭窃。人民憔悴,念呷而莫之撄芛者。③斯人乃出,万死不顾,一生之计,相与搏击,而縻战之。而异族独夫卒,且为正谊锄伏,而齐民以振。而斯人者,顾多已一瞑不复更视,而遗族或以无告,不获世之哀怜。此其情,实生人之至可歌泣。然则不祥,独在其身家;而至祥,固已及于国群也!余以寡薄缪,与于革命之役者,十有余年,不乔及余卅龄之生,遽躬三见焉!而余故人之忼概(慨)殉国者,④盖已百数,及所不识;诸死义蜀贤,又以盈万。乌虖!⑤何其酷也!辛亥以奔,⑥余敬之慕之;癸丑以后,余愧之负之;至如丙辰,敬慕愧负者益多。而余亦遇变,几殆然卒,徼乔苟生,⑦以为今日之哭则信。夫乱世存殁,盖非吾人之所能主也。尻尝以谓,⑧余不及尽能以尉(慰)死友之孤,而终厥志,则当肆力于文以传之。裹此有年而获落放,⑨偷为之志墓作传者,厪三四人,⑩而余犹多负之。而蜀之仁贤能文章者,乃先我而为传之。其人不自谓足,驰书万里以诏余一言。

余则胡忍卒默不亟彰之,以重吾过也?且夫诸烈所以蹈死之故,凡以祈嚮其国之尊荣,⑪群之隆善,而身后之名不与焉。而国群顾乃今若是,则必有太息痛恨于九源者。⑫而吾人致谨,乃徒惧其名之湮灭,佹诚于文字,⑬而国群顾若俟诸无可如何之列者,是则非诸烈之所及,而世变盖可知矣。夫若是异日贤者,将不免蹈诸烈之迹。则所谓不祥之祥,祥之不祥。余亦不意,自亡清以迋(廷)者,天下固犹是其嚣嚣也。民国六年五月,杨庶堪。

(选自《蜀中先烈备征录》卷一,新记启渝公司代印,1923年;文中错字用( )标出正字)

注释:

①群:指同类的人或物。蕲:通"圻",边际、界限。

②尸祝:指古代祭祀时的主祭人。引申为崇拜。

③念呷:念,通"唸"。呷,象声词。均指呻吟的样子。撄:扰乱。屰:同"逆",叛逆。

④忼慨:即慷慨。视死如归,大义凛然的样子。

⑤乌虖:通"呜呼",叹词。表示悲伤。

⑥歬(qián):"前"的古字。

⑦徼:通"侥"。希望获得意外成功;由于偶然的原因而得到成功或免去灾害。

⑧凥(jū):"居"的古字。"居尝"即平时,平常。

⑨裹:通"果",副词,果真,当真。

⑩厪:通"仅",才,只不过。
⑪嚮:通"饗",享有,享受。
⑫太息:大声长叹,深深地叹息。九源:即"九原",指墓地。
⑬侂:亦作"仛",依托,托付。

喻大将军墓表①

将军,四川内江人也。讳培伦,字云纪,姓喻氏。广州就义时,自承为王光明。王光明者,蜀人恒语:子虚乌有之属也。夫自古烈士之殉名尚矣!自聂政后数千百年,而有培伦。既糜厥身,不欲以名累其亲,盖非独死烈也。即其意亦泣鬼神也。余观当世志士仁人,未尝不繇为孝子悌弟,②而培伦其尤著者也。培伦有弟曰培棣,世所称大小喻者也。培伦文柔,而培棣强武。两人者,盖皆以尝从事革命,而共学于日本东京。河口之役,培棣战败走云南、广西及南洋诸岛间。至于争赴广州,则培伦止之曰:"我去,女(汝)必留。俱死无为,徒绝老亲欢。"于是,相抱流涕而去。培伦故擅暴烈药术,冠于国人。至粤,乃佯为医者,以诸苛剧品自随,穷两日夜,制弹百许。③起义时,则偕饶秦熊但分往,身登陴,掷之,湛伪兵无算。④战方酣,敌弹洞培伦颐,力竭被执,不屈。临刑大呼曰:"头可断,学说不可绝。"遂遇害,时辛亥三月二十九日也,年二十六,无子。培伦为人奇慧,研精药学。辄覃思,⑤废食寝。尝密锻为银药,小不谨,一爆几绝。苏时,血浴其躯。然虑谍者,奋至遂亡去。久之,更阐明安平药弹,秘著书传党中。天下多遵喻氏,而尤自矜悥躬试,汪黄陈但黎曹,谋刺端方。培伦挟弹从,不成,乃转图伪愵正。⑥匿巨弹所经桥下,事泄发。藏欧美。人莫能尽识,相惊为绝艺卒,以是亡虏。民国既建,褒元功,追赠大将军。越一年,培棣自蜀如粤立石,而杨庶堪为文镵之,⑦以诏告天下后世。

(选自《蜀中先烈备征录》卷二,新记启渝公司代印,1923 年)

注释:

① 喻大将军:指喻培伦(1886—1911),喻培伦是清末民主革命者,字云纪,汉族,四川内江人。光绪三十一年(1905年),留学日本,三十四年(1908年)加入同盟会。曾钻研化学,研制炸弹,组织暗杀团,谋刺两江总督端方和摄政王载沣均未成功。1911 年春,在黄兴的率领下随林觉民、方声洞等革命党人精英,勇猛地攻入广东督署,被俘后从容就义,为黄花岗七十二烈士之一。

② 悌:敬爱兄长。

③ 穷:尽,用尽。

④ 湛(chén):"沈"的古字,诛灭。

⑤ 覃思:深思。

⑥ 愵(shè):此处通"摄"。"愵正"即"摄政",指载沣。

⑦ 镵:本义为尖锐锋利,此处指刻石。

追赠陆军上将卢君墓表

君讳师谛。字锡卿,姓卢氏。其先居江西南康,以父宦客成都,因家焉。君为人任侠,勇为义。民国革命,盖靡役不从,而卒以忧死,即其志可知矣。革命非常之业,君以文士,尝提兵转战,①每遇可惊愕及同俦殇国与系狱死者,②辄怆然痛哭,几以身殉之,不可得,则一放于酒,醉或歌呼,继以号泣。世或以泰□疑之,而不知其血泪之迸。非是,盖无以发其郁结也。君少耆学博涉,师事刘行道先生,而逐虏志愈坚。尝出关走打箭炉、里塘、巴塘,图其山川阨塞,日书数万言以归。辛亥蜀军政府建,君已先潜入夔府云阳,联结其防军,率诸党人以应。于是推君为团长。已而,属熊克武第五师。癸丑重庆讨袁爔,③君犹固守万县,与秦军距战。程融光死之,张威为殿,④君违难上海,旋游日本东京,密任四川总司令。与总理孙公及陈其美、谢持、黄复生、吕超、石青阳与余,祕谋所以摧覆帝制者綦力。⑤君自是亦稍病矣。君归长师,亡何复长旅,家居不问军事,而罗戴之哄以兴。至靖国军起,联军帅唐继尧雅重君。当是时,四川诸将有石颜黄卢之目,君年最少,而以雄辩善谋著称。余适归长川政,四人者皆亟亲余,然谈说则共君独多也。因是而赴粤逐陈之举,余与君皆阴受孙公命,以迎结滇军。大本营立,余长记室,君为军长。中更多难,君与余君尽瘁以辅翼大元帅孙公。观音山东江之役,君尝苦战,孙公倚之。及余谢病归,君独留。讫孙公殁北,而君犹左右之。⑥南京国民政府成,而川军俱易党帜者,亦多君居间力也。君尝任为四川省政府委员,未赴。继任中央军事参议院参议,中央军事委员会委员,今追赠陆军上将。居平爱党若渴,不屑治家人生产,得訾缘手辄尽。⑦尝严冬大雪,赘所御重裘以赴友朋之急,⑧而已则忍寒僵卧,不令知之。晚从喇嘛僧及刘居士修习密宗,虽耽禅悦而瘠。⑨自是疾益增剧。民国十九年十二月,疽发背卒,年四十有四。妻彭蚤殁,⑩无子。以弟师谡子咸绍为嗣。公葬于南京紫金山之原,魂魄几犹依孙公也。自清季革命至今,吾党殉国者顾几何人,⑪即吾川一域,膺难而名在党籍者,⑫盖以百数。今其存者,非老则病。英毅若君,亦愤盈以死,而余顾顽然无恙,泚笔以哀吾故人,为恸当复奚似。呜呼! 此可以视世矣!

(选自《安雅》,1935 年第 1 卷第 4 期)

注释:

①提:率领。

②殇:为国事而横死。系狱:囚禁于牢狱。系,拘囚、拘禁。

③熸：战败，覆没。

④殿：指后军。

⑤祕(mì)：即"秘"，秘密、不公开的。綦：极，很。

⑥左右：帮助，辅佐。

⑦赀：通"赀"，钱财。缘手：犹随手、顺手。辄，承接连词，则，就。

⑧赘：抵押，典质。

⑨耽：沉湎。

⑩蚤：通"早"。

⑪顾：回视。

⑫膺难：遭受死难。

癸丑杂诗十首

十万新摧翟义师，①苦因家累出关迟。
挐舟江上逢渔父，广柳车资碧眼儿。②

一念慈亲万虑灰，泥行徒步望门回。
临岐一掬交情泪，③使我心肝到死摧。

坚城门闭黯垣墉，脱险方知隧道空。④
人语蛩声夜行里，胡僧须白月明中。⑤

颠顿空山黛足行，芒鞋一着见生平。
闲情不入津逻眼，野老忘机说姓名。

江上人家竹树枝，疏篱掩映接荒祠。
溪头贾舶成来往，何处人间无别离。

虫语荒山百籁曲，凄清风物近深秋。
年来客路飘零惯，翻念平生马少游。

磴道盘回万仞山，⑥行人冲雨有愁颜。
忽思壮士千峰外，苦战新看若个还。

渺渺苍波入洞庭，君山长自向人青。
即今憔悴行吟苦，肠断当年帝子灵。

一水相通度蜀吴，保佣杂处似相如。
微行幸自无人识，落日凭舷看小孤。

绝岛漂零万里余，避风应笑似爰居。
秦人暂作桃源入，海屋松阴夜读书。

（选自《天隐阁集》，重庆出版社，1991年）

注释：

①原注云："赣、皖、闽、粤、湘、蜀讨袁军约十余万。"

②原注云："当时助余脱险者为法琅西人。"

③原注云："敌军越三百梯时已决议出走。余意必归禀老亲

乃行。锦帆谓余:'兄目标大,未宜自疏。'言时泪随声堕。"

④原注云:"天主教仁爱堂与法领馆间有地道通城垣,于其低处扶梯而下。"

⑤原注云:"法琅西神父,即彼邦僧侣。"

⑥原注云:"酉阳诸山绝雄峻。"

咏怀八首(辛亥)

其一

天地谅不息,万物宁有初。

伾攘尘网间,①乃尔生吾徒。

悲忧中夜积,潜泪盈襟裾。

邻虎方眈逐,所惧在沦胥。

慷慨怀苦心,感愤切捐躯。

励志惜时难,功名安所图。

其二

晨兴理群鞅,②夕息译文赋。

末俗黯无欢,清思托豪素。

既览颉诵篇,复博佉卢趣。③

道丧颇有年,斯文若或遇。

废书辄叹息,中途亶多故。④

其三

奄忽岁云逝，辞家远行游。
去去无所营，⑤薄以写我忧。
时危需异材，大泽遥相求。
散金岂云惜，⑥国事良所谋。
奔走不皇宁，望门为暗投。
殁者或无闻，存者长系囚。
幸自远缯缴，⑦念之发狂羞。

其四

维昔明社墟，⑧建虏方入关。⑨
铁骑纵衡驰，杀人如草菅。
骸骨弃不收，贞孺为污奸。
赖有数遗民，痛号空林间。
倡义娄颠蹶，⑩著书余忧患。
琼哉夷夏防，⑪后世兴驽顽。

其五

海外有名国，曰法美瑞西。⑫
服膺欧哲言，民气如虹霓。
余治尚共和，执政与民齐。

群类纳轨方,国宪明堪稽。
斯风东渐日,魂梦切攀跻。
喋血更争之,忽若俱醉迷。
终焉达所愿,中夏臻福禔。⑬

其六

伊余癯眇姿,⑭气猛干云天。
十岁诵仓雅,十五罗陈篇。
二十始结客,瀛海讫幽燕。
匪直慕游侠,⑮志欲灭腥膻。
咄哉三户雄,⑯一举锉秦坚。
大义揭日星,响应彻穷边。
蜀士建汉业,予亦乐执鞭。
始难下三巴,鸡犬谧无喧。
俄顷阅沧桑,千载光籍篇。

其七

愁思忽不乐,跨马出芒北。
荒冢一崔嵬,朔风何凛冽。
昔我同盟友,伏尸为拯国。
顾念秘誓言,中心怆欲裂。
桀犬何嚣嚣,天地生蟊贼。
懿德自古沦,杀身亦何益?

其八

层关百余仞，中有一蓬庐。

桂树夹道生，云为隐者居。

借问隐者谁，十年思执殳。

一朝寰宇清，退身从佃渔。

于世百无营，所乐知琴书。

济济夸毗子，⑰媚世将焉如。

（综合三处校核：①《述怀八首辛亥作》，《中苏文化》1941年第9卷第2、3期；②《咏怀八首辛亥》，《中苏文化》1945年第1卷第3期；③《天隐阁集》，重庆出版社，1991年）

注释：

①佺（kuāng）攘：纷乱不安貌。《楚辞·九辩》："悼余生之不时兮，逢此世之佺攘。"

②鞅：羁绊。

③佉卢：借指横行书写的文字。

④亶：通"但"，仅，只。

⑤去去：谓远去。

⑥散金：散发钱财。语出《汉书·叙传下》："疏克有终，散金娱老。"

⑦缯缴：猎取飞鸟的射具。缯通"矰"，箭。缴（zhuó）为系在短箭上的丝绳。

⑧明：明朝。社：后土为社，见《左传·昭公二十九年》，此用以借指国家。

⑨建虏:清由建州女真发展而来,所以叫"建虏"。

⑩娄:远,辽远。

⑪琼:喻美好的。

⑫法美瑞西:指西方诸国。

⑬中夏:即中国、中原、中土、中华、华夏。福:福荫、福佑。褆(tí):福。

⑭癯:瘦。眇:细小,微小。

⑮匪:同"非"。直:同"只"。

⑯三户:《史记·项羽本纪》:"楚虽三户,亡秦必楚也。"

⑰眦:眼角。

癸丑违难纪事二百韵

胜清昔云季,①武昌兴义师。呼应纷独立,蜀起西南陲。余亦从张公,渝州揭汉旗。胡运二百年,一朝飞劫灰。袁也操莽姿,退居洛水隈。②满庭实无人。亲贵多昏骏。乘变遂蹶起,③盗命终残棋。南和更逼北,神器夙所窥。④伪心赞共和,元首视囊私。民党特多疏,卒惑于其欺。大枋既已移,⑤帝制隐妄希。今旦杀议员,明朝刺党魁。外债重若山,不顾民疮痍。愤师起赣宁,蜀申晋阳威。赫赫民政厅,与军为分治。⑥余藐荷厥剧,⑦百政粗有规。贼势已早成,义从稍嫌迟。羽翼绝四海,天地为阴霾。苦战两月交,泸合未解围。蜀将多犬鹰,⑧黔滇杂狼豺。贼军四面至,羽书日夕驰。忽然陔下惊,⑨贼过三百梯。熊刘榻前立,⑩卧息方如雷。披衣起共去,总部高节麾。⑪

　　群议暂违难,鲁阳戈何挥。余无一卒依,但义共艰危。忽忆昨宵言,归慰两亲纔。今遽趑然行,⑫何以安老怀。誓当一返报,乃去无惭疵。熊谓君勿尔,妇孺咸君知。万一小有失,谁膺此差池?语罢声已塞,泪下犹绠縻。⑬余竟决然归,毕稟复依依。父谓汝速去,勿复念家为。闻此身快轻,筬行去若飞。⑭熊辈已前迈,仓皇不可追。⑮乱兵数十人,纷纷满庭墀。⑯余计此焉穷,望门且投谁?辛复返吾家,给亲早安排。谓我文弱人,随军非有宜。凤与异国谋,遣使相趋陪。数传至省外,遂可脱危机。亲闻色小霁,余心忽若摧。本无备跳志,何尝与人期。妻悉暗擦泪,顾弄骄雏儿。密书约两全,⑰神父期扶持。

　　易服变形往,肩舆深下帷。计取商会符,栏栅得免讥。⑱匆匆到教堂,一叟遇待佳。进客弥撒酒,鲜色红玫瑰。饮之似甘露,如倾王母杯。烦憨霍然苏,⑲沈忧为新衰。⑳日落天欲暝,起走与叟偕。阴从隧道过,㉑城闭不得开。翻身跨俾倪,㉒扶梯接垣基。㉓自是严城出,鸟飞天一涯。晚渡复无舟,㉔神父策更施。上流泊官舫,视挂法领牌。兼金赂傍人,同国为我侪。便可送过江,汝职又无亏。是夕秋月明,㉕滩浪高喧豗。㉖余舟危

先贤诗文选

若发,余心甘如饴。彼岸倏已达,夜行山南陂。廻看神父翁,月下风飘须。㉗长襦黝且黑,乌金杂银丝。㉘虬髯尔何人,强似画中仪。想见夷门嬴,更忆襄阳耆。故共涂人语,亦复为啁诙。知是彼翁术,不欲使人疑。晚到鸡冠石,廿里颇有奇。迎门两洋犬,掉尾相追随。仝戏法语操,犬似明其词。入室具宵馔,款客真贤哉。谓有君部椽,㉙先期待于兹。觌面当可识,其人丰髯髭。㉚俄顷出宋君,㉛乃是外交司。

相慰谈笑生,喜气溢山斋。神父尽围视,骇讶疑狂痴。彼意奔命忧,当复知何哀。乃尔相大笑,此足为惊猜。㉜明晨上小舟,仝也返自厓。仓卒了无备,但携百金赀。㉝舟中得偃卧,不皇计晨炊。神父来何迟,午饷收落晖。㉞解缆百余里,水急舟难舣。江行颢气清,㉟心定知苦饥。肠中鹿卢鸣,㊱面色青黄皮。神父瞿然惊,问君何疾瘥。㊲告以久未食,馁极不可支。开箱发红酒,面包一双枚。健啖共宋君,如天锡浆醅。㊳始知世间酤,未若贫逢饥。伤哉彼翳桑,为复羞嗟来。越日长寿县,孔君来水坻。㊴

为购一布衾,晚以防凉飔。㊵涪陵黯维舟,瞥忽见舆尸。城门仍昼闭,人烟四望迷。郭外教堂立,㊶老树拂檐低。迁行好憩此,换舟小河湄。公滩廿日程,㊷辛苦事泝洄。㊸有时断邮坞,㊹湍水高无倪。冈头百丈牵,欸乃声绝悽。㊺天黑马头遥,岩屋俱掩扉。余时婴病卧,⁴⁶汗出浑如漓。⁴⁷梦归到家中,惊喜见母妻。觉来万山底,仿佛夜猿啼。岸投彭水宿,镫畔呼骇蟹。⁴⁸猥如蚁附羶,又似牛有蝱。中宵坐不寐,惧齧为人齎。⁴⁹河尽得曹张,⁵⁰一仆背闲携。⁵¹

知为縋城蹶,余人那堪思。酉阳千万山,鸟道艰崎岖。筍舆不能上,藤葛劳攀跻。笑彼绳负登,以人为马骑。三日蹩足行,⁵²凭仗两芒鞵。⁵³粳稻鲜莫致,玉黍为餔糜。早霜袭人骨,寒雨飞上眉。延缘至县城,县令秘供差。⁵⁴行李俨然具,溢金复见诒。同路壮行色,余与神父辞。自此还入湘,下水风顺吹。比而及里也,地古当属夷。五日过桃源,知是武陵溪。桃花杳不见,满望成蒿莱。⁵⁵终然抵常德,民物多穰熙。急复买邸报,逆首名非卑。宜沙汉三关,查挐电严催。以兹自敛匿,昼伏夜出街。蛰居一室中,乃侔它与龟。⁵⁶同舍者谁子,樗蒱日几回。平生恶簙奕,⁵⁷喧呦声尤乖。境迁情异异,不觉反羡之。⁵⁸视此马将声,承平雅颂诗。此去赴汉皋,洞庭天四垂。平分千顷秋,⁵⁹荡漾明月辉。君山高螺髻,清波映翠微。泊舟湖口夕,霜露入绨衣。⁶⁰打桨来卖浆,味野矜绝奇。⁶¹物美在天然,因思饷东蓠。⁶²武汉网罗张,助桀曰维黎。幸仗乡人策,⁶³污身水工炱。微行遂至沪,租界看吴姓。海隅游侠儿,雕鞍歌落梅。彼辈醉梦生,胡为独栖栖。伎乐亦偶作,谓以遣愁悲。赛孃时沦落,⁶⁴召侑观鼎彝。

旬日便东去,思揽榑桑枝。⑥⁵黄海昏人死,仍输世诟忯。兀兀至西京,似谒老君祠。⑥⁶山色犹吾乡,触目故人非。市屋颇整洁,言语稍侏离。⑥⁷独作异方客,⑥⁸魂梦飞寝闱。踰月得沪书,⑥⁹余家出巫夔。继已抵歇浦,候馆初旅羁。褛裂乏赀装,闻之泪频揩。我时不得归,为避罩者伺。⑦⁰迎养遂颇决,东京歌南陔。⑦¹矫矫朱公叔,⑦²忼槩赠我财。⑦³

笺供年千金,吾贫可胜医。以此媚老亲,毛檄堪同嗤。悠悠薄俗閒,⑦⁴岂复见此才。举家浮海日,一日肠九回。计日新桥驿,鹄立以久俟。⑦⁵果惊见吾翁,又已瞻吾娄。⑦⁶吾翁须发白,⑦⁷霜雪明皑皑。吾娄面皱加,恒河照其嬴。⑦⁸妻儿喜极泣,涕下辄交颐。⑦⁹吾心似刀剟,强复为笑咍。先到寓门迎,脱履方上阶。何以异吾家,独此踏踏弥。⑧⁰既可跏趺坐,⑧¹卧亦供身倚。老人晚得此,床榻不须移。翁婆莞而笑,此邦非奢靡。明灯夜深语,听述家险灾。黔军初来渝,于党殊无违。既逢王刘入,⑧²其势乃昌披。⑧³袁胡日严檄,株蔓期靡遗。家产尽钞没,骨肉不得归。吾家被驱散,家书悉为牺。⑧⁴讹言里巷生,旁皇窜东西。匿聚木洞场,姑雷恩絷维。园圃拓果实,庪庨烹伏雌。⑧⁵稚子不解忧,且复为娱嬉。风声难久居,重迁向邻黴。苦哉夜中行,问讯当路歧。欲投农人家,扣门乃墓碑。阿毅将铭儿,弱心涕涟洏。⑧⁶买舟下大江,秋水欲平堤。严装各萧然,衣被不得齐。

薄寒初中人,倚背相温偎。牛口高险滩,狂流突簸簁。舫师一篙疏,几欲从蛟螭。至今谈色变,唯谢天福釐。[⑦]衰老万里行,精力良已疲。独喜生见汝,家毁终必恢。蒙难而艰贞,报国当有时。退静绎此言,亲心一何慈。不恤吾家瘠,但冀我国肥。累亲窜绝域,万死何当该。念此愧感并,喔喔已鸣鸡。

(本诗综合吴嘉陵的《癸丑讨袁中的杨庶堪和他的〈癸丑违难记事二百韵〉手稿》(《四川文物》,1984年第4期)、《癸丑违难记事二百韵》(《国闻周报》1927年第4卷第44期,第19—21页)及《杨沧白先生癸丑违难记事二百韵》(《知行杂志》1948年第1卷第1期,第49—50页),再参照A.《沧白诗钞》(台湾四川文献研究社印行,以下简称"台诗");B.《杨沧白先生纪念特刊》,1943年版(见《重庆地方史资料丛刊·重庆蜀军政府资料选辑》,以下简称"渝诗");C.《四川文史资料选辑》第十一辑(以下简称"川诗")三种版本点校。)

注释:

① 云:台诗为"亡"。
② 洛:川诗为"洹"。隈:山水弯曲隐蔽处。
③ 变:渝诗为"便"。蹶:川诗为"崛"。
④ 窥:本义为从夹缝、小孔或隐蔽处偷看。此为窥伺。
⑤ 枋:通"舫",泛指船。
⑥ 与军:渝诗为"兴年"。
⑦ 剧:用力多。

⑧犬鹰:渝诗为"鹰犬"。

⑨陔:川诗、渝诗为"垓"。

⑩原注云:"熊刘即熊克武、刘光烈。"

⑪节麾:古代朝廷授予大将的符节和令旗。也用为对执掌兵权者的敬称。

⑫遽:渝诗为"剧"。恝(jiá):忽略;淡然。恝然,漠不关心貌,冷淡貌。

⑬绠縻:本义为绳索。后喻雨水泻注貌。此喻泪如雨下。

⑭篗(biān):竹制的便轿,即"滑竿"。

⑮皇:渝诗为"望"。

⑯墀(chí):台阶上面的空地。亦指台阶。

⑰原注云:"两仝即季梁、支生。"

⑱栏栅:用竹木条或铁条等做成的类似篱笆的防护物。讥:渝诗为"识"。

⑲渴(kě):一说即为"渴"之假借,表示口干想喝水的意思。另一说认为"渴"并非"渴"之假借,而是在"渴"表口渴义之后才造出的字。渝诗、台诗、川诗为"渴"。

⑳沈:渝诗为"沉"。

㉑过:渝诗为"出"。

㉒俾倪:同"睥睨",城上短墙。倪,台诗为"睨"。

㉓接:渝诗为"按"。

㉔渡:台诗为"港"。

㉕夕:川诗为"夜"。

㉖喧阗:形容轰响。

㉗须:渝诗为"径"。

㉘杂:渝诗为"架"。

㉙橡:川诗为"橼"。

㉚丰:川诗为"半"。

㉛原注云:"宋君即辑先。"出宋君:川诗为"宋君出"。

㉜足:渝诗为"是"。

㉝百:渝诗为"自"。

㉞午饷:午饭。此指吃午饭的时候。饷,渝诗为"膳"。

㉟颢:通"昊"。本指西天,泛指天空。

㊱鹿卢:通"辘轳",象声词,形容腹中咕噜作响。

㊲痗(mèi):病;忧伤。渝诗为"病"。

㊳醅(pēi):未滤去糟的酒。亦泛指酒。

㊴原注云:"孔君即陈云。"

㊵凉飔:凉风。

㊶郭:渝诗为"郊"。

㊷公滩:即龚滩,今属重庆市酉阳县。

㊸事:川诗为"宁"。

㊹邺:渝诗为"树"。

㊺欸:川诗为"疑"。

㊻婴:遭受,遇。

㊼洏:汁。

㊽骇:渝诗为"黑"。蜚(fèi):传说中的神蛇。

㊾臡(ní):有骨的肉酱。亦泛指肉酱。

㊿原注云:"曹张即曹笃、张縠。"

51闲:川诗、渝诗、台诗为"间"。

52蠒:台诗、川诗为"茧"。

53芒屩:即草鞋。芒,台诗为"茧"。

54原注云:"马久成君时为县知事,亦党人也。"

㊺成:渝诗为"城"。

㊻它:台诗、渝诗、川诗为"蛇"。

㊼簿:古代一种掷采下棋的比赛游戏。

㊽觉:渝诗为"免"。

㊾秋:川诗为"波"。

㋀绨衣:细葛布衣。

㋁矜:川诗为"惊"。

㋂东畲:泛指田园。

㋃原注云:"陈君尧廷相遇于洞庭、汉口避罗,得君多助。"

㋄原注云:"赛金花时年六十余老。"

㋅榑:台诗为"搅"。

㋆原注云:"老君山为吾乡对岸高峰,祠在其顶。余初抵西京,戏谓同行童君曰:渡海犹渡江耳,余视此市中林屋,亦若赴彼山纳凉而已。"

㋇侏离:形容方言、少数民族或外国的语言文字怪异,难以理解。

㋈方:渝诗为"乡"。

㋉沪:渝诗为"泸"。

㋊睪(yì):伺视,窥伺。渝诗、台诗为"弋",川诗为"译"。

㋋南陔:《诗·小雅》篇名。六笙诗之一,有目无诗。

㋌原注云:"朱公叔即朱苇煌。"

㋍赠:渝诗为"送"。

㋎闉:川诗、渝诗为"间"。

㋏俟:等待。

㋐缺字不详,似指母亲。

㋑吾:川诗为"君"。

㊻恒:川诗为"临"。

㊼颐:台诗为"贻"。

㊽原注云:"日本人称地席曰叠,其训读若此。"

㊾跏趺坐:"结跏趺坐"的略称。佛教中修禅者的坐法:两足交叉置于左右股上,称"全跏坐"。或单以左足压在右股上,或单以右足压在左股上,叫"半跏坐"。

㊿原注云:"王刘即王陵基、刘存厚。"

㉝昌披:狂乱放纵貌。昌,通"猖"。川诗为"猖"。

㉞悉:川诗为"尽",渝诗为"出"。牺:充当牺牲。

㉟扊扅(yǎn yí):指门栓。

㊱涟洏:亦作"涟而"。泪流貌。

㊲釐:改变、改正。

张懋隆传

张懋隆,四川大竹县人也。字筦渟。任侠有智计,不谐于俗,而多自谓:"能玩折之。"伪清季年,闾里豪猾,率因缘奸吏斁法蠹民。①懋隆与所善陈一夔、萧谦明钼其桀者,②而恒以学识言论摧伏其曹辈。③当是时,党祸亟,里豪辄假以构陷。懋隆卒出策略脱免,不稍窘挫。懋隆为人廉刚饶訾譬书,能言革命精理,而尤以实践,与陈萧相勖励。既入党,则往来成都重庆间,密图举事,屡败不挠。熊克武、黄金鳌、佘英、廖子亚之亡命

也！皆尝投止其家,或相将与匿,舍于大岩坪。④大岩坪者,竹梁间绝险地,孝义会渠率李绍伊据守者也。绍伊负固垂二十年,聚徒千余,肆耕其上,伪吏莫敢撄。⑤懋隆独潜往,敦晓以大义。绍伊椎牛歃血矢天,曰:"愿谨效命！"繇是数岁无剽掠。懋隆维系之之力也。蜀事既久无成,群雄散处。懋隆乃汎海至日本,遍结同盟会诸豪,而尝典同密要。日栖皇弗给有所谋,详审周慎,侪辈翕然依之。汪黄狱后,党势稍益中衰。于是,懋隆举任为东京四川部长,党日以振。广州之役,闽蜀士死难烈天下,而懋隆实赞其中枢,结士集费,身备诸险危。功虽未卒,国人固已歌泣,轻虏廷矣！懋隆尝怆恻方声洞之没,以为繇已要输械,以致之,思得一。当以报死友地下。于是,反蜀谋大举,会路债起。武汉首难,重庆党人欲起应之,而阴迎懋隆为助。至则主陶阁,党人夜往计商。懋隆乃请广州之失,缘于人集,而械不以时至,非大修战具不能敌。于是,慷慨请独赴鄂从黎孙。假之时,同志会以与赵尔丰军相持川西南间。鄂蜀戒严,行舟几绝。懋隆乃伪为厮养服,⑥乘日侨避难船,往汉阳。新溃武昌,城昼闭,不得入,从宿临江小逆旅。⑦是夜,夹岸枪声如雨,炮如雷。败屋屡摇摇欲圮骦。⑧懋隆危坐竢晓。⑨得间乃入谒孙武,具白来旨。武故素识至是,气微矜。懋隆觉之颇能望,然犹容忍,反复为陈鄂蜀甫辅车及南北胜负之数。武始自失而辛,谢以倾兵方数败,枪支委弃无余,弹丸山积,唯君恣取之。懋隆丧叹乃归。蜀军政府初立,苦乏械。不时出师,懋隆引为大嗛。⑩是时,南方诸行省,既多已宣告独立,相共约统一政府会于沪上。蜀遣使之人,懋隆与焉。懋隆亦喜得藉以备械,挈訾遂行。临时政府,始都南京。懋隆为参议院员,旬月辄弃去。会有驵会刘姓,言广东龙济光蓄枪数千,贬直求雠。⑪懋隆乃偕李允钦、淡春谷往视。遽见济光,言殊烁遁。⑫懋隆疑有诈谩,潜诸金别所,唯以符券自随。一日,忽被召为约剂。⑬春谷病,不能从。懋隆、允钦赴之。越两日夜不归。春谷大惊,诉官调迹,⑭则皆已裂尸井中央矣!贼不得,群莫廉其内蕴。⑮或曰济光实知懋隆为民党巨子,遂遇害。

民史氏曰:"懋隆重庆之行,余与张培爵实驰书,遣门人陈光远迎之。而遂以长逝不归。余安能与培爵苟生,而与终世也?懋隆尝愧方君,终以地下报之。余与培爵之恸,将无纪极。⑯然懋隆声洞,不以国死,其视于世,哀慕何如也?"⑰

(选自《蜀中先烈备征录》卷三,新记启渝公司代印,1923年)

注释:

①骫:"委"的古字,枉曲。黢:"戾"的古字,暴戾。

②钼(chú):诛灭,清除。桀:首领。

③摧伏:折服,制伏。曹辈:同伙。

④砦(zhài):村寨。

⑤撄:触犯。

⑥厮养:犹厮役。

⑦逆旅:客舍、旅馆。

⑧圮(pǐ):毁坏,坍塌。隳:毁坏,废弃。

⑨俟(sì):等待。

⑩嗛:不足,空乏。

⑪雠(chóu):同"仇",匹配、对偶,此指买家。

⑫烁:闪烁其词,吞吞吐吐。

⑬约剂:古代用作凭据的文书、契券。

⑭诇(xiòng):侦察,刺探。

⑮廉:考察,查访。

⑯纪极:终极,引申为穷尽。

⑰哀慕:谓因父母、君上之死而哀伤思慕。

陈其美墓志铭①

余少读书于蜀万山中,不及与当世仁贤奇杰游处。辛亥蜀军起后,尝一走京师,以衔民政长张公命。所接多贼袁故吏,及浮夸政客,无足与语者。癸丑避难日本东京,始获遍识民党魁卫,自前大总统香山孙公以次,恒与密谋,其后辛因孙公内交吴兴陈公。丙辰三次革命之役,余所相与为终始者也。公故为沪军都督,与讨袁总司令,天下有声。然始余闻公名时,毁誉间出,及久相习,则识所为。谋国至忠恒,而机敏勇决,独异侪辈,其大归要靳一死,②以励天下。乃知乡者流言,多敌人蜚语,或忌者谗慝中伤耳。③公尝慷慨谓余曰:"吾党以能死覆清廷,建国以还,拥节者或稍耽于逸乐,致有不战而逃者,吾耻之,吾必死以雪之。"又曰:"中华民国不可无孙公,不必有陈某。陈某未尝学问,然爱国则不敢以后人。孙公愤同盟会□亡,更立中华革命党,率国人以死,吾首赞之。繇其道,必乃有济。不济,则吾惟首以死继之。吾自败衄以来,④恒终夜不寐,渊渊以思,以为吾尝秉节钺,⑤与大谋,而国今若此,吾实负大憝于国人,⑥吾惟尽瘁死以薄吾过。虽然,吾必使贼袁罢于奔命乃已。"余习闻公之言盖如此。乃夷考所为。⑦大连一行,而北人士因之殉国者以百数。甲寅十月,浙江之变,公为谋,而夏尔玛昆季主之,不幸泄败,殉者亦数十人。其间,南通衡永惠潮佛山本溪湖之役,诸崛起树革命军帜者,皆公与孙公提絜之。以孙公为党总理,而公为总务部长。方略军赀皆繇之出,天下敢死之士多归之。贼廷始稍震慴,⑧渐知籍没淫戮不足以寒党人,而销天下之气矣。然贼吏诬杀人,辄假以周内,有所构陷。邸报或云诇获孙黄委状。当是

时,黄公主徐图,以俟贼恶之盈,方西游美利坚,视察其国政民俗。公为书招之,不答。而傅致顾乃若是,以是见贼廷冤狱之繁,而民无能宁矣!而粤湘苏浙滇蜀燕辽间,固时有党人出没。然秘匿甚,与世所传绝殊异。非大举急谋,贼吏固未之察也。而贼廷亦纵罨噬党人,⑨或密杀之,大凑乃尤毒虐于上海。上海者,万国租界地,党人所假以为逋逃渊薮者也。公尝辟置军府,自少居是间,士无贤不肖皆宗之。一旦告行孙公,以谓贼防坚。同党后先就义,各省以万计,创痛亟矣。范鸿仙死,上海尤虚。非躬往统筹,东南或不能即发。孙公许之,遂归。而贼袁方以金巨万购公,俎伺终不得。苏浙戒严益急,居无何。中日国交危,而欧战未已,潜谋颇挫。孙公频电令返,不往。曰:"事不成,吾死!"不复更东渡矣。孙公虑其轻擿,致书慰勖,且趣以来决大计。⑩适筹安会起,天下嚣嚣。乃因返东,会谋改图。西南军赀辜较计数十万,而时苦不给。遂约与胡汉民、许崇智、宋振及余分募华侨于菲律宾、爪哇、马来诸岛。公道上海,会事急,独留旬日。以二王刺杀贼镇守使郑汝成于白渡桥,海内大震。于是召余及蒋介石、丁仁杰、余祥辉诸人归。至则谋袭海军,攻制造局,夺吴淞要塞,据上海发难,为天下先。既定议,忽闻肇事和、应瑞两舰将调赴广东。势已莫可如何,则于十二月五日薄暮,令杨虎、孙纵横各率所部三十许人,一繇黄浦,乘蒸艇袭取肇和;一繇杨树浦,乘蒸艇袭取应瑞。而别以数百人持短铳炸弹,扑攻陆署及各要区。会孙艇以无通航符券被阻,应瑞不能得。而杨虎诸人则已跃登肇和,舰员陈可钧等应之。纵砲攻陆,巨声隆隆震天地。贼吏皇骇欲遁,人民欢呼雷动。虽奔避塞途,未尝有怨语。当是时,薄子明提二百许人,击巡警总局。吴忠信遣其部百许人,击电灯德律风诸馆。公率蒋吴丁周,躬至城中督战。而留余与邵元冲、周日宣居守。时薄吴两军皆已获利,警吏及卒惊溃。陆上守军突来会战。两军俱短铳,不能远击,遂小却退,揔司令部未得立。⑪不获已,乃返渔阳里。居守密室,谋继进。俄而鞾声潮至,⑫薄门亟厉,知有变。公与余及吴蒋登屋而逸,法兰西逻卒捕丁周诸人以去,援军遂不及发。薄吴两军不支,杨虎等固守至天明。贼将吏以巨金赇应瑞、通济诸舰,⑬环攻肇和。肇和中砲,瞭望台倾,库焚,死者藉出。杨虎乃从容燔檄告,沉军币,而与马伯麟、李元箸率残部,浮小艇退归。陈可钧等被执,不屈,死之。是役也,死二十余人,伤百余人。贼袁凶惧,天下闻风,知贼军不足为矣!云南护国军起,公谋上海益急,而时时委输南北诸省为策应。当是时,朱执信起广东香山高雷;居正起山东潍县;石青阳起四川酉阳、秀山、彭

水,皆称中华革命军。朱居兵各万余,石亦数千。贼势日蹙,而董鸿勋以滇军前锋,转战川南。卢师谛应川西;王维纲、谢兆南应川东;吕超则先发叙府;张煦夺牛背石;向传义、卢汉臣亦引军川黔间。此数君者,虽交称护国军,而实皆公与孙公所结士,名在党盟。而董卢尤尝密任为滇蜀主将,以所居职与所兴地,不宜更异帜,故或隐忍以就功业,非背之也。其余名不甚彰,而权以事会隶护国者,殆不可胜数。世或疑革命护国两军,画然若不相及,⑭而复有攘窃群功,以为己孤绩者,闻董卢诸人之风,亦可以少愧矣!当叙府陷时,民军危。公约覃振、林德轩,举湖南长沙。蔡济民、田桐举湖北武昌,皆猝起不及成。而湖南诸县,固有革命军盈万,分散无统。公惜之,于是,更命杨虎举江阴。江阴者,长江第二险塞也,南方用兵必争之。卒以孤立无援而溃。公益愤恚。然自肇和后,公不乐,更以肉薄多贼良士,乃以巨金购海陆军将卒。警长姜汇清者,敏干与诸将卒善,秘入党。假之联说,营连长以降,加盟日多。然其时,贼防已遽增至数师,而频调诸舰他徙。叛党某后羁疑沮之。以故,海陆军相顾,莫肯先发。尝与约撤,夜候之,卒失期。一日,同安舰受金将发矣,至时,舰长遁,员兵哗乱,宋振发愤蹈水死。⑮公悲慨愈不自胜,尝病瘖仆。⑯越日接人如故。又恒喜为独行,防素疏,自是益略不为备。而李海秋、王介藩、朱光明、程子安、许国霖之徒,利贼廷重赇,而盗杀之祸作矣。初,贼袁忌公甚,遣使刺公凡六七辈,皆无隙,末颣进。于是募能死公者,金万镒、爵五等。许国霖始佯为炭矿贾人,⑰因李海秋求谒,伪言有善矿将质,仰公而成,既成,请以赢余输军实。及出押券,而铳遽发于坐中,门外伏入,遇人即击。公贯颊及脑而绝。呜呼烈矣!公讳其美,字英士,浙之吴兴人也。其先由陈州徙颍川阳武,后卒徙归安东林山。归安于古为吴兴,民国既建,始改称之。曾祖讳泰,为名儒;祖讳绶,父讳延祐。母吴氏,文濬公次女。继母杨氏。兄弟三人,公其仲也。妻氏姚,子二:祖华、祖和。公死时年四十岁。少时读书不成。去学贾,又不乐。曰:"书者学究之业,贾驵侩逐末利,⑱皆无拯于国亡危。"遂去游日本,习警监法律。又入东斌学校,习军旅。性任侠,常务周人之急。清光绪末,入同盟会。益结客散金无所惜,与徐锡麟、秋瑾、张人杰、谭人凤、褚辅成游,颇共密谋。大盗王金发独屈服之,亦用以图房,尤敬事赵声。赵声死,经纪其丧甚厚,⑲人咸义之。尝被执者三,皆以计得脱。辛亥武昌起后,率死士攻制造局,不克。子身自往譬说,局长囚系欲杀之,援至得免。遂举为都督,卒收海军。据邮电中枢,以召呼天下。连衡苏浙,共攻金陵,转输不匮。南京政府

成立，而清亡者，多公之功。南北既奠，贼袁任公工商总长，不就；授以勋二位，笑置之，不屑。尝因延一人见，贼袁伪亟亲之。退，谓人曰："民党多长者，易谩欺。英士机智朗然，真吾敌也。"宋教仁被刺之狱，贼袁欲以谋主诬公，而卒赖公力以讦发奸伏。贼惧，益深衔之。⑳公为人求贤常若不及，而好容说论。尝共黄复生养疴，相与辩难。黄崚词折之不忤。㉑及黄雁祸，营护独先。有过勇改不惮，尝以癸丑失计用黄郭，引为大咎。自是择人綦严。然亦以此府怨。王介藩者，有诡行。而公所屏绝者也，素志欲死公。公以么□易之，卒为变。呜呼！以公之才而涉乱世，若斯之难也。群贼为厉，其遇害可胜戒哉？公死十九日，国贼袁世凯暴卒。世传世凯临殁，遽大呼英士。诚伪初不可识，盖天下固已皆知公为贼巨敌也。而精灵之说，犹怪迂难言之。惟世亦云贼袁屯长江兵十余万，不敢遣调，徒以有公在。呜呼！何其雄也！民国六年丁巳五月某日，将归葬公于县南碧浪湖畔，其弟其乐、兄子祖焘来请铭。铭曰：

"巍仪古国昭羲轩，东胡荐之荒屏藩。杰士号呼山泽间，一轮荡虏驱诸关。余孽未殄生神奸，蜩螗羹沸四海怨。中有豪贤清且坚，九死未悔终勿谖。先贼西殒遗烦冤，亿兆齐民增永叹，百世侠子相哀怜。"

（选自《国闻周报》，1925 年第 2 卷第 25 期）

注释:

① 陈其美(1878—1916):汉族,字英士,浙江吴兴人。近代民主革命志士,青帮代表人物,于辛亥革命初期与黄兴同为孙中山的左右股肱。弟陈其采,字蔼士。兄陈其业,字勤士(陈果夫、陈立夫的父亲)。陈其美与蒋介石关系密切,为蒋介石拜把之兄,将蒋介石引荐于孙中山。1916年5月18日,受袁世凯指使的张宗昌派出程国瑞,假借签约援助讨袁经费,于日本人上田纯三郎寓所中将陈其美当场枪杀。陈其美遇刺后,孙中山高度赞扬他是"革命首功之臣"。

② 靳:取得。

③ 慝:邪恶。

④ 衄:挫折,挫伤,失败。

⑤ 节钺:符节和斧钺。古代授予将帅,作为加重权力的标志。

⑥ 大憝:极为人所怨恶。

⑦ 夷考:考察。

⑧ 慴(shè):恐惧。

⑨ 睪(yì):本义为伺视、侦伺,此指特务、侦探。噬:本义为啖食、吃,此指杀害。

⑩ 擿(zhì):投掷,此指殒身。趣(cù):督促,催促。

⑪ 揔:同"总",统领,率领。

⑫ 鞮(dī):革履。皮鞋的古称。

⑬ 赇:行贿。

⑭ 画然:明察貌,分明貌。

⑮蹈水:踩水。此指投水溺死。
⑯殟:突然昏迷不醒。
⑰贾人:商人。
⑱驵:马匹交易的经纪人。泛指市侩。
⑲经纪:管理照料。
⑳衔:怀恨。
㉑折:责难,指出别人的错误或缺点。

周文钦

周文钦(1882—1929),字家桢,笔名贞,别号莲居士。重庆人。清末民初,历任《广益丛报》编辑、《国民公报》主编、重庆《商务日报》总编兼社长、《繁星月刊》主编、《民报》总编。被誉为"重庆报坛之先驱"。在巴县曾任教育会长数年,为推动地方教育作出过很大贡献。遗有《周文钦选集》。

周文向墓表

狷士,周家杰,字文向。早慧,从仲兄文钦游吴越间。既长志改造社会。两游京华,偕文钦及友人蓝锐甫,弹力于重庆商务日报。①指趣超然,②不事诡随,一时咸服舆论之公焉。与同邑唐若兰女士有文字契,即申之以婚姻。若兰,毕业北京女高师校,尝以振兴女学为己任。学行修践两人若一,君秉性狷洁,疾俗如仇。中经时变,壮怀拂逆。春归夏病,不谨于医,奄然怛化。③年四十七耳。无子,以仲兄次子立节,锡名兴龄者承祀焉。达观生死,神智明澈,志业未就,葬具从薄,

遗命女士,以遗书检赠图书,薄产不以遗后。俟女士终天年,举赠学校。其冲慢远识,④非今之士大夫可及也。以某月某日,归葬于祖父茔次。仲兄志墓,侄立翀书丹。墓前树华表一,径二尺,高九尺,镌文其上。翼以茆亭,⑤则女士之意也。吁适来何乐,适去何悲,存顺殁宁,视兹息壤。

(选自《十周年纪念刊》,1924 年)

注释:

①殚力:按"弹"应为"殚","殚力"指竭尽全力。

②指趣:意向,意图。

③怛化:泛指人死。语出《庄子·大宗师》:"俄而子来有病,喘喘然将死,其妻子环而泣之。子犁往问之,曰:'叱!避,无怛化!'"怛,惊。化,自然变化。意谓人之死乃自然变化,不要惊动他。

④冲慢:犹冲淡,心态平和淡泊。

⑤茆:通"茅"。

李蔚如

　　李蔚如(1883—1927),字郁生,号鸿均,四川涪州新盛镇大顺场岩口(今重庆市涪陵区大顺乡大顺村)人。早年加入同盟会,亲历辛亥革命,带领学生军打开通远门,迎接革命军进入重庆城。领导和参加了四川讨袁、护国、护法之役,并屡建战功。1924年,因厌倦军阀混战而解甲归乡——涪陵县大顺场。1926年加入中国共产党,在涪陵四镇乡组建八千农民自卫军,与刘伯承等领导的顺泸起义相呼应。1927年7月,被军阀郭汝栋诱捕,英勇就义于南岸黄桷垭,终年44岁。李蔚如在一次拆开炸弹研究内部结构时,不慎引爆炸弹,他的右眼被炸瞎、右手被炸残,但在四川讨袁、护国、护法运动中,他照样上前线指挥,有"独臂将军"之称。

赠友人[①]

学剑学书两不成,飘零湖海一身轻。
拼将傲骨撑天地,剩有灵犀照古今。
雪冷巴山人易老,春回歇浦我消魂。[②]

何日得扫单于墓，立马燕然拟勒铭。③

（选自胡汉生、蒲国树《李蔚如传略》，《重庆文史资料》第十六辑，1983年）

注释：

①录自《重庆党史人物》第一集，蒲国树《从同盟会员到农军总指挥》。在《重庆文史资料》第十六集，胡汉生、蒲国树《李蔚如传略》中又名《七律·思念故友》。此诗作于1909年春，时当辛亥革命前夕。作者遭清政府通缉，在上海思念故乡的老友，写下此七律一首相赠。友人，即李蔚如之同乡挚友、同盟会会员汪锦涛。

②歇浦：上海。

③燕然拟勒铭：想在燕然山刻石记功。典出《后汉书》卷二十三《窦融传》后附的《窦宪传》："（宪）与北单于战于稽落山，大破之。……遂登燕然山，去塞三千余里，刻石勒功，纪汉威德。"燕然山，即今蒙古境内的杭爱山。

对　联①

由来是成仁烈士，能邀历史光荣，侠骨委荒邱，留得勋名垂后世；

只为这专制魔王，断送英雄壮丽，挽歌悲薤露，聊浇奠酒祭忠魂。

（选自曹庞沛《李蔚如的诗与联》，《红岩春秋》，2007年第6期）

注释：

① 辛亥革命胜利后，革命果实被袁世凯窃取。1915 年孙中山先生发动第二次讨袁战争。李蔚如参加了蔡锷将军领导的讨袁护国军。1916 年 3 月护国军攻克泸州。战后，李蔚如在为此役英勇牺牲将士举行的追悼会上拟撰了此联。《重庆南岸文史资料》第七辑亦收录此联。该版本中，"壮丽"作"多少"，"聊浇奠酒祭忠魂"作"聊浇杯酒奠忠魂"。

校　歌①

历史步步的推进，苦难的社会已将陨沉。我们同舟共济，向那无边学海前进。高举革命大旗，促进社会的更新！

（选自曹庞沛《李蔚如的诗与联》，《红岩春秋》，2007 年第 6 期）

注释：

① 1924 年，国共第一次合作，国民革命出现了新的形势。李蔚如接触到马列主义，认识到中国要强盛，必须靠人才。于是他筹集资金，创办了更新小学，自任校长，并为学校亲写了此首《校歌》。

挽词四首①

其一

美玉良金君子德,凄风苦雨后人思。

其二

出师未捷身先死,临殁犹将国事误。

其三

贤老不忧其身之死,而忧其国之衰。

其四(曲)

国事正蜩螗,血战玄黄。长星夜落掩光芒。满地兵戈风日暗,谁扫搀枪?

勋业盖天王,国士无双。独怜人事转沧桑。问是谁家蒿地里,风雨白杨?

(选自胡汉生、蒲国树《李蔚如传略》,《重庆文史资料》第十六辑,1983年)

注释:

①1925年3月12日,中国民主革命的先行者孙中山先生在

北京逝世。噩耗传来，李蔚如悲痛万分，随哀一笔写了12首挽词，并在更新小学召开了隆重的追悼大会，于会场四周悬挂。此处摘选4首。

军事会议上的《宣传大纲》

大纲共五点：

一、张作霖倒台出关，北伐军攻占武汉，声威大振。川中革命民众已经起来，刘湘、赖心辉此次出兵是在革命力量高涨的情况下极度恐慌，妄图扑灭四镇乡革命烈火，以备退路的表现。

二、全国及川中革命形势大好：(1) 北伐取得胜利，杨森败退万县，蒋介石伪政府无实力；(2) 刘伯承指挥的顺泸起义部队已抵达距重庆六十里的悦来场，重庆方面已经手忙脚乱；(3) 赖心辉败走合江，刘湘部下王治易倒戈。

三、我们眼前对内对外的责任和策略：(1) 丰都联团的帮助；(2) 郭汝栋出兵；(3) 敌人进攻我们的家乡，大家一定会努力战斗；(4) 我们还要联合一切可以联合的武装力量。

四、敌人的实力在冷水关方面不过两营，其他都是綦、南、巴的团练，战斗力并不强，我们完全可以取胜。

五、一定要识破敌人的阴谋,他们是想占领四镇乡,提枪、派缴、抢劫。覆巢之下无完卵。大家要齐心合力,拼死战斗。

(选自胡汉生、蒲国树《李蔚如传略》,《重庆文史资料》第十六辑,1983年)

家书一封

城璧细君:

我今日死矣,以身殉党国,理得而心安。未了之事甚多,霎时岂能详道?兹有最不能已于言者数事,惟亲爱者察之。

第一,九旬祖母,已近迟暮,望善事之,俾终天年;继母亦如是。

第二,庆国幺儿稍有天资,多送求学几年,俾有普通知识;一可以效忠党国,一可以自谋生活。

第三,我尸运到后,不要放朽了臭人,用一最小棺材,穿旧衣二件,纳入其中,葬于团堡中间。掘深一丈许,紧紧筑平,上不垒冢。用石砌一方台,上竖一丈许方碑,题曰:"中国国民党党员李蔚如之墓"。一切迷信事,概不许作。

第四,义子李栋臣可将新屋基数石租之业给之。

第五,你终身生活,是勉强有的,你定要宽心,毋以我为念。本欲多书几行,行刑者督催不已。总之,有生必有死,无长久不散之筵席,你必要想宽些,请了!

  祝你健康

你亲爱的丈夫李蔚如永诀书

六月初十日于黄桷桠

  (选自《重庆南岸文史资料》第七辑,重庆市南岸区政协文史资料委员会编,1991年)

方 于 彬

方于彬(？—1938),字颉云,号觚斋,简阳人。约生于清光绪初年,卒于民国二十七年(1938 年)。早年应举,光绪末年至宣统年间,曾在贵州遵义任过八年的幕僚,后入嘉州作幕僚。民国初年任过学官。民国十五年(1926 年)前后,任过巴中县县长。其诗"庄雅清新,无叫嚣之气与寒涩之声"(方旭《觚斋诗存序》)。世传《觚斋诗存》二卷。

辛亥秋感

其一

谁信风雷起蛰龙,衙斋永日斗诗钟。
黄金结客秋传檄,白雨愆期夜举烽。
王衍清谈多忌讳,①谢安坐镇太从容。②
履霜集霰先机露,老聩还输渤海龚。③

其二

节楼高会夜沉沉,兵卫如林画戟森。
壁后置人宁有济?座隅衷甲惧成擒。

当筵屡蹴高皇足,④前席空悬贾传心。⑤

痛哭梅园馀涕泪,四明憔悴少知音。

其三

衢巷惊呼老革来,九门锁钥一时开。

白纱系左欢声动,红旆翻空画角哀。

袁粲石头犹缓死,⑥褚渊腰扇柱多才。⑦

文书堆案劳封送,拄笏轩前话劫灰。

其四

连宵孔雀断啼声,已兆东南柱石倾。

钩党穷搜巴子国,义旗先建汉阳城。

横刀惯作英雄语,索印偏成竖子名。⑧

关吏可堪倾箧笥,千金散尽此身轻。

(选自《觚斋诗存》,1936 年印本)

注释:

①王衍(256—311):字夷甫,琅琊临沂人,西晋大臣、名士。以清谈误国名世。

②谢安:东晋政治家、军事家。淝水之战捷报送到京城时,谢安正在府中与客人下棋。他拿过捷报阅过,便随手放在一边,继续下棋,就好像什么也没有看到一般。

③老聩(kuì):年老糊涂。渤海龚:《汉书·龚遂传》载,汉宣帝时,渤海年荒,民多带持刀剑为盗。龚遂为渤海太守,"见齐俗奢侈,好末技,不田作,乃躬率以俭约,劝民务农

桑……民有带持刀剑者，使卖剑买牛，卖刀买犊。曰：'何为带牛佩犊！'"

④屡蹑：多次踩踏。句意似指谋士出谋划策。《史记·淮阴侯列传》载，韩信欲自立为假齐王，书至，刘邦大怒。"张良、陈平蹑汉王足，附耳语曰……"

⑤空悬：指怀才不遇。比喻有才能的人不为世所用。

⑥袁粲：南朝人。《宋书·袁粲传》：南朝宋元嘉中为扬州从事，顺帝即位，出镇石头，谋攻萧道成，事泄，被斩。

⑦褚渊：字彦回。南朝宋、齐两朝大臣。史书记载当时民谣："宁为袁粲死，不为褚渊生。"褚渊与萧道成、袁粲、刘秉在平定桂阳王起兵后，就形成了新的政治格局，当时这四人轮流值日，号称为"四贵"。后来褚渊为萧道成掌权、即位作出了重要贡献。

⑧竖子名：无名之辈出了名。《晋书·阮籍传》："尝登广武，观楚、汉战处，叹曰：'时无英雄，使竖子成名！'"

重 庆

双江回合处，^①突兀见渝城。^②

地涌金银气，波流市井声。

危楼连环堞，^③画角劲联营。^④

莫恃雄关险，诸夷正竞争。^⑤

（选自《觚斋诗存》，1936年印本）

注释:

①双江:长江和嘉陵江。

②突兀:高耸貌。渝城:重庆城。重庆古称渝州。

③危楼:高楼。环堞:环绕的城墙。堞,城上呈齿形的矮墙,也称女墙。

④画角:古代军中的号角。此指军号。联营:相连的军营。

⑤诸夷:侵略中国的西方各国列强。夷,中国古代对东方各族的泛称。后亦泛指外国或外国人。

谢奉琦

谢奉琦(1884—1908),字能久,四川荣县人。1902年肄业于炳文书院,1904年留学日本,次年参加同盟会。1907年准备叙府起义,事泄失败。次年再举,被叛徒出卖,英勇就义。

舟过夔巫

匆匆荡桨下渝关, 风雨羁人意往还。
回首西藩无净土,① 奋身东渡探神山。②
乡心犹绕慈亲墓, 客路多亏壮士颜。
待到文明输入后, 数年亦应谢阿蛮。③

(选自《近代巴蜀诗钞》(下),巴蜀书社,2005年)

注释:
① 西藩:此指西南。
② 神山:在日本,相对较高的山,如富士山、白山、迦山等,被奉为神山。这里似指富士山。
③ 阿蛮:唐女伶名,泛指女伶。此处代指日本。日本女伶极出名,故有此语。

邹 容

邹容(1885—1905),汉族,民族英雄、民主革命家、民主革命烈士。四川省巴县人。1902年赴日本留学,投身民主革命,是与秋瑾齐名的著名革命演说家。1903年,以"革命军中马前卒"自称,写成《革命军》一书。同年,章太炎因"苏报案"被捕,邹容慷慨入狱。1905年4月3日死于上海狱中。辛亥革命成功以后,孙中山以临时大总统名义追赠邹容"陆军大将军"荣衔,崇祀宗烈祠,追赠邹容出生地的街道命名为"邹容路"。1946年6月,在重庆市区南区公园建成"邹容烈士纪念碑"。

《革命军》自序

不文以生,居于蜀十有六年。以辛丑出扬子江,旅上海。以壬寅游海外,留经年,录达人名家言,印于脑中者,及思想间所不平者,列为编次,以报我同胞。其亦附于文明国中,言论自由,思想自由,出版自由者欤?虽然,中国人,奴隶也!奴隶无自由,无思想,然不文不嫌此区区微意,自以为以是报我四万万同胞之恩,我父

母之恩,我朋友兄弟姊妹之爱。其有责我为大逆不道者,其有信我为光明正大者,吾不计。吾但信卢梭、华盛顿、威曼诸大哲,于地下有灵,必哂曰:"孺子有知,吾道其东。"吾但信郑成功、张煌言诸先生,于地下有灵,必笑曰:"后起有人,吾其瞑目!"文字收功日,全球革命潮。吾言,吾心不已已。

皇汉民族亡国后之二百六十年,岁次癸卯三月日,革命军中马前卒邹容记。

(选自邹容《革命军》,1903年)

熊克武

熊克武（1885—1970），字锦帆，四川井研人。1903年留学日本，学习陆军，结交革命志士，并加入同盟会。1906年因日本政府颁布《取缔清国留日学生规则》，回国。1907年任四川省同盟会主盟人，领导泸州、成都等地起义，均遭失败。1909年又发动广安、嘉定起义，失败。1911年参加广州起义。辛亥革命后，任蜀军总司令、第五师师长等职。"二次革命"时，任四川讨袁总司令，失败后流亡日本。1915年与蔡锷联合反袁。次年率军入川，重整旧部，自任第一师师长兼重庆镇守使。后驱逐刘存厚，任四川督军。1923年受命于孙中山，讨伐曹锟。1927年后任职于国民政府。

四川十年回忆

1911年10月，我在上海筹组蜀军。11月重庆蜀军政府成立后，曾派周代本到上海购买军械。其时四川同盟会党人云集上海，大家认为应当合起来购买，于是，推任鸿隽为旅沪支部主席，黄肃方为干事兼总务部长，陈一夔为财务部长，我为军务部长。关于购买军械

的过程,最初黄兴拨给我10万元筹购军械,后由旅沪支部办事处查悉重庆驻沪商代表董秉章、贾应权二人保管有川汉铁路公司股票,价值170万两银子,乃多方设法劝说董、贾二人交出股票,向银行抵借现款购买军械。二人最初坚持不肯交出,后由党人黄祯祥持手枪到他们家,伪称是黄兴大元帅的兄弟,强迫他们交出。后我们用这些股票向银行抵借了25万两银子,向日本军火商订购步枪、山炮及弹药一批。日本军火商又提出要担保人才能成交。后来找到江苏巡抚程德全(四川人)出名担保,始行成交。

军械问题解决后,旅沪支部根据黄兴的推荐,选举我和彭家珍为蜀军北伐军正、副总司令。彭家珍对我说,他认为北伐大计单靠组建新军,还是力量有限。他决心利用他在北军中的一些关系秘密拉拢一批北军,以便届时起义响应我军,即使不能尽为我用,至少可以瓦解敌人。我同意他的意见,由他去北京活动。不意他改变主意去炸良弼而牺牲,竟成永诀,使我失去一臂之助,至为痛心!

1912年1月,孙中山在南京就任临时大总统,宣布成立中华民国,任命黄兴为陆军总长兼总参谋长。黄兴要我制定北伐战略计划。我认为当时革命军中的队伍主要是起义的部队,多为一些旧军官所掌握。他们心怀观望,脚踏两只船,要实行北伐是不能够的。为了足食足兵,最好把四川作为战略基地,并联络云、贵等省,万一形势有变,也好有一个进可攻、退可守的立脚点。我向黄兴提出组织蜀军回川,作蜀军政府的武力基础。黄兴同意,并内定我担任北伐军蜀军总司令。同时又拨了一批枪弹,连同在上海用川汉铁路股款所购枪械一并用轮船运到宜昌,我在宜昌吸收学生和革命青年组成了一支颇有战斗力的队伍。

蜀军在宜昌组成后,共有三个营。其中向传义营驻宜昌,邱延熏营驻万县,萧人龙营驻重庆。此外由青年学生百余人和士兵100余人组成义士团,使用炸弹(相当于手榴弹),这在当时算得是军容较盛的新军。我们于1912年3月底到达重庆,由蜀军政府编为蜀军第一师,我任师长,原军政府所统各部队,也归我统率。

1912年4月,孙中山解除临时大总统职务。黄兴对我说:南北议和的假统一局面维持不了多久,北方势大,目前难与抗衡,我们仍应以南方为基础,你去四川争取掌握一批武装力量,等待时局变化。四川内部混乱,鱼龙不分,有一个平匪任务,还要注意康藏边防问题。

4月下旬,成、渝两军政府合并,改称四川军政府,原重庆军政府改组为重庆镇抚府。重庆镇抚府原由夏之时任总长,夏辞职后,改由军团长胡景伊继任总长。四川军政府将我所辖蜀军第一师改编为川军第五师,

我任师长兼重庆镇守使。胡景伊为巴县人,留学日本习军事,曾任广西新军协统。广西起义后,弃职至上海,曾协助我筹组蜀军。我同他私交甚好,主要是想团结他壮大我军阵营。但他野心很大,想攫取领导权,为旅沪支部同志一致反对,故他又返回四川与尹昌衡合作。

　　我回四川后,在军务方面有两件大事:一是西藏问题,当时达赖受帝俄调唆,在川边巴塘倡乱。且英帝国主义觊觎西藏日急,故黄兴嘱我回川后要准备平定康藏之乱。其次是反正不久,四川各地土匪猖獗,要实行清匪。这两方面均在我职责范围内,故作了一定的规划和准备。但最令我不安的是四川政治情况日趋复杂。成、渝两地军政府虽已合并,但在组织方面和政见方面成渝两地斗争激烈,这主要是北方政府在四川旧军政人员之间进行挑拨。我初回四川,重庆镇抚使推举我为第五镇镇长(即师长),一批别有用心的军官和政客就到处散布谣言,说我拥兵自重,私蓄野心。因此我不愿就职,并于1912年5月致电四川军政府都督尹昌衡,请通电全川杜绝谤诼,略云:"克武在外万军,发难于成渝尚未光复之日,百计经营,力排众议,初意原为保护桑梓。年来间关奔走,所为非私,此心同手皎日。而噩耗频传,或谓克武树党组兵。疑忌一生,谤诼纷乱。当此满目疮痍之日,正吾民待苏之秋,同心合作,犹恐不支;深心怀疑,势必两歧,外人得以乘虚,开揖门之盗,分御外之力,一朝之祸偶成,千古之羞谁洗?……望即通告全川,杜绝谰谤,庶免风鹤兴警,父老难安枕席,大局幸甚!"

这时有种种谣言:有人说我与重庆镇抚府总长胡景伊有矛盾,有人说我是结党营私,也有人说我有蜀军北伐军总司令的名义,不肯屈就第五师师长之职。其实,这些都不是事实。我在上海筹组蜀军时,胡景伊(号文澜)曾来协助过我,我们早有交情,他离开蜀军,并非与我有隙,乃旅沪支部党人不同意他统军,我们才分手的。至于结党之说,这是孙中山和黄兴早有叮嘱:"要依靠原同盟会党员,对旧军官和旧官吏只能是团结。"我返川时,孙、黄对此有特别指示,旧军政人员对我有疑忌自不待言。至于说我不肯屈就第五师师长,更是不符合我担负的剿匪和平藏任务的要求。后来重庆各法团公举朱叔痴、梅也愚、董麟书等为代表来敦促我就职。董麟书还对我说:"人有权利心、名誉心和责任心,对你来说,以总司令而俯就镇长,实无权利、名誉可言。今日之事,望以桑梓责任为重。"我想,既然民众理解我的实情,也就同意就职了。

我任第五师师长时期的工作中,最棘手的问题就是清匪。因为光复之初,各地起义情况很复杂:由同盟会组织领导的起义,当然是主流方面,但有的地方是由

帮会首领和地方豪强组织搞的。起义的形式也各不相同,对于清廷官吏,有的地方是杀官夺印,有的是用说降方式,有的地方县官弃印逃走。虽然推翻清统治是主流,但有人夺取军械,占山为王;有人掠取库银,据为私有;有些帮会首领或土豪劣绅把持地方政权,匪绅勾结,糜烂地方。由于这些情况,川东、川北的匪患,最为突出。所以当时军务工作侧重清匪。如当时大竹、邻水、广安一带的土匪猖獗,第五师即派兵协助张澜的部队进行剿办。那时刘伯承刚从将弁学堂速成班毕业到我师工作,我就请他参与该项工作。

1912年8月,同盟会与统一共和党、国民共进会、国民公党、共和实进会等合并改组成为国民党,由孙中山任理事长。但四川的国民党中却出现了一些暗流,使共和党、进步党与军阀得以肆意逞志,为后来四川政局留下了种种祸根。其中一股暗流就是所谓实业团(四川同盟会时代的一个小团体)。他们在辛亥革命前四川五次起义失败后,认为一切要有经济力量才好解决,其指导思想遂由革命运动转到倾向于经济活动。实业团以谢持为首,还有朱之洪、卢锡卿、董庆伯、方倬章、徐堪等。我对实业团的主张并不赞成。我认为清王朝虽然推倒,国事大局未定,如果以经济和眼前功利为活动目标,自然就不讲大是大非。事实说明,他们后来的许多主张和做法,既造成了党内的内讧和分裂,也给旧军人勾结北洋军阀造成了可乘之机。不过,他们中有些人还是很明智的,在大事上不胡涂,如朱之洪虽是实业团成员,但为人非常耿直,对同盟会的事业始终是忠诚的。

至于有人说四川国民党的内讧是受孙、黄分裂的影响,这完全出于揣测和误会。孙、黄根本没有什么分裂问题,事实是陈英士在孙中山先生左右搞了一些小动作引起的误会。孙先生组织中华革命党时,要党员在入党志愿书上按手印,被一部分同志(特别是在辛亥革命时期搞军事活动的同志)所拒绝,因而也影响黄兴履行入党手续。黄对我说过,他虽未办理这项手续,但仍接受孙中山的领导,赴汤蹈火,闻命即赴。我曾把黄的诚意向孙陈述。孙亦表示谅解。就我亲眼所见,可以断言孙、黄两人是始终无间的。

1913年,袁世凯在帝国主义的支持下,窃国毁法,想要消灭国民党,实现以武力统一。孙中山、黄兴相继通电讨袁。四川党人在重庆集会响应,8月4日成立四川讨袁军,推我为讨袁军总司令,杨庶堪为四川民政部长,分辖军民两政。我军自重庆分两路进攻成都,而袁世凯调动鄂、滇、黔、秦四省的部队5万人迎击。我军当时不过3万人,虽在局部取得胜利,进逼泸州,但因众寡悬殊,终遭失败。这次军事失败,有一个重要因素就是胡景伊投靠了袁世凯,搞了个里应外合。他有

野心，本来我们也是清楚的，不过，当时我们想利用他稳住北洋军，以赢得战略时间，不意适得其反耳。由于黔军黄毓成部队入川围攻重庆，而我军留渝部队甚少，很快就被攻占，他们捕杀反袁党人，肆行株连抄没。我弃家离川去日本。

我先到日本神户，后去东京。因为当时中山先生在日本的行动受到日本政府的监视，他要我去南洋活动，给了我一些没有公开暴露与我党联系的华侨接头密信，故我去南洋活动甚为顺利。我和李烈钧、林虎、龚振鹏等到南洋去的主要任务是筹款，为继续回国干革命作物质准备。川人余际唐同行。1914至1915年期间，我在新加坡活动，得到国内消息说筹安会组织业已成立，袁世凯即将称帝，我非常愤慨，1915年9月即携款回国。在香港遇到四川同志张午岚。他说奉中山先生命令回川康活动，我给了他300元旅费。我在上海下船与但懋辛和先期回国的余际唐会合。张冲来告我："黄复生和张振夷因伪钞案被上海巡捕房逮捕。据巡捕房中人透露：他们两个不可能同时保释，如果花一些钱去打点，放出一人是可能的。"我当即拿出3000元把黄复生保释出来，但不幸后来张振夷竟被处死。当时流落在上海的革命同志及家属人数颇多，生活也困难（讨袁失败后，我的家属逃亡到云阳县山区中，险遭匪人杀害）。我找到一位巨商朋友贾隆德，托他帮助解决这些同志家属的困难,然后同但懋辛再返香港和李根源、林虎、李烈钧、方声涛等人会合。

大家主张分头活动:由林虎和钮永建到广西陆荣廷处活动,我们估计要陆荣廷发难是不可能的,只希望他到时候能闻风响应就算不错了。我同李根源、李烈钧、方声涛四人向云南富滇银行香港分行的行长张木欣借到大洋10万元作为活动费(由南洋募得的款项归还)。后来我和李烈钧一行十余人经由越南去云南。此时奉东京总部之命回四川活动的同志也纷纷抵港,除吕超和王维纲二人由长沙返川外,余均随我经滇返川,其中有卢师谛、彭远耀、杨必慎、周壁光等十余人。

1915年冬初到达昆明,见到了蔡松坡和唐继尧。他们都认为我回川策动最适当。后蔡又对我说:"你先分函四川同志,准备内应。请你再留一下,我们还要一起商讨军事对策。"我就留在昆明进行筹划。但我的行踪,仍未公开暴露,主要是迷惑北方。在昆明我和蔡松坡、唐继尧商讨讨袁军事的时间很多。最后一次开会是在五华山将军署。这次会议颇有点戏剧性。蔡松坡先请我在会议室侧边一间书房里休息。他主持了那个会议,到会的只有二三十位高级军官。开会时首先请大家即席签名,并讨论和决定两件事:第一是蔡留守,唐出征;或是唐留守,蔡出征的问题。第二是各路部队统领人选问题。会上有人提出说:不知四川熊克

武已回国否,他们的打算如何?蔡松坡说:"孙中山先生已派熊克武回川活动,各方联络已经成熟,他代表四川义军前来欢迎我们了!"说完,便打开侧门,请我出来见面。与会者起初感到突然,怔了一下,接着就十分高兴起来。上面两个议题,很快就通过了。结果由蔡松坡统兵北伐,就是云南起义的护国军。蔡请我做他的参谋长,我婉谢不就,只愿随军参赞。因为当时云南军政界中也有保守成分,这些人认为那时云南在西南各省中举足轻重,在战与守、南与北、进与退、滇与川这些问题上,还想玩弄两面手法。他们认为把我拉进去,就势成一面倒了,对我有戒心。我也认为他们有顾虑是必然的,我进去对川滇联合不利,所以我没有答应蔡的敦请,他也能理解我的想法。

我和但懋辛随护国军先头部队第一梯团(梯团长刘云峰)先行。进入川境后,便协同滇军作战,同时向地方进行宣传和联络,号召川省军民响应护国军的正义斗争。到达叙府后,我和吕超会合,但是吕的人马不多,只有刘华峰的一个营。这时,我把全力用在宣传、联络和参赞滇军工作上,而没有放手组织军队,有来投效我的同志,便向滇军推荐任职。

滇军入川后,最初战事是较顺利的,后来战事持久,泸纳战役相继失利,所有的部队都调到前线去了,我才向蔡松坡建议,由我出面组织军队。第一梯团最初认为没有必要,到了此时也同意了。由蔡松坡向唐继尧电告,委派我为四川招讨军总司令,很快就建成了一支5000人的军队,与滇军并肩作战。

建军的经过是这样的:当我到达江安时,原蜀军随营学校学员蔡时敏率该县警备队来归,我便在江安成立护国军川军总司令部。于是,原蜀军和第五师旧部如吕超、向育仁、喻培棣、王维纲等均相继扩充队伍,共约一师之众。其时刘伯承也在涪陵一带组成川东护国军,在反袁斗争中,很好地配合了川南的战斗。1916年3月袁世凯宣布取消帝制后,由陈宦统率的北洋军(其中有冯玉祥、伍祥祯和李炳之等部),才被迫向护国军请求停战。

1916年6月,袁世凯病死后,护国之役告终。住在重庆的川军第十五师师长周骏,受任北方政府的"崇武将军",以王陵基代理十五师师长,径自将部队开赴成都。蔡松坡派左路军司令罗佩金自东路进行堵击,我率四川招讨军协助攻击隆昌一带,先后攻克内江、资中,最后在简阳一战打败周骏和王陵基。蔡松坡由泸州去成都。蔡过简阳时,我和但懋辛出城欢迎他。见面后,十分亲切。他说:"这次我所经过的地方,民众对你的部队军纪,非常称道!"接着说:"你的部队有一万人吗?你的任务很重,还要努力哟。"下午,蔡来回访说:"我已电请唐继尧委你为重庆镇守使,请早日

到任。但为了工作便利,你还是兼统一师兵力,最好仍用第五师番号。你的旧部散处川东的不少,召集比较容易。"我回答说:"现在军事结束了,我奉拟面陈总司令解除职务,既然总司令认为我还可做一点事,请派我到雷(波)、马(边)、屏(山)川边地区搞垦殖工作。重庆是一个商埠,对于练兵、驻军均不合宜。镇守使这个职务是地方行政长官,对我来说也不合宜。"他说:"你的意见很好,现在重庆这个烂摊子非你去收拾不可。现在想去的人很多,刘存厚就想到重庆,我是怕他去随便收容部队乱搞,反而不好。我想让他到川边去,让你到重庆收容旧部,维护地方治安。你的人员太少,要有基干才行。现散处简阳一带第一师旧部,你能否出面收容,用以补充你的部队。"我说:"不好。四川正式的陆军只有这个师,这是原来的老川军。民国二年讨袁之役,我曾和他们作过战,由我出面收容不便。最好另找一个和他们有直接关系的人去收容,比较好些。"蔡说:"谁较相宜呢?"我答说:"我看周道刚还可以。"在我竭力推荐之下,蔡也同意了。

蔡松坡到成都任四川督军兼省长,因喉病加剧,将离川就医。各军推我为代表前往慰问。见面后,蔡颇为感慨地说:"我以前不知四川这块土地如此富庶。自己多年奔波,没有搞出什么名堂来,假如早来四川,还可以多做出点事情。可惜现在病情严重,希望早日治愈回川,和大家共事。"蔡又问我:"你的部队要多少时间才能整编起来?我看最快也要半年以上吧?"我说:"最多三个月可以整编出一个师来。"他拉着我的手,眼睛直视着我足足有一分钟,连说:"好!好!好!"

蔡松坡离川后,在成都的卢师谛和杨维两人都想任第四师师长。他们请托我向罗佩金(暂署四川督军)进言推荐,我在成都耽搁了一段时间,在1916年8月才去重庆任职。

刘存厚想要去重庆没有达到目的,川边他又不肯去,心里很不平,当中又受北京政府的挑拨。因此,1917年4月、7月先后酿成刘、罗(罗佩金)和刘、戴(戴戡,署四川省长)在成都的巷战,给成都民众造成了巨大的灾难和损失。北方政府派王人文为查办使,来川查办,四川人张佩年同行。王是一个没有担当(即没有魄力)的人,虽然他对成都战事内幕相当清楚,但却没有胆量和办法进行查办,坐困重庆。1917年端午节,我和川东道尹修翰青、中国银行特派员唐士行、商会会长温友松、汪云林在王人文处宴会。谈到成都内战时,大家都要求王迅速解决。王人文说:"刘存厚不去,滇、黔方面的气不会平。但他走后谁来干呢?"大家还未及作答,他突然转面向着我说:"镇守使,你来好不好?"我答说:"不行,北京政府对我不会放心,有顾虑。再说旧川军对我也不是没有意见。前

此在简阳时,蔡松坡要我收容第一师旧部,我也没有同意。当时我就推荐周道刚了。"王人文说:"周道刚拿到北方去,当然可以通得过,但是没有征得你的同意,北方还是要考虑的。好不好在推荐他的电报上你出个名字?"我说:"不必了,你是查办使,职权所在。我们推荐周道刚,可以维持目前的川局。你根据这个意思发电报,在电文里也可以提到:据了解熊某等也完全同意。你看这样行不行?"王表示同意这样办。这个情况,当时周道刚是不知道的。

刘存厚与罗、戴之战,我和重庆地方人士都不赞成。我希望刘存厚和滇军顾品珍的部队各自后撤,腾出一个缓冲地带。我的想法是让那场内讧在川内部自行商量解决,以免招引北军入川。所以我约周道刚同去内江找顾品珍洽谈。我们同日起行,等我到了距内江60里的双凤驿时,得知周已折回重庆,因为北京已有电发表周为四川督军了。我只好折返重庆,未与顾品珍商谈。我回重庆的第二天,周就任督军,我途中染病,未能亲去道贺。有人竟以为我对周有意见,其实周的出任原来是由我推荐的。

周就职后所采取的策略,我是不同意的。他一方面拉拢旧川军,对外又请北京政府彻底查办成都战祸。故北京又派吴光新入川查办。吴是段祺瑞的红人,周虽表示欢迎,但听到他随带人员很多时,又不放心。因此，他想联络旧川军，趁吴未到来以前先和滇、黔军打起仗来，扩大事件，摆下一个烂摊子。周曾向我下一密令，要我调兵五营对滇、黔军作战，我不赞成。他又要我和他一道去吴光新处，要吴出兵。吴说运兵来不及，他手上只有两营人。结果滇黔军节节获胜，逼近重庆，吴和周就都不别而走了，但要我负责维持地方治安。这件事周道刚的打算是失误了，他是想借查办之名引北兵入川，巩固自己的地位。我的主张则是不能给北兵入川以借口。所以周曾要求北京调我为川边镇守使，而以川东镇守使钟体道继任，因吴光新不同意，才作罢论。

1917年，段祺瑞、冯国璋倒行逆施，拒绝恢复《临时约法》和原有国会。同年8月，孙中山在广州召开非常国会。9月，孙中山被选为中华民国军政府海陆军大元帅，两广巡阅使陆荣廷、云南督军唐继尧为元帅，宣告了护法军政府的成立和护法战争的开始。这个时期中时局更混乱了：既有孙中山先生领导的革命民主势力与北洋军阀反革命专制势力的斗争，又有各地方（省）军阀与北洋军阀的斗争，而各地方军阀之间又有地盘斗争和派系斗争。在西南，唐继尧就想占据富庶的四川，做独霸川、滇、黔三省的"西南王"。孙中山先生曾派章太炎去云南劝说唐继尧就任元帅之职，并前来四川与我联系。我于11月以重庆镇守使名义通电

护法,并电广州军政府推荐唐继尧和刘显世为滇、黔、川靖国联军正副总司令。大敌当前,不能不这样做,以利于团结靖国。

1918年1月9日,我在重庆就任四川靖国各军总司令职。次日,章太炎到了重庆(辛亥革命时期,他被关在上海西牢,我代表同盟会营救他,并亲自接他出狱)。他面告孙大元帅的指示:"要争取唐继尧移住重庆,熊克武带兵东下武汉。"1918年1月11日,章太炎电告孙大元帅说:成都平定当不在远。川中人心,多归熊镇守使,其军实亦较前大有增加。川定,尚有余力东下。16日,孙大元帅复电章太炎说:川中同人公推克武兄为川军总司令,……则军府应加委任。1918年2月20日我部队吕超、喻培棣在滇黔军配合下,由小川北攻占成都。刘存厚退出成都,转入陕西汉中一带。1918年3月8日,孙大元帅根据四川省参议会的公推,发表我为四川督军,杨庶堪为四川省长。

这个时期,我最感棘手的事是对付唐继尧。虽经孙大元帅一再电促他就元帅之职,但他再三拖延不就,并且一度以滇督身份委派我为四川督军兼省长。他的意思:第一,对广东军政府起分庭抗礼之势。第二,是对四川持征服态度。以我为督军,不过是暂时笼络川人的幌子。这一点大家都明白的。我当然是听从孙中山大元帅的命令,但是当时滇、黔军势力大,川军又不够团结,我在策略上不能不从大局出发,与唐继尧周旋。当时唐继尧就是独行己见,要作"西南王";至于北伐,他根本没有那个决心。

此外,四川出现这样的局面,也并非偶然,其根子还在广州军政府内部。因为在岑春煊一伙人操纵下,于1918年4月,唐继尧竟通电遥戴黎元洪、冯国璋为正副总统,以岑春煊为国务总理。这就是唐继尧迟迟不就元帅的真面目。5月4日,非常国会通过了《修正军政府组织法案》,决定改组军政府,将大元帅制改为总裁合议制。孙中山被迫向非常国会辞去大元帅职,而实权掌握在岑春煊、陆荣廷等官僚派之手。从此护法运动又归于夭折。

我在四川督军任内主要做了以下几件大事:

(一)结束了川、滇、黔军间的对立,初步形成了四川的统一局面。

(二)组成了新的督军署,下设军务、军需、军法和军医四课,以及参谋、副官两处。此外,新成立警卫团,由张冲(亚光)任团长,刘伯承为团副。

(三)创办了四川讲武堂,培训新的军事人才,我自兼堂长。讲武堂设有学员班——由部队保送现役军官学习一年毕业;学生班——招收中学毕业生入伍学习二年;四川宪兵学校——招收高小毕业生入伍学习一年。

（四）收回自贡盐税——自贡盐税是庚子赔款的一个部分。条约规定中国政府可提取百分之五。这一税收，以前为滇军所独占，我任督军后，派曾宝森为代表向滇军交涉，由督军署提取，至于各军军费亦由督军署统一发放。

（五）建立了四川兵工厂——以原汉阳兵工厂老工人梁绪为厂长。能自制步枪及迫击炮。

（六）扩建了成都造币厂，制造银元，回收了以前各军滥发的军用钱票和兑换券，整顿了混乱的币制，使广大人民减少了损失。

（七）实行禁烟（鸦片）、禁赌和清乡，使社会秩序稳定下来。

（八）田赋实行一年一征，减少苛杂捐税。

以上这些措施，对川民的休养生息起了一定的作用。

那时，真正棘手的事还是军队的整编问题。因为新旧川军系统复杂，很难持平，稍有不周之处，即引起怨恨。即使人事搁平了，还有一个编制核实问题，即核实人枪数目，防止冒领开支。当时川军的编制增到了八个师：第一师但懋辛驻成都，第二师刘湘驻合川，第三师向传义驻德阳，第四师刘成勋驻新津，第五师吕超驻绵阳，第六师石青阳驻顺庆，第七师颜德基驻绥定，第八师陈洪范驻嘉定。此外，余际唐的江防军驻重庆一带。滇军驻资、内、叙府。黔军驻涪陵一带。

当我在四川督军任内初步经营得手时,新的矛盾出现了。1918年8月,唐继尧亲自到重庆召开川、滇、黔、豫、鄂五省联军会议,并提出要把四川各项税收(包括自贡盐税在内)和四川兵工厂纳入靖国军总部掌握,以遂其大西南霸主的野心。他软硬兼施地要我签字承认。我坚持认为:这样的大事要四川省议会讨论通过,我个人无权应承。我的严正拒绝激化了川、滇军间的矛盾,他们就开始搞所谓的"同盟倒熊"活动。

这段时间,有一件大事要说一下:即英帝国主义唆使西藏上层反动分子再犯川边,先后攻占昌都及德格以西地区,直抵雅砻江畔。后来又攻占理塘。英帝国主义要挟北京政府,企图吞并我德格以西广大地区。我联合唐继尧、陈遐龄(川边镇守使)和马麒(甘边宁海镇守使)等急电北京反对,略谓全国人民反对出卖西藏和川边,不能继续与英交涉。终于迫使谈判停顿下来。

1920年4月,唐继尧策动第五师师长吕超等带头叛变。唐继尧以靖国联军总司令的名义免去我的四川靖国各军总司令职务;同时,石青阳和颜德基等也参加吕超军作战,会攻成都。战争爆发初期,我军刘伯承部在简阳、资阳一线击败滇军,迫其退到隆昌、泸州一带。后因黔军出击,重庆方面失利,且吕超、石青阳部乘我

攻打内江之际,进攻成都,使我军腹背受敌,被迫向潼川转移,后又退到阆中。

这次战争,一般舆论都责备吕超背信弃义投靠唐继尧,背叛了我,这只是表面现象,根子是唐继尧的"大西南霸权"的割据思想在作祟。他认为我和吕超都是他棋盘上的"车"和"马"。我长期以来不得不应付他的理由(不是不了解他的意图)是在培植革命力量,并千方百计消除北军入川的借口。对川军内部我持宽容态度,认为内部矛盾,内部解决。我当时表示不惜让位给吕超。可惜吕超当时走错了一步,受了唐继尧的蒙蔽。唐继尧本人和滇军中的顽固派如赵又新等对我素抱戒心,甚至派人侦查我的私生活,把"自奉俭约"的事实都当成我有野心的罪证,全力排斥我。不过,为了披上革命外衣,又不得不拉我。但是,当四川军政逐步走上正轨的时候,他们就不能容忍了。他们策动吕超倒我,不是什么意外的事。

这时,刘存厚在汉中,他也清醒过来了,派人来联络,共同组织靖川军。当时,四川民众对滇军的横行霸道,十分不满,"川人治川"的呼声很高,张澜先生就主张最力,可以说是当时的人心所向、大势所趋吧。我军部队损失不大,势力还在,加以民心所向,故我决定扩张军力以壮声势。升委但懋辛为四川陆军第一军军长,刘湘为第二军军长,刘成勋为第三军军长,杨森为第九师师长,何光烈代吕超为第五师师长,邓锡侯取代向传义为第三师师长。这样,在刘存厚的配合下,于1920年8月,分二路进击滇军。第二混成旅和第九师仰攻龙泉山取得决定性胜利,靖川军占领成都。刘湘率领一、二军和江防军攻下重庆,吕超也随之下台。

这次战役后,我心情很沉重:在川军方面,我并不怨吕超倒我,而是埋怨他的鲁莽行动,对革命犯下一个大错误。有了一个吕超,还会有第二、第三个吕超啊!其次,对滇军的胜利,也不是什么真正的胜利,只是挫败了他们的野心和专横,对革命来说,还是对消了力量。故我打算离开四川去广州活动。因为那时中山先生辞职,广州军政府内部也很混乱。我把此意电告中山先生,中山先生复信不同意,他认为我留在四川的作用比去广州为大。他说,四川地处长江上游,地富民殷,既可以稳住西南、牵掣全局,还可以培植武装骨干力量、再下武汉。所以我就遵嘱留下了,在成都设立各军联合办事处,以便协调各军关系。那时军队问题还是很复杂,我恐再起战争,于1920年11月29日通电宣布辞去四川督军职务。北洋政府于12月30日任命刘存厚为四川督军,任我为四川省长。我却于1921年1月12日通电拒绝接受北洋政府委任的四川省长一职。因为当时北洋政府不顾南北两个政府并存的局面,宣布"全国统一"。我的拒受伪命行动,主要是去

揭穿那个假统一的阴谋。

1921年,我奉中山先生的指示,以"联省自治"为名协调南方各省力量,对抗北洋政府。6月,我以考察湖南制宪的名义去长沙,与湖南督军赵恒惕洽商。其时正值鄂省反对北洋军阀王占元(任湖北督军)之际,我乘机提出联军援鄂之议。我的意图是想在援鄂得手之后,在武汉建立过渡性的联省自治政府。赵恒惕最初是疑虑重重,经过多方说服,总算勉强同意了。8月,川军以刘湘为四川援鄂军总司令兼第一路指挥,由长江北岸攻宜昌;以但懋辛为第二路总指挥,由长江南岸攻宜昌。这次战役中,第二路的第一军以刘伯承指挥的第二混成旅为先头部队,在三峡中的三斗坪登岸,以迅雷不及掩耳之势,痛歼北军卢金山和赵荣华部一个旅,直抵宜昌城对岸。后因吴佩孚增援,复受英、美、日帝国主义的干涉,川军才不得不撤回。

援鄂战争结束后,川军内部的矛盾又激化了。对北洋军阀来说,最便利的手法就是收买对方内部旧军官。因为当时推翻封建王朝不久,拉封建的同乡、同学、把兄弟关系的风气还十分浓厚。吴佩孚利用这些千丝万缕的关系,勾结刘湘和杨森挑起战争,对但懋辛的第一军发起攻击,却很快被第一军击败。1922年8月,杨森率残部退向川鄂边境去了。

1923年2月,吴佩孚复指使杨森组织力量以反对熊、但为名反攻四川，同时派北军王汝勤、赵荣华和黔军袁祖铭等部队支援，这时，川军刘存厚、邓锡侯、田颂尧等也纷纷响应，他们攻占了成都和重庆。我集合第一军、川北边防军赖心辉部队和第三军刘成勋部于5月中旬夺回成都。

1923年6月4日，孙中山以大元帅名义任命我为四川讨贼军总司令，刘成勋为川军总司令兼省长，赖心辉为川军讨贼军前敌总指挥。这时南北政府对峙局面比较明显，故我军斗志很高。在隆昌一役，杨森和袁祖铭均遭到惨败，退守重庆。唐继尧看到形势对我有利，更怕北军在四川立足，于1923年派滇军第二军军长胡若愚率兵入川增援，攻克重庆。杨森、卢金山败退万县。这次战役中，在川东战场上，贺龙坚持革命立场，抗拒杨、卢，也是立了功的。

这时吴佩孚仍不甘心，转请曹锟委任刘湘为川康善后督办，任命袁祖铭为长江上游总司令，积极支持杨森组织五路反攻。计第一路邓锡侯，第二路杨森，第三路卢金山，第四路陈国栋，第五路田颂尧。他们这次专以第一军为进攻对象，对赖心辉和刘成勋部队则采用秘密妥协办法，使我军失去协调。我亲到潼川督师，但未能挽回败局，于1924年2月2日我电孙中山大元帅辞去讨贼军总司令职，军事交赖心辉负责。

我离开成都时，鼓励赖心辉要忍辱负重，保持力

量,迎接革命高潮。赖不无感慨地说:"我以前埋怨锦公任我不专,实则是我知公不深。现在我才真正了解你的鸿鹄之志啊!"我把第二混成旅的部分精锐部队交给了他,增强他的力量,为四川革命保留一些势力。

我率领第一师喻培棣部,六师余际唐部,二混成旅的余部,讨贼军第一师汤子模部,第八混成旅郑英部和后备军杨维部转入贵州,借遵义和湄潭等县驻军。

1924年10月,孙中山大元帅又任命我为建国军川军总司令,川滇黔联军副总司令。我即以借道北伐为名,派人与湖南督军赵恒惕谈判,借湖南常德一带驻军,并保证不干涉湘政,而军费由湘政府筹垫。由于上次援鄂战争中,我信守密约,川军又作战英勇,纪律严明,故川湘两军关系较好,同时他因畏惧广西陆荣廷,也想拉我助势,故就同意了。我率部约2万人进驻湖南,总司令部设在常德城内。前四川讨贼军第一混成旅旅长贺龙率部归队,我升任贺龙为建国联军川军第一师师长。湘军蔡钜猷率部来归,委蔡为建国联军湘军第七军军长。于是部队不断扩充,军中也有人主张回师四川,但我决心不再回川,在湖南整军经武,准备北伐。

1924年冬,接到孙中山大元帅亲笔用英文写的密信,主要内容是:余此次北上,讨论南北统一大计,阻力很多,前途未可预料,但无论如何,仍需以武力为后盾。

你为我党老同志,必能深体此意,望即将所部集中武汉一带,相机行动。云云。得此信后,我在常德扩编军队到4万人。为了培养军事干部,还成立了建国军干部学校,学员来自由川归队的尉级军官和各部编余军官约400余人,分编4个队,训练6个月,准备进图武汉。

自辛亥革命成功以后,我在上海筹组蜀军,于1912年3月回到重庆,担任川军第五师师长兼重庆镇守使起,直到1924年2月辞去四川讨贼军总司令止,在四川从事军政工作为时不过10年(其中1913—1915年第一次讨袁失败后,我去新加坡和昆明筹办讨袁工作期间,不在四川工作),这个时期中,国内政局非常混乱,表面上看起来是南方和北方政府的斗争,而实质上是民主与封建的斗争,其中又夹杂着地方主义和派系斗争,情况就更复杂。我秉承孙中山和黄兴的旨意,始终把矛头对准北洋政府,不受他们的威胁利诱,自信不负革命初衷,这是值得欣慰的。

关于四川袍泽之间,对他们时而握手言欢,时而兵戎相见,其中都没有个人恩怨可言。因为当时政局如此复杂,风云变化,朝夕莫测。在短短13年间,即连续出现袁世凯称帝,张勋复辟,冯国璋、徐世昌的毁法,曹锟、吴佩孚的窃位盗国,他们手法不同,其继承专制时代的衣钵和思想,则始终如一。此等反革命恶势力以北京为巢穴,而流毒于全国,四川受其影响,不足为怪。

有的人迷恋权势，误入歧途，甚至有些党人也受其腐蚀，我同他们打交道，每因顾全大局，未免失之宽和，以致有些战端未能防微杜渐于萌发阶段，终致酿成后来防区割据，亦不无遗憾耳！

我在四川10年军政工作中，历经讨袁、护国、护法、靖川、讨贼（讨伐曹锟）诸役，都是秉承孙中山先生的直接命令，而一心以积蓄力量准备北伐为鹄的，无独占四川、偷安一隅的打算，也无侵啮邻省自肥的念头。然而时局动荡，兵革连延，盖亦大势所趋，诚非个人才力所能左右者也。1924年我离川后，即少过问川事，盖亦有感于此耳。后孙中山先生去北京商谈国是，密函嘱咐我进军武汉，我在湖南整军待命，不料中山先生竟在北京逝世，我力排众议，率军去广州参加北伐，不意又遭汪精卫和蒋介石的陷害，被囚禁虎门。从此即释去兵权，致力于反对蒋介石独裁统治的斗争。

（选自《中华文史资料文库》第十一卷）

李 培 甫

李培甫(1885—1975),名植,字培甫,垫江人。老同盟会员,曾任成都高师、成都大学、四川大学和华西大学教授。新中国成立后任四川文史研究馆馆员,与华阳林山腴(思进)、巴县文伯鲁、綦江庞石帚、中江李炳英,以及赵少咸、汪辟疆、祝屺怀、何鲁、龚道耕、蒙文通诸人,皆为四川大学一时之杰。

怀人诗(辛亥)

黄复生(理筠)
玉貌留侯绝世无,椎秦遗恨搏囚拘。[①]
南荒仍昔怜投止,半死犹传尺幅书。

但懋辛(怒刚)
忍死羊城世论哗,尚余血战故人夸。
一官乱后如儿戏,屈宋何妨与看衙。

张培爵(列五)
纷纷党狱痛捐縻,驱虏从君建义旗。

九死艰难唯一笑,②世间无此好男儿。

石蕴光（青阳）

一代宗风想翼王,③天声大汉共堂堂。

嗟余老倦思江海, 遗策无多赖发皇。④

（选自《天隐阁集》,重庆出版社,1991年）

注释:

①留侯:张良。椎秦:即椎击秦始皇。《史记·留侯世家》载:秦灭韩,韩人张良为韩报秦仇,悉以家财求客刺秦始皇,"得力士,为铁椎重百二十斤。秦皇帝东游,良与客狙击秦皇帝博浪沙中,误中副车。"后以"椎秦"泛指击杀仇敌。

②九死:指历经艰难。语出屈原《离骚》:"虽九死其犹未悔。"

③翼王:指太平天国翼王石达开。

④发皇:发扬,阐明。

朱叔痴先生寿诗序①

辛亥冬,蜀军政府踵武昌而起。于是巴蜀犍为倜傥扶义之士,鳞萃乎渝中,雷动风发,不崇朝而集事。②其间决疑定计,奔走部署,则朱君叔痴、杨君沧白、谢君慧生、张君列五,实为之纲纪。军府既建,举魁柄授列五。③杨君则杜门却扫,④隐于浮图关下。朱君则不受名位,居于调护斡旋之地。余与列五雅故,⑤而未始识朱君,闻侪辈颂言行谊,既已竦然敬其人矣。未几,君以成渝合并故,竭来成都。⑥接其风采言论,私谓今世巨人长德,如吾朱君者,殆不数觏也。⑦其后行旅过渝,必诣君家。因谒尊兄琴樵先生,及介弟必谦,皆如旧相识。癸丑讨袁军兴,君躬与其事。兵败家毁,亡走海外。余亦铲迹销声,不相闻者数寒暑。袁氏颠殒,君乃归省庐墓。戊巳之岁,复来成都。先是吾兄亚衡,与君觌面沪渎,⑧以意气相推重。同学少年,皆兄事吾兄,君亦弟畜吾辈。⑨久别相见,恒置酒高会,用慰劳苦。兴酣耳熟,高睨大谈,⑩极一时友朋之乐。时蜀乱甫宁,熊君锦帆,与杨君分职政柄。请相助为理,辄辞弗就。第以难进易退勉杨君,且劝锦帆恢宏远略,辑睦民党,居恒私忧过计,一若大乱之将至。⑪余有以知君之未尝独乐也。庚申变起,君已扁舟出峡,浪迹吴楚,复往来燕粤者数年。倦游而归,卜宅于海棠溪南。灌园艺蔬,归心净土,澹焉若忘世者。余于平生亲故,亦不复以书札相闻。而其人之声音笑貌,故时时往来胸臆间。每闻人道君及慧生、复生消息,辄引以自壮,意谓今者风俗衰敝,非有刚健笃实之操,无以自树于横流骇浪之中。数公健存,天下事犹可为也。当清末造,蜀中民气弸张。⑫横舍少年约为学会,奉顾、黄、王、颜为依

归。及黄君复生来主同盟会，吾辈亦先后加盟。余旋去蜀，未得与杨、谢诸君奉手。⑬蜀军既起，成都亦开府相峙，夸者或主用兵，适滇军压境，藏番蠢蠢骚动。余力持调和之说，与君遥相呼应，卒并军府于成都。其后张、谢诸君，失职引退，蜀军亦相继挫衄。同盟诸友，荡析离居，甚则齎志洒血以去。⑭独居深念，未尝不咎始谋之不臧，⑮无以下对良友。谤君者或斥为亡国大夫，君则笑，弗与辩。尝论蜀军旧事，乃以发纵指使推杨君⑯而自居马前卒。锦帆陨于虎门，⑰君虽亲故不能援手，别妻子，冒风雪，走数千里救之。诣粤府诘问罪状，主者恶其伉直，锢数日乃免。其持大体，解纷难，笃于故旧如此。君丰颐隆准，须髯飒然，稠人广坐中，指画议论。听者为之神往，或病其强，⑱谥之曰诊诊。⑲君曰："我之好诊，犹人之好色，天性然也！"余尝谓民党崛起草泽，以合聊欢，⑳盖有布衣昆弟之谊。功成而后，不免以势位相格，智力相轻。始则儦异于安乐，㉑终则觭龁于患难。㉒推荡搏激，㉓浸成怨毒。甚至夷狄交侵，国亡无日，犹不肯泯其阋讼。㉔长此弗图，吾属且终为左衽，㉕此岂首事诸贤所曾计及者耶？毋以世俗之见深、朋友之恩薄，遂忘其肇造之艰难耶！安得如朱君者数十百辈，登高疾呼，执涂人而一一诊之也。㉖今年夏，君挈室溯江西上，规游青城、峨眉诸山水。成都故人，相与遮留，执酒为寿。盖君之不履此土，既十有二年矣。行年逾六十,意气不减于畴昔,引满十数觥,未尝辄醉,盖亦自忘其老也!吾兄赋七言二章,诸故人多有诗歌投赠。复生诿余为文以张之。㉗窃念君之行事,当在史官,为耆耋期颐,咸所自取,是皆无假于称颂。惟是天时人事,变动不居。曩之少年,㉘浸假由壮而老。㉙狂谋谬算,百不一就,㉚幸不见弃于君。君见其终始弗渝,为之欢欣鼓舞。吾辈亦乐君之乐而已。爰书佚事与廿年离合之迹,以资笑噱。复生南行,因以告慧生诸友,俾知吾舌尚存也。

(选自《时事周报》,1932 年第 2 卷第 19 期)

注释:

① 朱叔痴:重庆工商界著名人士,老同盟会员。1905 年左右,卞小吾、杨沧白、朱叔痴等人集资在白象街上创办了东华火柴公司。

② 不崇朝:犹言不到一早晨的时间。从天亮到早饭时。崇,通"终"。崇朝:即终朝。在此喻时间短暂。

③ 魁柄:喻军政大权。

④ 却扫:不再扫径迎客。谓闭门谢客。

⑤ 雅故:故旧,旧友。

⑥ 曷(qiè):句首助词,无实义。"曷来"犹言来、来到。

⑦ 觏(gòu):遇见,看见。

⑧ 觌:见,相见。渎:江河大川。

⑨ 畜(xù):对待,看待。

⑩高睨:犹雄视、傲视。谓目光远大,见解脱俗。

⑪一若:仿佛,很像。

⑫彍(guō):张满弓弩。

⑬奉手:捧握长者之手。此引申为陪伴、追随。

⑭赍(jī)志:谓怀抱着志愿。

⑮臧(zāng):善,好。

⑯发纵:犹言指挥调度。

⑰阨(è):阻塞,阻隔。

⑱病:指责。

⑲𠴫𠴫(chāo chāo):吵闹不休、多话之人。

⑳聏(ér):犹调和。

㉑儦(piào):此指轻狂。

㉒齮龁:毁伤。

㉓推荡:振荡。

㉔阋讼:争讼,争论。

㉕为左衽:此指被外族控制,沦为外族之人。左衽:衣襟向左,为少数民族服装习俗。

㉖涂人:普通人。

㉗诿:委托。

㉘曩(xiàng):不久以前,以往。

㉙浸假:逐渐的意思。

㉚就:成。

陶闿士

陶闿士(1886—1940),名闿,一字开士,号天研,别署天倪阁居士。原籍四川江北县,13岁过继本族,遂著巴县籍。时巴县名儒龚秉权先生讲学于巴县观文书院,阐发民族大义,陶闿士拜门受学,深受影响,开始萌发民族革命意识。民国二十二年(1933年),陶闿士受县长唐步瀛之请,为《巴县志》编纂,负责编写《市政》《物产》。民国二十九年(1940年)一月,陶闿士去世,终年54岁。

慰友诗[①]

文字巴山秀,门前春水生。
兴来三日醉,老去一横经。
身隘屠龙志,[②]儿皆作凤鸣。
哪堪重阳九,暗□代躬耕。[③]

(选自文复阳《先父文伯鲁在辛亥革命前后》,《巴县文史资料》第三辑,1986年)

注释：

①袁世凯阴谋称帝时，陶闿士挚友文伯鲁撰《讨袁檄文》，发表在《商务日报》上，社会舆论为之轰动，后遭缉捕查抄之祸。因此，写了一首慰友诗，劝慰老友，并鸣不平。
②溢：通"溢"，充盈之意。
③暗：无光，昏暗。□：疑漏字。代躬耕：谢灵运《初去郡》："庐园当栖岩，卑位代躬耕。"

峨眉山云歌

天下名山臣趋跄，峨眉之秀应帝王。
自来游者说不改，第一雪山与云海。
太白独吟天上月，固知各有会心在。
我爱此山诚不群，心疑胜处终在云。
太白虽赏秋宵月，今觉目见过耳闻。
我生四七非韶颜，①三日手弄仙人鬟。
下视群峰小米点，始知身在山上山。
忆昨方抵清音阁，仰视悬空山欲落。
今日我比山更高，山之绝顶衬芒履。②
山高云大夏生寒，宿阴湿路常不干。
雨夜浓云忽封顶，日光漏色金炯炯。
山腰以下无片云，秋江远镜摇烟艇。
少焉山头净无氛，又见山腰缠白云。

波摇浪转四山活,诗中无法传绮文。

晴天有时云四塞,山雨欲来满山里。

人在山头云在腹,却从云背望羌国。

山云本是山衣裳,仙人以云为家乡。

鸟飞不到云能往,谁识山云真有香。

我来见云不见雪,饱看云生及云灭。

沧海桑田转瞬间,大抵兴亡皆一瞥。

君不见昨日少年颜如丹,今已春花春又残。

白发欺人不相贷,日日天上跳双丸。③

在尘须有出尘想,得意勿忘失意难。

举眼不看贵人面,何难山上将云看。

(选自《峨眉行卷》,1931年)

注释:

①四七:二十八。四乘七所得。指人年二十八岁。

②芒履:芒鞋,即用芒茎外皮编织成的鞋。亦泛指草鞋。

③双丸:指日月。

任鸿隽

任鸿隽(1886—1961),字叔永,垫江人。18岁冒籍巴县参加院试,故改籍为巴县。为晚清末科秀才,后就读于重庆府中学,再考入上海中国公学,1908年留学日本,次年加入同盟会,后曾任同盟会四川分会书记、会长。辛亥革命后回国,任南京临时政府总统府秘书。临时政府北迁,任国务院秘书。旋赴天津办《民意报》,后留学美国。1914年发起成立"中国科学社",任董事长兼社长,编印《科学》杂志。1917年获康奈尔大学化学学士,1918年获哥伦比亚大学化学硕士学位。回国后,先在北京大学执教,后历任北洋政府教育部专门教育司司长、东南大学副校长、四川大学校长等职。1937年6月回中基会并从事编译工作,兼中国科学社社长等职。1949年后,他历任中央文化教育委员会委员、华东文化教育委员会委员,上海市人大代表,第二、三届全国政协委员,全国科联常务委员,上海市科联主任委员,上海市科协副主席,上海科技图书馆馆长和上海图书馆馆长等职。他一生撰写论文、专著和译著300多篇(部),内容相当广泛,涉及化学、物理、生物、教育、政治、文学、科学思想、科学组织管理和科技史研究等多方面。曾参加南社,诗作多散佚。

西江月·太平洋舟中贺莎菲生日[①]

三十五年七月与莎菲同渡太平洋。十二日经子午线,当得并十二日。是日适为莎菲生辰,同舟四人相聚为贺,余亦作是词以寿之。

历日心头计算,海程图上安排。果然生日两天偕,此事何人能再?

应是天公有意,平均亚美诞才。从今一地一如来,作个捻花世界。[②]

(选自《观察》,1946 年第 1 卷第 9 期)

注释:

①莎菲:原名陈衡哲(1893—1976),原籍湖南衡山,生在江苏武进。曾在川大、东南大学等校任教。

②一地一如来:《华严经》:"佛土生五色茎,一花一世界,一叶一如来。"捻花世界:极乐世界。捻,执、持。语出佛典,昔时佛祖拈花,唯迦叶微笑,既而步往极乐。

梅迪生哀词六章①

一

我昔识迪生，远在民四五。
熟读西哲书，期与古人伍。
白话何为者，奋击欲鸣鼓。
酒酣复有约，十年吃豆腐。

二

十年亦易盈，见君白下城。
高座摊皋比，②及门多俊英。
圣贤与豪杰，抉择何兢兢。
一朝大计定，双飞渡蓬瀛。

三

十年复十年，相逢湖上路。
桃李遍两陆，青毡冷如故。
绕膝添儿女，森森挺玉树。
西泠一樽酒，③欢笑穷旦暮。

四

鼙鼓从东来，岛夷忽跳踉。④

国家既破碎，学府亦栖皇。
岭表数相见，平生细商量。
愿言驱贼了，归老守篇章。

五

去年见君时，颇夸容颜好。
今年复见君，苦愁病魔扰。
病魔何能为，忧多令人老。
不见桂筑道，敌烽遍岁杪。⑤

六

敌烽幸告歇，君劳亦可休。
秋初君返筑，话别一来游。
心恐此别后，求知再见不？
披报见噩耗，涕泪不能收。
固知天地闭，吾辈理难留。
君去何太速，世道增隐忧。
人师古所难，后生将安投？
掩卷长太息，悲风恸岩幽。

三十四年除日

（选自《客观》，1945 年第 10 期）

注释：

①梅迪生：梅光迪，字迪生，安徽宣城人，1890年出生，1911年赴美留学。回国后先后任教于南开大学、东南大学等，是中国新文化运动时期的一员干将。有《梅光迪文录》。

②皋比：虎皮。古人坐虎皮讲学，后因以指讲席。

③西泠：桥名。亦称"西陵桥"、"西林桥"。在杭州孤山西北尽头处，是由孤山入北山的必经之路。宋周密《武林旧事·湖山胜概》："西陵桥，又名西林桥，又名西泠。"

④鼙鼓：小鼓和大鼓。古代军队所用。跳踉：亦作"跳梁"，跋扈，强横，此指列强侵犯。

⑤杪：尽头。多指年月或季节的末尾。

家书三封

大哥以次如谭：

旧历十月自东京归，为蜀军事往武昌与黎都督商议一切，①旬留黄冈。曾驰书报告，乱历之际，不识得大。□□□不知吾家尚在鄢邑否？②闻鄢邑反正之际，亦曾受兵，不识吾家中受危险否？念切种种。隽自到东后，即投身革命党中，幸赖同胞奔走之劳，得有今日。隽虽归国，诚不敢独偷安逸，遽作归计，故复自汉返沪。适值各省代表公举孙中山先生为临时大总统，先生因约隽到宁，为司秘书，刀笔鞅掌。③瞬过一月，不及作书告家,至为歉也。季弟近为蜀军书记,④不久当与蜀军同归。隽则一时尚难讬(脱)身,但俟和议告成,南北两政为合并时,或可遂吾归家之愿耳。通信可寄南京大总统秘书处,或上海路百老汇一百三十四号蜀军交通部事务所转交亦无不可。

草此,即问
全家均安

鸿隽上言
中华民国元年二月五日

大哥以次如谭:

适得二月廿二日来书,欣悉全家无恙,快慰奚似?隽自归国以来,不接蜀中一字,乱离之际,倍切羁思。前月曾发一缄至鄂,以兄等已迁,无由投递,又经寄回,兹仍付阅,以省重述。

孙先生辞职后,原欲袁慰亭君来宁受事。⑤近因京、津小有变乱,袁君骤难南来,而统一政府不成,对内对外危险万状。故已放弃前议,许袁君在北京受职,望国务各员举定后仍来南京接受交代。虽此时都南都北尚未有定,据参议院前议则都南京,然以大势度之,恐终非都北不可耳。孙中山解职后,大概不理政务,意将游历内地各省,以广政见。后此,正式大总统此公或再有望,惟远近不知耳。

隽迩日小住南京襄新政，原为义务心所驱使。异日袁君受事，决计不复问政事。仍当薄游东西，终吾旧业，后日但求于实业学问一途稍有贡献，他非所志。但恐一时学费无出，则拟仍返蜀军至宜，不久即当返渝，晤后自能面述一切。据四弟意，仍思复出效命笔墨，彼时若便，二哥亦可同行矣。川中近来当渐平靖，隽所以不能遽然舍去者，正为留此与川中诸公接应一切耳。

余俟续布，即候

均安

鸿隽上言

中华民国元年三月九日

大哥以次如谭：

前缄计达。四弟何时抵渝，此时已晤面否？念念。唐总理昨已抵沪，⑥明后日可来宁。俟新内阁发表交代后，即可他往。隽意仍决计留学，故脱御后，或暂留沪，或回川一行，尚未定耳。前日杨沧白先生电招回渝任某报主笔，⑦隽亦辞不就也。隽自顾无才无学，非再留学数年，不敢与闻天下事。今兹数月则以一发千钧之际，形诚危急，故自忘其不能也。弟留学不愿再到日本，拟求一留美官费，若能到手，至少须有五年小别。有暇急思归川与兄等一晤，正为此耳。一二周后恐已不在南京,赐缄寄上海东百老汇路卅四号蜀军交通部转交为幸。

　　此问

均安

鸿隽拜言
中华民国元年三月廿二日

（选自《任鸿隽、陈衡哲家书》,民间家书项目组委会编,商务印书馆,2007年）

注释:

①黎都督:指黎元洪,字宋卿,1864年生,湖北黄陂人。1911年武昌起义时任湖北新军第二十一混成协统领。起义胜利后被推举为湖北军政府鄂军大都督。

②酆邑:地名,今重庆市丰都县,为任鸿隽兄任鸿熙任职地。

③刀笔:指文案工作。鞅掌:繁忙劳累。

④季弟:指任鸿隽的弟弟任鸿年。

⑤袁慰亭:袁世凯(1859—1916),字慰亭,又作慰庭。武昌起义时,出任清政府内阁总理大臣,陈兵长江,向革命党要挟议和,一方面威胁孙中山让位,一面挟制清帝退位,窃取中华民国临时大总统职位,在北京建立地主买办联合专政的北洋军阀政权。

⑥唐总理:即唐绍仪(1860—1938),字少川,广东香山(今中山市)人。辛亥革命时,担任袁世凯内阁全权代表,与民军代表伍廷芳在上海谈判议和。1912年3月袁世凯窃得临时大总统后,被任命为第一任国务总理,赴南京组织

新内阁,为标榜政党内阁,加入同盟会。

⑦杨沧白:即杨庶堪(1881—1942),字沧白,晚号邠斋,四川巴县人。系任鸿隽的老师、挚友。早年治经史辞章,后专心研究国学,并入重庆译学会习英文。1905年加入同盟会,武昌首义后,组织义军光复重庆,成立蜀军政府,任顾问。参加二次革命、护法运动,1923年任孙中山大元帅府秘书长,次年出席国民党一大,不久出任广东省省长。

程　愚

　　程愚(1886—1962),字元直,重庆人。清宣统法政科学部举人,日本早稻田大学法律系毕业。辛亥革命时期协助孙中山、杨沧白等奔走共和新制,多有贡献。1927年以后在重庆开设律师事务所,曾任民生公司、川盐银行、裕华纱厂等企业的法律顾问。工诗书,与谭延闿、于右任、谢无量、何鲁、汪云松等名家多有唱酬。新中国成立后担任过重庆市政协委员、重庆市文史馆馆员。著有《余生吟草》、《锦里纪游》、《南游草》等诗词集。

闻清廷逊位感作

二百余年戴此酋,锄非举义未曾休。①
难忘扬郡千秋痛,快复桓公九世雠。②
历史从今删帝制,圆颅终竟属神州。
共和肇造端非易,③仆继曾看血遍流。

(选自《南游草》,程氏藏本)

注释：

①原注："太平天国失败后，近年谋举义推翻满清者遍及各省，始有今秋武汉起义成功。"

②桓公：齐桓公（？—前643），名小白，中国春秋时期齐国的国君，"春秋五霸"之首，前685—前643年在位。他在位期间任用管仲为相，使齐国国力逐渐强盛，成为天下诸侯的盟主。九世雠：春秋时期，纪侯向周夷王进谗言，导致齐侯（哀公）被杀。后齐传九世至襄公，遂灭纪复仇。襄公即桓公兄。《公羊传·庄公四年》："九世犹可以复仇乎？虽百世可也。"

③原注："孙中山先生在南京经推选为临时大总统，改国体为共和。"

但懋辛

但懋辛(1886—1965),字怒刚,四川荣县复兴人。国民党陆军上将,老同盟会会员。他的一生正逢中国从半封建半殖民地社会向现代化社会转型的激烈动荡年代。他追随孙中山,在辛亥革命中,刺杀摄政王,参加广州起义,进攻两广总督府,为推翻帝制、创建共和,进行了不屈不挠的斗争;在护国、护法斗争中,他讨伐袁世凯、讨伐北洋军阀,参加了一次又一次艰苦卓绝的战斗。在川军中资历甚老。曾任蜀军政府参谋长、四川军政府成都府知事兼四川团务督办、四川靖国军第一军军长及国民政府军事参议院参议等职。

在第一次国共合作中,他拥护联俄、联共、扶助农工的三大政策,支持孙中山改组国民党。在抗日战争、解放战争中,他坚持与中国共产党合作,为人民的解放事业和人民政权的巩固作出了贡献。成都解放前夕,积极参与熊克武、刘文辉、邓锡侯等人起义。1950年7月,中央人民政府正式任命但懋辛为西南军政委员会委员。1953年9月,又任命他为西南行政委员会委员兼司法部部长。但懋辛平生爱好书法,其功底非同一般,常有人慕名登门求字,他总是一一答应。组织上曾决定调熊克武、但懋辛到北京工作,他认为自己年事已高,希望能继续留在家乡,为四川人民再作一些贡献。1965年11

月7日,但懋辛因病在成都逝世。

辛亥革命亲历琐记

一九一一年(清宣统三年)三月二十九日,我参加黄花岗之役,失败被捕,因巡警道王秉恩向总督张鸣岐报告说我是"自首的",张即命不杀,监禁一个多月后,张又命王派员押送回籍,交地方官严加管束。八月底被押离开广州,过万县时,端方正搭蜀通输(按:又作"轮")西上。到荣县(按:又作"昌")边境,已闻荣县独立。押解的管带又把我押回重庆,这时重庆已要独立了,很简单地就办完释放手续,还未及得到安顿行李,重庆已经独立。当晚同志周国琛来,把我的行李搬到他家住下。次日我们到军政府,见居民手臂缠一白布条,争入军政府看热闹,拥挤不通。我当时建议迅速派卫兵司令,指挥站岗守卫,并替他们拟好条例及会客规则,把秩序建立起来。领导同志命周国琛告知我,要我暂时负招待员的任务;因我从外面回来,认识的同志相当多,凡从外省回川的同志和军人,都叫我招待留下,不让回家。接着在议定蜀军政府组织机构时,将招待处改为礼贤馆,以萧(按:又作"肖")德明为馆长,我仍帮助招待,礼贤馆住的同志越来越多,如吴玉章、喻培棣、吴庶咸各同志是在内江宣布独立后来的；又谢飞、杨亚东、夏江秋、杨晴霄、欧阳尔彬，皆从各地来重庆；又南路统领王培菁等，他们因合江县尚未反正，还与同志军许多队伍在围攻合江，因而在重庆设（按：又作"没"）有办事处，也住在礼贤馆。

林绍泉的叛乱平定后，政务会议讨论林的职务何人接替及向成都出兵问题。总司令夏之时副都督可以自兼，而参谋长则认为必须有人负专责。会上有人提出我担任者，谢持说：我们早已想到他，但是有人说他在广东黄花岗之役，怕死而去自首，丧失了党人的价值，所以现在还让他在当招待。登（按：又作"顿"）时财政部长李湛阳就抗声说："我很奇怪为什么你们不用但某，原来如此。当广州起义时，我在督练公所任职。但的供词经制台张鸣岐批令不杀之后，我问巡警王秉恩的原因。王说：他见了但自写的供状，大为诧异，说但到东一区去找李巡官，明明是想闯关而过，李不敢认，而漏出了马脚被捕。明明是革命党，他说不是而说是想要找事作（按：又作'做'），偶逢革命党起事；还为李巡官开脱，事前并不认识他。措词巧妙，避重就轻。短短的时间，写七八百字，叙事清楚。尤其是一个留学生，通篇供状，没有用一个新名词。因而我大加赞赏，加他一个'自首'，意在为他开脱。并告李军门善为转说制台，此人可以不杀。这样才把他救下来的。

隔了两天,张鸣岐电话告知巡警道,把但某送到督练公所来面见。但与各大官见面时,毫无惧色,态度很自然。我后来特同他详谈,对答非常得体,我认为他有胆有识。"于是政务会议就决定我为参谋总长,另以唐仲寅为副。同时泸州川南军政府正副都督刘朝望、温筱泉辞职,推谢持同我继任,谢持同我复电谓军政府将来必须合并,请暂维现状。

此后议出兵问题,我主张兵少何必分三路,就由中路出一支人马,说要专打赵尔丰,敢说一呼百诺,谁为赵作战,这是要吼垮他,不必要打垮他。中路指挥官,大家提出了六人,均坚决不干。末了张都督把我提出,我毫不迟疑,遵令担任。部队先(按:又作"选")拨了两营巡防军,还要在永川才能集合,管带是倪定刚和周文卿。另外有两哨防军驻永川,由帮带龙耀奎统率。我的指挥部由夏都督拨给了十八支五子枪。另拨石青阳所组织的义勇军一营与我作护卫营,皆是徒手。又另外拨了二十名学生军做炸弹队,携了六颗炸弹。指挥部的参谋长是邱华玉,副官长是刘国佐。我把十六支步枪发与护卫营,每连分四支,其余用布帕子打个大疙瘩表示是炸弹,余二支坏了的步枪用来押行李。派喻培棣作经理处长,随带饷银三万两。那时规定从少校以上至指挥官每人月薪饷三十两,尉官二十两,军佐同样,士兵是三两到九两,除士兵全支外,军官佐均只支伙食,另支零(按:又作"另")用银三两。都督府还派了三组宣慰使同行,一组为刘光烈,二组系吴庶咸(荣县人),三组系杨晴霄。这一切都是两日之内组成的。第三日就分头出发。我们这样浩浩荡荡地行军,到了马坊桥之后,感到沿途场镇的当事人逃避一空;宿营时找稻草买粮食菜蔬油烛等非常困难。登时有人提议开公口立袍哥码头,一唱百和,我只好听之,他们把我推成龙头大爷。这样命管事沿途招(按:又作"照")呼,各场镇首人除放炮欢迎之外,什么供给,随要随到,方便极了。到了永川住下,等各路人员到齐,决定次日休息。那里原驻的龙帮带率领的两哨人,连夜翻城墙逃跑了。我追问原因,据说是我带的队伍都是徒手,怕我要提他们的枪。此后军行至安富镇,奉军政府来电说:成都十八日兵变,四川军政府改组,推尹昌衡当都督,罗纶副之,并说尹已围攻督署,擒着赵尔丰在皇城开军民大会,宣布赵的大罪,当众斩首,游行示威。令我部停(按:又作"停部")扎隆昌,静待候命。

这时所遇的新的情况是:黔军援川的叶统领虽因贵阳有事已经调回,而"援川"滇军谢汝翼梯团到了叙府,李鸿祥梯团到了泸州,张开儒支队到了犍为,黄毓成支队到了自流井,占据着川南重要城市。他们异想天开的理由是:四川军政府自尹昌衡为都督,变成了袍哥政府,不予承认,将举兵讨伐。不久成都发兵拒之,

在自流井的界牌打了一仗。蜀军政府认为尹杀了赵尔丰,基本是革命的,整个四川人民更艰苦一致站在反清武装革命斗争的前列,牺牲大于任何一省,现在革命尚未完成,我们应当结合力量共同北伐,电滇军万不可乱动,于是双方停止了战斗。

不久我奉蜀军政府的电令,说富顺结集张桂山、范华阶等的同志军一万多人,要我前去编遣。我到富顺后召集张、范等会议,说明南京已成立革命政府,孙中山先生已被举为临时大总统,现在是推倒满清、建立民国的时候了。所有的同志军农民甚多,他们愿归田的,让他们回去,由公家给路费。若有无田可归,愿意编为军队参加北伐的,即造册点名改编,而以张、范二人为统带,但先要把武器缴存,点编成队伍之后,再行发还;其不足的枪支,将来北伐时,由政府发给新式快枪。他们一致表示愿意,具文申请,除复员者外,已经陆续缴出武器。此时滇军忽然派了两个上尉阶级的军官,向我说他们系由自流井黄支队长的李修嘉纵队派到富顺来的,因此地被同志军盘踞,秩序太乱,特地查办,并问我的态度。我很诚恳地将办理情形告知后,他们问带了多少队伍,我答只有一营;他们说恐怕人太少,愿将队伍开进城来,协助你改编顺利就范。我坦白地表示了同意。不料滇军进城时,完全是作战姿势,未经我的同意,就把原有同志军的重要驻地不由分说,强行占领。次日同志军向我缴武器时，滇军突然开大炮打起来了。我马上写信与李纵队长，才得停炮。下午李纵队长派几个军官来要求我将缴存的五子快枪三十多支送给他们，我登时体会到他们打山炮的威胁作用，马上允许给了。过后我指挥部的同事们不服，我带的一营官兵也不服，同滇军的兵借故打架，我竭力抑制，并找当地的士绅郭某向同志军的张、范等首脑解释，并告诉他们：滇军企图连我也不明白，请他们注意；俟滇军去后，再集合官兵点编。张、范等对我了解后，次日前来见我，遇滇军的官长于途中，就把他们一共六人拦到李纵部去了。我立写信去问李，李诬以富顺百姓在告他们，次日早晨便秘密把六人杀了。我又去信问是何理由，据答因张桂山逃跑。我感觉这位李司令真是咄咄逼人，令人不能忍受，便下令转回隆昌，电重庆报告遭遇情况。

蜀军政府旋电令委我为川南总司令，并言泸州有事，要我轻装先行到泸州，关防委状即专差送来。我马上动身前往，在途中遇着胡文澜。胡文澜告诉我说，他是蜀军政府的顾问。因川南军政府黄方总司令接合江县知县请求，前往合江接收库存盐税银三十多万两，滇军黄大队长子和亦同时赶去。黄方到合江后，该县知事，立即交代，黄方收到银两，用原有的驮马驮运，并兵百余人护送回泸州。出城几里就遇着滇军黄子和的埋

伏,开枪围攻,黄方的盐务巡防军毫无准备,银两就尽被滇军夺去,黄方及所有的官兵也都遭滇军捉住枪毙。只有孔阵云、韩砺生、邵正福(另有一人已忘记)四人得到释放,回到泸州,防军住泸州还有九营之多,要报仇与滇军打战。分手后我即驰去泸州。黄子和是我在日本的同学,他进同盟会是我介绍的,我刚到他就来见我,并说他先不知黄方是同盟会的同志。我对滇军这样的侵略残暴行动,虽极为愤慨,但事实不能不采取息事宁人态度,委曲求全,以顾大局,只好告诉他主动地提议开追悼会,治丧昭雪,认罪赔礼,加重抚恤金,以平民愤。于是双方撤除警戒,复归和好。此后我才将川南军政府改组,送原来的都督刘朝望回安徽,温筱泉也让他辞职;成立川南总司令部,防军九营,除扎古蔺和永宁的两营不改编外,在城郊的七营改编为混成旅,自兼旅长,而以邱华玉为参谋长,加紧训练以备北伐之用。黄子和想把他的大队扩充,要我拨两营川军混合编为两个大队,由我两人每人领一个,以充实李鸿祥梯团。但这时已得到消息,清帝退位,由袁世凯组织临时政府,中山先生让袁世凯做临时大总统,南北已告妥协,这件事也就作罢。不几天黄子和奉唐继尧来电率部开往贵州。滇军由四川补助协饷银三十万两,也就陆续返回云南。

一九一二年二月后,成都派代表张治祥等到重庆,洽商成渝两军政府合并的问题,张列五都督电询我的意见,电文中提到正副都督俟张到省后,在尹、张两人中提出会议选任。我立复电赞同,并建议,最好先把正都督自愿让尹昌衡充任,而自愿居副,这样既表明革命党人不在名位上争高下,又可以消除成都方面的很多猜忌疑虑,合并就可以顺利完成,以后合作办事,也可避免许多障碍。张都督不久动身上成都,行至隆昌,打电报要我跟即上成都协助。那时川南的同志们,不愿我走,并派宋辑先监督我,事完即督促返泸。但是到成都后,张列五一定要委我做成都府知事。他同谢持向我说明:"因尹都督提倡袍哥,全城大街小巷,公口林立,招摇估霸,时有所闻,若不迅速制止,恢复秩序,使人民安居乐业,那么我们革命不知为了何事;现已与尹都督商洽,令巡警总监杨维出示限日撤销公口,如有不遵者严行拿办;但城外各县,袍哥土匪,尤为猖獗,因为你在泸州短短的时间,扑灭了二十多股大匪,所以要你任成都府知事兼四川团务督办,先行率领团队清乡,并督同各县知事严行会剿大股土匪,如县知事有不称职者,立即报请革除;因而要你一定任此职务,并非要你做官。"我对这样的殷望不好再推,就提出条件:一、请派陆军一团听我指挥;二、关于清剿计划,务在实行,不受任何牵制;三、布置完备后,清剿期间以三个月为限,办理完结,许我辞职。张副都督同政务处允许照办。

但接事后，对于剿匪清乡计划和部署，都督府允许，而军团部团长胡文澜不允许，说是为了剿匪，必须陆军时可以临时调用，至于各地守要隘，只能利用团队，不能用陆军。这分明别有用意，但张都督不便代我力争，只令我另行招募散兵，扩充警备队一千人，自行主办。我气愤不过，一面办全省团练讲习所，一面派员招募"十八"之变散亡在外有枪的士兵。也曾调了两连陆军到温江、郫县、崇庆、灌县、崇宁等县清了一次乡，股匪闻风而逃。我也就趁此时机，提请辞职。

这时蜀军总司令熊克武率部回川，将到万县，该县的巡防军统领刘汉卿（绰号罗汉）忽宣布独立，自称都督，电尹昌衡请示，对熊或迎或打，尹复电"打"。同时第四师师长刘存厚来信，要我所管的锦官驿预备五百匹驮马，交与陈光廷团长为行军之用。陈系同盟会的同志，我立即去访问。陈说："将同胡军团长到重庆，因镇抚府夏之时辞职，胡去改组镇抚府，并且要对付熊克武，因此除带步兵一团外，还要配机关枪和大炮，完全是战斗行军。"我马上去找张都督，张往向尹都督说明："熊的部队原奉孙大总统之命，组织来预备北伐的，因南北统一了，命他回川与川政府洽商后，将开入川边经营西藏，万不可敌视，必须欢迎。"尹唯唯否否，未明确答复，但万县消息，熊军到万县时，刘汉卿进攻，被熊军于几小时内击溃，防军全部歼灭。尹乃知熊军枪械犀利,有十二挺机关枪,山炮六门,人数只三千多,而一般干部几乎是清一色的保定军官入伍生,初生之犊不畏虎,作起战来,有进无退;始感到不可轻视,拒绝不了。命胡只带护卫一营到重庆后即撤销镇抚府,而命熊为第五师师长,驻防重庆。

稽勋局请派遣出洋留学生,列了我的名,我又要求辞职,愿出外留学,但仍延不批准。四五月间,西藏出兵侵占川边很多县份,七月尹都督自兼西征总司令带兵西征,提出胡文澜为护理都督代理其职。胡乃清末广西的陆军协统,辛亥反正,畏惧潜逃,是一个极其阴险的反动官僚。我向张建议:"都督出征,后方事务,例应由副都督代理。今竟另以胡文澜来护理,这种不循正规的作风,其中必另有阴谋,至少已表示对你不信任,不如趁此说明自己无能,宣布辞职退休,以察他们怎样对待你,或者因此使他们的诡计显露出来。"张极表同意,即拟具辞职电文,预备次日清白堂开政务会议时宣布,并把电稿交我带回成都府,连夜油印数千份。第二天我携到张都督处,谢持即向我摆手说用不着了。原来他们昨晚协议军民分治,以张都督为民政长,仿湖北的办法,与胡文澜各管各事。张督的一般人马都已乐意听从了。我说:"胡之为人,断不可信,且看他不仅要排斥你姓张的,而且将来尹昌衡西征归来,能否归位,都成问题。"朱之洪说:"文澜无他。"而张都督亦微

笑地应之。我说:"你们不要看他每日公毕都来陪你们说说笑笑,这正是胡骗糖吃的手法,一旦他掌了权,他们会尝到他的辣子味的。我与他无怨无德,不过听说胡从广西逃到上海时,为了要与熊克武争领导蜀军回川,被革命同志们轰垮后,他教唆一个姓黄的率领一些流氓向熊等捣乱,在蜀商公所开会打手枪,并绑管理的童子钧的票;这次又阴谋消灭熊的武力。因此我对胡的感想很不好,我每次遇到他,总觉得他是一个不抹粉脸的曹操。"话犹未了,就喊开会,我明知张、谢、朱等已惑于民政长的权位,我已经是独不傲众的孤人了。到了会场上,由政务总理董修武提出军政分治的问题,加以说明之后,第二师师长彭光烈、第四师师长刘存厚相继发言,都以分治为相宜,并向张都督道贺,一时与会者异口同声而赞之。我立起来发言说:"今天大家都赞成分治,我一人也不能否定,但我要发明我的意见。我认为反正后,地方秩序尚未能完全恢复,目前各州县知事都挂了地方司令官的头衔,一旦有事,与地方驻军协作,调遣非常便利。分治之后,驻军非得上级的命令,就不服地方官的调遣,而地方驻军也就容易与地方土劣勾结,与县知事捣乱。这是我对地方治安方面不敢赞同的意见。另外是军政府之所以有正副都督,原是正都督因公外出,可由副代理,今尹都督西征,理应由张副都督代理,若虑军事上有问题,由胡军团长协助办理就是了,何必多次一番纷更。若以为张都督办事不能与军方相应,将来分治后,更难相应了。与其将来难处,何如让张都督辞职为佳呢?"登时刘存厚起立说:"但知府是一个人的意见,我们赞同董政务长提议的,我们就起立。这样军民分治就决定了。"会毕后我到张都督室内同谢持(副政务总理)说:"我的府知事请速觅人接替,如果久不更换,我会挂印而逃的。"又拖到九月,我才得离职去到重庆。

(选自《四川文史资料选辑》第一辑,四川新华书店发行)

一九一三年熊、杨参加讨袁经过

四川自辛亥光复后都督尹昌衡以师生关系,派委胡景伊为四川军团长,一九一二年五六月间,西藏出兵占了巴塘、理塘,七月尹昌衡以都督兼川边经略使统兵亲征,而以胡景伊护理都督。自胡接任后,即派干员胡忠亮进京找陈二庵勾通袁世凯及其亲信,锐意表示拥护,并参加共和党,在四川成立了共和党支部。其时四川新成立的军队共有陆军五个师,而五师之中,一、二、三、四四个师自师长以下几乎是胡的学生和旧属,惟有第五师全系同盟会革命党人辛亥反正时所组织,没有胡的任何私人插足,成都一般军界的人,称五师是科班

（因中下级干部保定军官入伍生最多而年轻之故）。胡是广西的陆军协统，辛亥反正时，他害怕革命，从广西逃到上海时，四川同盟会正组织蜀军北伐，胡即欲插足领导，被熊克武和同志们把他赶走了，而今作了都督，熊克武是第五师师长，不消说仇人相见，分外眼明，不仅是认为异己，而且是仇人，只是寻找机会，如何下手而已。熊亦深知此中微妙，沉静以待，以此极端表示恭顺，不愿在军制上被上级拈过拿错，希望稍舒胡的怨气。然而不行，第五师呈报文件，无论对与不对，总是必遭驳斥，大骂一顿。都督府某秘书向外传说："自胡到任后，只有第五师最守纪律，凡事都遵督令而行，事后必具呈报，而胡督对别师的公文可以不看，而第五师的非亲阅不可，不论正确与否，总是批'驳斥'，有时甚至说明如何斥责之意，深以为怪。"那时第五师司令部自师长以次的干部几乎是清一色的同盟会的同志，每逢星期日，别人都去玩耍了，而师长和我及李蔚如（一等参谋）、吴秉钧（军需处长）差不多都聚餐聊天，有时关于胡对我们的仇视，也提出研究，寻求对策，经过几次讨论，都无好办法，只有把兵练好提高警惕，到哪个山头唱哪个歌吧！我那时是参谋长，年轻不够深沉，我说只有两条路，不是受宰割，就是造反。吴秉钧说我太粗疏，其实我内心打算若被胡改编，我决心不干，落得再去求学，造反不是我一个人的事，不过说大话而已。

根本没有想到袁世凯会变天下，因为他有过"扫除专制之瑕秽，发挥共和之精神"的宣言，同我们为难的只是胡景伊。

三月，宋教仁被暗杀，事后知为袁世凯所指使，认为袁必有阴谋，革命党未可乐观。六月袁世凯免江西李烈钧、广东胡汉民、安徽柏文蔚、湖南谭延闿四都督职，我们认为南方必将有事，后来听说柏文蔚、胡汉民、李烈钧、谭延闿在办交卸，并无任何行动。我师同志们早已商定，同南方各省同志对袁世凯采取一致的态度，想到胡景伊必将乘此机会整我们了。此时同学老友王右瑜同志到了重庆，他刚从北京与尹昌衡送勋章到成都，路经重庆。当晚熊克武设宴为之洗尘。随后他说：在京时袁世凯撤销南方四督后，四川同乡在袁政府当职员的人，漏出消息，袁世凯认为必须铲除革命党的一切力量，才能为所欲为。胡景伊乘此密电袁氏，商洽编遣第五师的办法。在京的周道刚、徐孝刚等与胡氏相反的日本陆军士官学校同学们知道确实消息后，作了协商，大家认为第五师兵精械利，干部多半是保定军官生，军风纪又好，与川军各师比，都较优越，目前明知第五师很难立脚，让给胡氏任意处理，实在可惜。经进步党人的计议，如第五师同志们认清环境不容干下去，而又期保全实力不被胡氏所宰割的话，那只有熊师长抢先密电陆军部请辞职，由有关方面与陆军部商妥，根据

熊电批准,即委周道刚为师长,直属中央陆军部,使胡氏无法反对。这样周可利用第五师的力量为将来反对胡氏之用,我们也可利用周来保全实力为他日之用。当时在座的同志,如我同吴秉钧、李蔚如,大家都一时无法表示可否,几双眼儿只望着师长,熊说暂不作决定,容再与同人考虑考虑,一俟商妥,即行作答。王去后,我们四人又研究,如不造反,只好迁就。但大家认为第五师是同盟会的同志们共同革命建立起来的,还须约同盟纪念会主要同志事先商量,把理由说清楚,以免后来扯皮,但事先又宜秘密,不可先让很多人知道。于是拟约朱叔痴、杨沧白两同志,有人说朱三爷名三吵吵,约他来谈就会同你吵开,不如只约沧白吧。次日约杨谈后,取得同意。熊面请杨代拟辞职电稿,时天气炎热,为缜密起见,表明师长偕师部同志们到南岸老君洞避暑,七月二十一日沧白到部一同上山,并约右瑜同往。不意杨上山前,将此事密告了朱叔痴,我们上山后,次日晚,师部副官张某即来密报师长说,同盟会同志们和五师旅团级的官长在将军祠开会,朱三爷报告熊师长要辞职,理由是因胡都督电袁世凯要取消第五师,群情忿怒,决议力阻熊事先辞职,如胡氏下令撤熊,全师官兵一定反抗,不惜牺牲。并提出此事是王某由北京来引起的,届时还要杀王以泄愤。并怀疑主张熊辞职的是但懋辛、李蔚如、吴秉钧、张亚光,发动时要将这几人杀掉。还拟了出兵计划,北路由团长范蓁率部经遂宁攻成都,中路由旅长龙光率部由永川攻隆昌,第一师吴团另分两支攻泸州,然后再攻成都。并提出如师长赞成反抗就不说,否则将师长关起,仍打出熊字旗以资号召。熊听了之后,就同我商量定于次日早,急率一行人回到司令部,当晚即召开军官会议,熊说声讨袁、胡,我与大家主张是一致的,我拟事先辞职,正想准备伺机而动,不是不干了。不过见南方四督被取消,竟无反响,我师孤处重庆,一向被胡仇视,这师部队是革命党的结晶,被胡宰割实不心甘;反抗吧,以一顶四,前途实难逆料;我不忍我师官兵吃眼前亏,右瑜兄是在京同乡,为了爱护我师不让胡氏掌握,受托而来同我商量,完全出于善意,不能怪他。现在同志们都宁为玉碎,不愿瓦全,我责无旁贷,决心与同志们一道干下去,即时起速作紧急准备,将所部集中待命,事先务秘密进行,我们先开战而后宣布。师长问大家有无异议,同志们说,只要干就没话说了。散会后,我留龙光旅长、范蓁旅长、吕超团副长和有关同志们商讨作战计划,他们提出在将军祠协议的方案,系分两路进兵,而中路因要先攻泸州第一师周骏所部,该师在隆昌驻了一团兵,因此中路配备兵力须较多,拟由龙旅进驻永川后分三支进攻:(1)东大路以吕超率部由荣昌进攻隆昌;(2)由永川经来苏、王坪直攻立石站之敌后向泸州进攻;

(3)水路方面,由江防司令余际唐和川东观察使黄金鳌所部警备队及五师第二十团长邹有章率兵一营,经合江攻泸州,师部派炮兵一排,由副官长率领随同前往。当时他们提出这样的计划,师部自师长和参谋长都认为这样是经过全面考虑的,唯独我一个人不同意。我说大家想想,就本省而言,以一个师当四个师之众,如战事持久,难免不调省外之兵援助,因此,为我师计,只有利于速战,首先占领成都,打倒胡景伊,才有据点。宜不顾后方,集中我师全力,用突击猛攻的战术,先把较有战斗力的第一师打垮,随即进占成都。因二、三、四各师皆是新组合,很复杂,无战斗能力,胡所靠者亦只第一师,我全力把泸州打破了,先声所夺,敌胆已虚,再以迅雷不及掩耳之势,进取成都,我敢说,各师非观望即投降。万一不成,四川周围皆山,选择险要,安营扎寨,四处游击以待时机,无所不可。我看袁世凯野心不小,革命党给他打出一个总统来,他反而倒转来杀革命党,其意就可知了。国家从此多事,对我们有利的机会必多,若把自己有限的力量分割使用,旷日持久,虽胜必败,因此,我认为这个计划是不知彼己的失败计划。我虽如此说,并没有一人同意我的主张,还有人大声说我是冒险家;我说革命就不怕冒险,一时争吵起来,我把笔一甩就往外跑,师长把我拦住,我想弄僵了不好,我说你们多数人同意,我还是服从师长的命令,照样尽我能力,但这个计划我不出主意,请同志们和李蔚如同志草拟好了。

七月底以前关于战时的兵力集中及后勤所需的一切都已就绪(七月二十几我记不得),适电局送一个电报到师部,是江西李烈钧、欧阳武文日通电,宣布独立讨伐袁世凯,同志们皆大欢喜,认为这一下就可正式通电起义,不让胡景伊整我们了。师部派副官到报馆嘱不忙登报,等出兵后再披露,但报馆已经出了号外了。

八月一日,命龙光为第一支队长,先行率部进驻永川,一面组织讨袁军总司令部,下设民政部与军政部,熊克武为总司令,民政部长杨庶堪、军政部长刘植藩并兼参谋长,我作副参谋长。四日宣布讨袁。龙支队到永川后分兵两支,一支由吕超率领进攻隆昌,一支是龙直接指挥,命李遐章营长为前卫司令,从王坪向立石站、寒坡场两处之敌进攻。据报四月拂晓已开战,但几天都无捷报,总司令于七日命我前去督战,我在模范营拨兵一班作卫队,兼程于八日到了永川,与龙光支队长说明后,次日即向王坪前进。到了来苏场附近高坡,听见前线枪声隆隆,我同行的参谋刘国佐立时下马,并要我下马掩蔽前进,我就把他骂了几句,说他是胆小鬼,滚回去吧,我就驰马到了王坪。我看阵脚已经不稳,李司令拟入夜撤守来苏,见了我去,大家兴奋起来,我说模范营全部来了。当晚同李商谈,问他这几天作战经

过,何以不能取胜,敌情如何,他说是乱打一气,我不好再问,只好命他令前线固守阵地,不要乱打,待我明白了解敌我情况,再下令共同作战。次日拂晓,我偕炮兵营长王维纲伪装农民到前线,把敌我双方地形及两军兵力驻扎和前哨的配置,搞了半天,弄清楚了,绘成略图,然后回去找李司令讨论,并告知他要如何作战才可能取得胜利。李初以为我只能坐而论道,听我说话之后有点诧异,他说这里没有团长,大家都是营长,他过去不便于下命令,只是个别通信说如何作战而已,要求我作临时指挥。我当即草拟作战命令,交李阅看,如认为对,立命写好分送各营长。他说好得很,过去还不知命令要如此写法。我说今晚各营照令行事,明日拂晓攻击,不半日可以取胜,还可以夺得大炮一门。次日战果一如所料,把敌据点寒坡场占领了。当晚召各营长开一临时会议,告知立石站敌的情况,要他们共同研究如何作战的方法,推一临时指挥,步伐一致,以军令从事,才可能操胜算,并说我是奉命督战,还须折回永川到荣昌看攻隆昌的情况。次日我回永川,龙光接总司令密电,命我作该支队前敌指挥,并要我仍回王坪,进攻立石站之敌,直捣泸州。第二日早饭后正离支队部出发,而李司令由担架抬进营门来了,我忙转到支队部,李说我去后他们会攻立石站受伤,吃了败仗,敌人把寒坡场夺回去了。我立即驰赴王坪,尚未到达,见各营大小行李,及一些散兵纷纷后退,我马上督令折返原地。前线闻我到了,一鼓作气夺回了五里店阵地,相持入夜。当晚召集各营长会议,并布达我已正式奉命为前敌指挥官,随与各营商谈以后如何作战,听取各营长报告几日来的敌情后,我根据所报,分析判断,提出战术方针:因寒坡场之敌已明了我上次取该地之战术,此次我应改变方针,以少数兵力佯攻寒坡场,敌认为我必须取得该场,才敢于进攻立石站,必置重兵于寒坡场。我正好出敌不意直取立石站。有一位营长不同意,认为侧敌行军,犯兵家之大忌。我说正因为如此,使敌人料我不敢做,而我才这样做的。我们对立石站正面之敌,表面应仍如往常一样,似乎取守势,而另用轻兵从右翼于拂晓前进入立石站后场口,待拂晓猛力向场内进扑,敌必从正面抽兵回救,阵脚一动,我军加速猛攻,前后夹击,敌军垮矣。各营长无异议。正拟草命令中,忽报敌人向我进攻,并放排枪,全阵线皆然,似乎夜袭,我立命令各营长返回阵地,沉着应付待命。但我判断敌人如欲进攻,不会全线放枪,作决战姿态,或许欲退而故作进攻模样,希各营长细听:若果枪声只在原地发出,或其声距离渐远,甚至突然减少一大半,必有撤退之举,应即派一小部,威力侦察,如确是撤退,立即跟追。及后果如所料,追至石洞镇时即与我军吕超所部会合了,正向小市追击。我次日到立石站,正在检阅敌

军遗下的一些文件,永川送来一封急电,总司令命我抽兵四营回救重庆。因黔军黄毓成到了南岸,胡军王陵基先头已到磁器口。我看抽兵已不及,即专函吕超,告以镇静相机处理。我先回永川,在电机上问话,总部无人接电,我立即加快回渝,行至白市驿,遇着营长邱廷薰从重庆而来,说重庆已失守。我们折回来凤驿,待前方部队撤回时,同龙支队长会商办法。我问邱,重庆失守的情况怎样,他说初拟守城待援,因南岸和磁器口之敌均逼近,重庆总商会邀各国领事出面婉商总司令,说前方回援不及,全城人烟稠密,经不起炮轰和大火之灾,望悯念无辜的人民。时陈泽沛与向传义自省外归,商会推陈为临时司令维持治安。因而熊总司令召集商会首事当面交代与陈而去。一二月间前方部队纷纷到了(大约九月十四日晚间)。我约龙支队邀请已到的军官,率队绕道下游万县过江,进入酉秀山区游击待机。但自支队长以次,无一人敢干。满街皆兵,秩序渐见混乱,很多眼睛向支队部扫来扫去,我急向龙光说赶快把队部的饷银尽数分发与各营支配,资遣官兵回家。这一部第五师部队就此星散了。

我同邹有章团长(合江退回来的)及其副官赖某从璧山到磁器口,住老友淡春谷家中。黄毓成、王陵基在城内打起来了。但在南岸御敌受伤,住在医院,专人回家要我即在他家等候,待其出院一同出省。邹、赖去了之后,不久,来凤驿传来消息(淡之母舅赵某所谈),说江防军退到来凤驿后队伍中有人在场口坟坝内集合,商量抢劫白市驿后,拖上山做土匪,参谋长陈先沅闻知,立即到场向他们演说劝阻,而领导者极端反对,必欲为所欲为。陈痛哭流涕,跪地婉说,制止不住。眼见哗变在即,陈拔出手枪自杀,队伍中有一人随即将倡首者打死,全部感动,各自散去。市民感陈之德,大放火炮,将陈厚葬于郊外,连日来很多居民男女尚去坟前烧香焚帛叩头礼拜云云。

附注:陈先沅(字芷香)是清朝云南昭通府的知府,号称清廉之官,反正后回四川任江防军司令部的参谋长(司令是余际唐)。

(选自《四川文史资料选辑》第三辑,四川新华书店发行,1962年)

护国之役回忆录

一

一九一五年(民国四年)袁世凯帝制自为的阴谋逐步暴露。用美国人古德诺、日本人有贺长雄在报上发表论文,认为民主共和制度不适宜于中国。又日本

向袁世凯提出二十一条要求，举国反对，而袁竟悍然承认，即可看出迹象。我内心预计，要反对帝制，起义发难根据地，最好是云南，因于夏间，找周官和、郭昌明到昆明去探察军政界及一般舆论，随后得他们的报告说，赞成帝制的太少，尤其是军界的中下层十之八九都反对。八月间云南军队中已派有一团长董干臣到上海来打听革命党人对帝制的反应，听说还到日本去见了孙中山先生。其时杨度等已发起了筹安会。九月，熊克武同志自南洋回到上海，谈及在南洋的同志们极注意帝制问题，所以返上海来想了解一些情报，以便准备届时发难，声罪致讨。我把情况告知他，就说我们要几天一路折回南洋，同同志们商量办法。嗣后我们已经买好了船票，三天后就要起身到新加坡。有一天我去访问朋友，路经老靶子路遂初精舍门前，遇着郑孝胥送客出门口，他回头见着我，就把我拉进他屋内，说有要紧的话向我谈。因中国公学成立时，他当校长，所以认识我。他问我，方才送出去的那位客你认得否？我答不识。他说：那是孙洪伊，才从南京回来，特向我说袁世凯急于要做皇帝，已令各省于今年十二月以前召集代表会议，以投票方式强迫赞成君主立宪，一俟大多数省份投票之后，就先期成立大典筹备处，决定于明年元旦改元登基。我要告诉你的，因孙洪伊说冯国璋不赞成，而且王士珍、段祺瑞等，内心都是反对的。你们革命党是根本反对帝制的,南京不久要开会投票,你何不联络你们的同志,届时去打炸弹破坏会场,使冯国璋有所借口,劝袁终止称帝。我答:袁做皇帝,我们一定要把他打倒,不仅事先打炸弹破坏而已。于是我告辞后,立去向熊克武同志谈,以郑某所说的情形来判断,时间迫切,应及时行动,我们不可再转新加坡去了。随后我们就去找李根源同志商量,提出必从云南发难的理由,详细研究之后,李非常赞同,并由其通知在南洋的同志,从速回国,共谋进行。他并说李烈钧与唐继尧友好,一定要约其同去,还要派钮永建到广西联络陆荣廷,要他于云南讨袁时起而响应。

十一月初旬,熊克武同志得李烈钧电约去香港一同去昆明,熊即偕李蔚如、张冲、余际唐、刘国佐、陕西井勿幕和其友徐惟一、郝达庭、阎静斋等(井是拟从四川到陕南策动革命的)同去。我在上海尚要组织一部分同志由长江潜回四川,准备策动军队和组织义军响应起义。那时如刘伯承司令员及吕超等一行,都是由长江回川的。十二月初,我安排好了,正要动身,刘国佐从河内转回上海来了,他说熊等均阻于河内,因唐继尧派人来说,不许他们就到昆明。我知刘是个胆小鬼,就仍按期出发。临行前去找李根源晤谈,据他所得的消息是:梁启超等有布置,要蔡锷逃出北京到云南联唐倒袁,所以唐要等蔡出险后,才让熊等到昆明。李希望

我到河内后，我一人单独到昆明，或不会被阻，先去见唐，不待蔡到，先通电反对帝制，蔡到后再通电出兵，这样方足以表示云南和革命党早就有联络反对帝制，何必让进步党专美，而掠夺革命的果实呢？并说："我知道唐有点怕我，你告诉他，叫他尽管干，我李根源不会回云南同他争政权的。"我同邹有章、王维纲、彭远耀、傅常等到河内时，熊等已到河口，我到河口，则闻昆明已派唐葵赓、邓泰中来欢迎。

十二月中旬抵昆明后，熊一人在邓泰中家，唐继尧曾到邓家与熊晤谈，并约我去一同见面，唐问及各方面反对帝制的情况，熊特别与唐打气，说舆论几乎是普遍反对的；照军事上看，只要云南出兵，把袁军能战部队牵制在四川，两广一动，各地摇旗呐喊，袁氏就垮了。唐说蔡松公已由神户向香港出发，不日可到昆明。我趁此就把李根源劝由唐公先通电宣布反对袁氏称帝，俟蔡公到后再联名通电出兵如何？他说不行，因与松公早有计划，必待他来，才能知道一切情况，才便于发动。唐随即说他打算先出兵而后宣布，已命和卿预备好，请你们四川的朋友即随同邓团出发，进占叙府，不让后来北方增援部队与四川的陈宧军队结合；我们大部队伍，随后向泸州重庆进击。并说出发时有所需要，尽管告知和卿（邓泰中的别号）。

十九日，蔡同戴戡、王伯群等到了，当日晚唐即到五华山都督府宴请到昆明的重要来客,和他的重要将领。先行开会议,洽商讨袁问题,在座的除蔡、戴、王三人及熊克武、李烈钧、周官和与我外,其他是省长任可澄及滇军将领,我能记忆的有罗佩金、黄毓成、张子贞、刘祖武、杨蓁、邓泰中等共二三十人,余皆不能记忆了。会议时,先由唐介绍参加会议的人员,并说袁氏背叛民国,帝制自为的情形,云南有声罪致讨之责,是以早与蔡公有所计划,今蔡公已到,请蔡公将外边的情报谈谈。蔡即谈袁氏阴谋称帝的经过,他在统帅办事处时,各省一些督理军务长官上表称臣、请袁做皇帝的文件,王士珍看了都递给他看。大家都是抱心非的态度,都怀疑这个皇帝是否做得成。至于一般的人,则没有不反对的。所以只要云南起义,闻风响应者必多,袁氏一定被打倒。我们必先出其不意,从速发动。现在即商洽如何出兵的问题。随即请由戴戡将梁启超所拟的讨袁通电稿拿出来念了一遍,大家都说好,只有目前与拟电时的情况,稍有不同,须略加修改。戴戡说任公的文章,旁人何敢改他一字,须电请他自己改。有人说这不是改文义,而是人事变动,只改一点名词,时间迫促,无须周折。戴仍坚持。李烈钧说,可以不必,在座的任可澄先生就是大手笔,请他改几个字,恐怕任公也不会不满吧?大家同意而罢。次即提出出兵方略问题:定名为护国军,设总司令一员,下设两个军,第一军总司令

出四川,第二军出广西,拟以蔡锷任一军,李烈钧任二军。时唐要求出川作战,留蔡坐镇,总理一切。滇军内部将领反对。蔡说:"当然应由我出外作战,此次战争最重要是四川,只要北洋兵不能取胜,成相持之局,风声所至,四方响应,袁政权就倒了。第一军方面组织较大,拟分三路进攻,正面由我亲率两个梯团从永宁进攻泸州;由循若(戴戡)回贵阳联络刘如舟,驱逐巡按使龙建章后,以第一军右翼总司令名义率黔军由綦江向重庆进攻,左翼总司令暂不设,先由第一梯团先行出发迅速占领叙府后再订。"大家同意蔡锷的提议。唐就说出川军队,事先已有准备的,以刘云峰为第一梯团长,下设两个支队,以邓泰中为第一支队队长,以杨蓁为第二支队长,邓支队已准备好了,随时可以出发的。会议就此结束,举行宴会而散。

十二月二十日,邓泰中即奉令出发,并说唐总司令希望熊师长一行的同志们与第一支队同时出发,以便熊进入川境时召集旧属帮助作战。我们一路先行的,有李蔚如、余际唐、邹有章、傅常①、周官和、张冲、王维纲、彭竹轩、郑奠堃等,还有井勿幕等四人及四川一些同志随后跟进。另外杨森、向传义、张煦、刘光第等则预定跟同蔡总司令到永宁,我们二十六日过东川时,得知昆明已于二十五日宣布讨袁了。到了昭通,已知第二支队和梯团部已出发跟进,并催促第一支队飞速前进,如遇敌抵抗,可相机进攻,无俟梯团部的命令,但必须随时报告。我们到达盐津(老鸦滩)后,再过滩头新场即交四川界,据报四川界上两处高山险要的燕子坡上面和我军右侧马耳朵梁子均有敌人。我们四川的一行人,就分头去和当地居民联系,侦察敌情。地形及道路的工作,一面宣传袁世凯要做皇帝,背叛民国,我们要起义讨伐袁贼的道理。群众欢欣鼓舞,有些就自告奋勇,愿意当向导引队伍走捷路打敌人。我们了解敌情之后,向敌进攻,尽管是高山,有了本地人带路,出敌不意,不半日就把敌人的第一险关突破了。从此跟追,在捧印村、横江等地都没有打仗,敌军已退过金沙江的安边场,隔河而阵。我们到了横江,有些沿途的地方士绅,跟着跑来了,如李乐伦、曾峻生、曾益周等他们都指手画脚,要如何如何打敌人。李乐伦并动员一个巡防军的连长曾一清,带所部投效熊师长共同讨贼。于是我们这时有一连自己所直接掌握的九子毛瑟枪的队伍了。

在横江时,杨蓁率第二支队到了,就商量进攻安边的计划,那时渡船已被敌人收往彼岸去了,杨支队长自以为来退,愿率部在金沙江上游的娄东一带选择地方渡河,从敌背面袭击敌人,要一支队隔江佯攻牵制敌力。按照此计划,我们同第一支队向敌人打了一天炮战之后,入了夜,我感觉敌人的应声枪太少,我有些怀

疑，找新来的曾连长商量，问他的士兵中有不有本地人？他说：奉命来防御滇军时，就在横江一带募集了十多名以补原来的缺额。我说，你去问问有无弄过船的樵夫子，他问后转来说有四五个，并且他们说下游十多里有一个渡口，有一只小船，但不知被敌人搞去没有。我说，你去选三四个人到渡口查看，对岸如有敌人则船必不在，如船在，对岸必无敌人，就可乘夜渡江。一定要避开敌人的哨兵警戒线，从小路绕过安边场后侦察敌人跑了没有，务要拂晓前到达，并要派一有军事知识的排长同去。过后刚睡到天亮，河边上人声鼎沸，那几个兵把对岸船都撑过来了，大吼敌人已经跑了，赶快过河！我们渡江后，大部队伍自然需要经过一些时间才能渡完，而且还要等第二支队和梯团部到达才能决定进攻叙府的计划。我们四川的一群地头神，就趁此作敌情研究，并拟派谍察侦探敌军的实情。我说照军事上说，敌人如坚守叙府的话，安边这样的据点，就不该轻易丢掉，因此可料敌不会坚守叙府。现在我们可分两路，一路化装土人搭揽载船，沿江而下，相机进止，一路从陆路侦察而进，如有敌情，专人回报。于是地方上的士绅们，愿意一同前往，李乐伦、张冲、王维纲、杨君良等就同他们一直去了。但等到第二天只收到柏树溪的回报，那里已无敌人，他们已赓即向叙府侦察前进。但水路方面，毫无消息。第三天早第二支队陆续到达，一支队第一营长李文汉和我们就向柏树溪出发,刚到场口,王维纲等迎头跑来,说敌人早就跑了,见我们的队伍无影响,才赶到转来欢迎。我们就同李营进占叙府,其时系一九一六年一月十八日(农历乙卯年腊月十四日)。我们在叙了解的情况:当面之敌初为伍祥祯混成旅,后又另配一部分汉军(系巡防军改编的,统领系张占鸿,后为张鹏午),当我军开始作战之际,伍部未大抵抗而节节退却,竟放弃叙府而不守。叙府与昆明的里程,大小二十四站,即是要走二十四天,但我们二十八天就到了,直等于行军而已,那里像作战呢?闻当云南出兵之际,四川陈宦命伍旅前来迎战,伍祥祯系云南人,他不愿对故乡子弟兵作战,所以他一直推到自流井去了。

二

第一梯团全部到达叙府休整之后,即在吊黄楼架起浮桥,预备向自流井进攻。据报,一月中旬戴戡已联刘如舟把巡按使龙建章驱逐了,但到下旬,刘如舟才宣布独立出兵讨袁。除王文华率一部向湖南进攻外,戴戡以护国军第一军右翼总司令的名义,率领黔军熊其勋混成旅向重庆进攻。蔡总司令已到永宁,二月一日,四川第二师师长刘存厚起义随蔡进攻泸州。此时各地有些地方团队与原第五师师长熊克武师长有关系者,

都来请熊克武收编。如江安县的蔡时敏、熊绶勋,况场的倪焕文,安岳蓝大猷及吕超收编的陈华封等。因此,关于军队的名义及如何组织成军,初拟为护国军四川义勇军司令,向刘梯团长商洽,刘认为可以。但杨蓁支队长持异议,认为如称护国军就应当用云南的名义,而四川来的团队用外省的名义,不大妥当,况经费是我们自理,并未起饷,只支伙食费。于是暂且留用原来各地名义,分成两部分由周官和及吕超带领。不久,据探报自流井之敌军大部已由白花场、打铁坳一带集中向"宗场"前进,意在攻占叙府。梯团长当命部队迎击,第一战不过打了一天就把敌人打退了,我军未深追,就在宗场后方扎下。隔几天敌人又来,又把他打退了。那时我随时都同邓支队长一路,等于他的参谋,当第二次打了胜仗后,我向邓建议率领全部追击占领白花场,进窥自流井。我们到打铁坳之后,梯团部来命令,不许孤军深入,仍令折回宗场就原阵地作战。但是从此长了敌军的威风。大约从二月中旬以后,敌军总取主动,完全采取攻势,我军采取守势,完全成了阵地战,但每战则必胜。每次少则战一日夜,多则战三日夜,总在宗场打拉锯战。敌人随后分三路来,敌军越打越多。我军只有一梯团,初只四营,过后加了一营,共五营。尤幸敌军三路并没有同一天来,总是相差两三天,所以我军左右逢源,能把敌军各个击破。此时刘梯团长以为我军虽然每战必胜,但战斗兵越战越少,知道由云南募补充是困难的,因见川军是绝不可少的,才请命于唐,委熊为护国军四川招讨军司令,于是我们才正式成立司令部,以但懋辛为参谋长,李蔚如为参谋兼军法长,郑奠堃为秘书长,余际唐为军需处长,张冲为副官长,另设一筹饷处,处长为吴适君,其余人员都分各处安置,大体都机动使用,见啥做啥,不一定拘守本位,处于非常时期,也并无所谓新饷,官兵一样开大锅饭,只医药由公家支付。下编两个支队,第一支队周官和,第二支队吕超,司令部直属两个独立连,其中一个是清一色的洋台枪,大约有六七十支,这就等于是炮队了。

大约是在二月底的一次战争:敌军三路进攻的时间,仅差一天,上游牛屎埫是朱敦五统领巡防军若干营,下游白塔山是北军的冯玉祥混成旅,正面是北军和川军钟志鸿旅。先接触的是上游,那里是我们招讨军在防御,滇军才派一营人加上作战,就把朱部击溃了。第二天正面之敌大肆进攻,从朝至夜,均极猛烈。是夜二更后,梯团长来命令说,昨天下午白塔山方面之敌向我进攻,我军只田钟谷营一营,万难支持,要撤退守南岸。其时邓支队长正酣睡,呼之不应,我想那时敌军正在夜袭中,如我突然撤退,被敌跟追,则损失必大。当即代邓拟一回报,请梯团长令杨支队长率警卫排立即驰来前线,于拂晓前到达,届时声称援兵到了,并予反

攻,将敌击溃,然后撤退。嗣后邓睡醒起来,我将命令给他看,他说快下令照办,我说快天亮了,不能撤,并将回梯团长的报告向他说明。不久杨蓁到了,立即传令全线反攻,出敌不意,不到二十分钟,敌军全部溃退,即派了一营跟追,杨率两营向右侧驰援白塔山,然后把正面队伍撤回南岸。傍晚白塔山之敌,亦已被我击溃。

我军徐徐撤回南岸后,而敌军数日无进攻消息,三月初旬左右,泸州方面,因进攻到兰田坝失利,已失掉了纳溪。蔡总司令到大洲驿督战,因而在棉花坡一带打成了阵地战,忽来令要第一梯团派兵二营下去增援。梯团长马上召集邓、杨两支队长和熊与我去秘商。大家认为叙府正面之敌,虽已有六七天未来进攻,如以后敌来攻时怎么办?两支队长自然认为要服从总司令的命令,但经过一个多月的战斗,各营伤亡都大,补充亦不够,不说抽两营走,就不抽如遇敌进攻,恐亦难于支持。两支队长不作肯定的意见,推由梯团长决定。梯团部参谋长张璧说就遵令派两营下去。刘梯团长就问我,我说,泸州是蔡总司令亲自对敌,那里的战争的得失,比叙府重要,如要去稳定阵线,打败敌人,不如只留一营在叙,其余四营都下去,使那边速获胜利,则叙府不足虑。我们沿江而守,敌来进攻时,我们能守多久就守多久,以待下面打胜仗。万一不守,我们退到横江,与敌隔河而阵,亦可多鏖时日,以观变化。而杨蓁大不悦,大骂一气,连说那我就不管。结果刘梯团长找各营面谈,营长们都愿下去。两支队长都不去。此四营下去之后,蔡总司令反攻,打了一个大胜仗,但是抽兵回叙,已成为不可能。而敌人方面的冯玉祥又来攻取叙府,隔河炮战了一日。入夜之后,城内派人来说:两个支队长不主战,已经负气而去,梯团部亦随即撤退,叫我们自己处理。此时招讨军士气已馁,那能单独支持,即下令沿江守兵,陆续撤退,必须以少数兵支持至夜半十二时始撤。叙府从此陷入敌手。我们到了横江之后,第二支队的田钟谷营长向我说:"杨映波(杨蓁的别号)大怪你们吹牛皮,说什么反对帝制,冯国璋都赞成,陆荣廷一定会响应起义,今云南打了两个多月的仗,而广西不但不响应,而且放龙觐光攻入了剥隘及云南的开化,临安一带都震动了。"他要回昆明向唐建议,取消独立,把你们一批吹牛的乱党杀了来立功赎罪。我说那么何以对蔡总司令呢?这样配作革命军人吗?田说我也是这样想,所以特别留此,不跟他一路走,请你们注意。我问他打算走哪里,他说将同梯团部驻盐津县,听候蔡总司令的命令。我们带着队伍,向筠连庆符一带择地驻扎,司令部驻建武城。三月底以后,得知蔡与陈宦协议停战,袁世凯已取消帝制,但仍做总统。又知三月中旬陆荣廷已起义响应护国军。那时正是我们退入建武的途中,听说杨、邓两支队长走在昭通

大关时,被唐打电阻止回昆明,并且挨了一顿臭骂,在进退两难中。我们在建武驻下后,井勿幕就要到大洲驿见蔡,我们派了两个差遣同他一道去,并将我军退出叙府后一切情形,写了一份报告请代呈总司令。四月初旬,井勿幕来信说,他要回陕西策动陈树藩独立,并说陈宦已与蔡协议停战,先是停一星期,现又延长一个月,陈将派代表刘一清、雷飚来与蔡面商一切。我们得这个消息之后,熊克武同志就同司令部的同人商议,估计目前的局势,战争可能不再打,要打亦不必久驻建武城,于是就移驻庆符县的沙河驿,整理队伍,筹划饷糈。到了五月初旬,据报陈的代表与蔡会商后停战期又延长一个月。熊司令派我到大洲驿晋谒蔡总司令报告经过,并问省外对袁的态度,蔡面问我军编制情况,我说仍只两个支队,我们主张充实,而不愿虚张,蔡点头称善。他因喉结核病失音,即命秘书长李子畅来向我说省外一切消息,过后我还去见了刘存厚。

我回沙河驿后,见继任我的参谋长卢师谛不在,我问熊克武同志,他说挽留不住,只好听他去。因为卢是叙府将失陷前几天到的,他到了我非常欢迎,并建议熊委他作参谋长。我向卢表示,我们为了革命,必须团结合作。卢原是老五师的第十八团团长,民二讨袁失败之后,他参加了中华革命党,他又是谢持领导的小团体中人,他们不满意熊参加欧事研究会,说熊是小黄兴,他是中山先生委的四川革命军总司令,所以我们看见他到了叙府,就欢迎他,以为可以合作的。那知是借路过,我料他将来会与熊闹分歧的。

三

五月二十二日陈宦宣布独立后不久,得左翼总司令罗佩金通知,说袁世凯委周骏为崇武将军督理四川军务,四川陆军第一师改编为中央陆军第十五师,以王陵基为师长兼重庆镇守使,周、王将上成都攻击陈宦,要我军到自流井集中待命。我们立即移动,当经过南溪时,刘存厚的司令部抄送了一通唐继尧与滇军将领的秘密电与熊,除说努力打倒周骏外,四川军政权无论属于蔡公或属他人,而滇军必须编住在四川,不论撤回云南。刘所以抄此电与熊,其意是要我们了解唐之用心,也就隐伏他对于周、王打陈宦时,他坐在新津不动,周败他就先入省城,以及后来抵抗罗佩金及戴戡的线索了。六月中旬,我们到了自流井,已知袁世凯已于本月六日倒毙,同时奉罗佩金的命令,说周骏、王陵基奉袁世凯的伪命率兵上成都攻陈宦,陈不战而逃,现在非驱逐周、王不可,令以顾品珍梯团攻资中,以雷飙梯团攻内江,以招讨军攻隆昌,并即分头出发,三路互相联络,互相支援。熊命我作临时指挥,我探得隆昌之敌,系刘湘旅所属的陈允彝团及一部汉军,陈号称陈蛮子,

是刘旅的精锐,武器好又能战,以我军实力比较,当然很差,我向士兵动员说:第一,周、王奉的是袁贼的死命。第二,敌人是一字长蛇阵,从重庆、永川、隆昌、内江、资州、简阳、成都都摆起的。第三,我们的友军都在分段从敌人的腰间作战。敌必败溃无疑。当战争开始时,敌军边打边退,我军节节胜利,到了隆昌不远,敌军固守一个阵地,两挺机关枪一门山炮,我军攻至下午五六时,不能得手。我把我的总预备队两个独立连带上前线,将六七十支洋台枪集中向敌人的机关枪阵地一齐发射,不久就把敌人打垮了。追至隆昌附近已入夜,相持至晚十时左右,敌人突然反攻,大炮、机枪乱轰起来,周官和来说,我们的队伍已经垮下来了,我说不行,赶紧堵住就原地布防,深夜敌人必不敢追,而且乱放大炮,一定是欲退示进之意,并速派人与左翼吕支队取联系。拂晓,知敌人全部向荣昌永川退去了,我立命周支队向荣昌跟追追击。次日得内江消息,内江已下,有一营汉军陈营长,经我们的同志谢思九的策动开城投降。雷梯团已去助攻资中,要我军赶紧跟进,我们的任务是从沱江东岸抄敌之背。但我们到了简阳,则罗佩金率顾、雷两梯团已到了成都,周、王从北路溃逃。

四

七月中旬我们在简阳,得到成都消息,刘存厚有迎蔡拒罗之说。同时蔡锷已经北方政府发表为四川军务督办,罗已急电泸州催蔡从速晋省。我同熊商量就驻在简阳等蔡到时,再取进止。并会谈今后如何自处。我说此次讨袁,我们革命党没有取得一个省为根据地,我们虽在云南首先参加起义,而这又是进步党事先有准备的,如蔡不到昆明,唐还是犹豫不决的,可见我党已经成了附属品,要想中山先生领导的革命完成,又落空了。我们组成的这点军队,虽也帮助摇旗呐喊,也方不能居功的,因为没有滇军起义,我们就不能建立的。我们不知蔡对我们的感想如何,但我们必须先行表示呈请裁遣,自愿告退。熊与各同志,均以为然。于是将呈文及表册备好,等待蔡到时熊和我就去请见。当见面时,熊略述经过,将呈文面交后,蔡问现有军队多少,熊答仍只两个支队,蔡说那好,现在万不能说告退,以四川局势来看,仰仗的事甚多。当将呈文退还,并嘱赓即到省,再行详商办法。我们到省后,不久,蔡约熊同我去向罗佩金等面谈,提出川东起义的地方势力甚多,望熊去整理。首先要熊作川军第一师师长,征求熊的意见,熊在迟疑间,我就说该师是原十七镇的底子,两次讨袁都与革命的第五师作战,这样做恐不相宜。蔡问那用谁好呢?熊引该师历史说,是否可找周道刚作师长。蔡说好,那么我现在拟先保荐你作重庆镇守使,编师事请以后与镕轩(罗佩金别号)洽商办理。随即

说中央方面原要他进京入阁办事,后又要他把川事整理就绪才去,因为到省城清查档案,感觉四川关系西南太大,而今后全国的问题正多,不知如何变化,不如将西南整理好了,可以转移全国的局势。因此,他将立即要去日本就医,以便早日回川任职,决心不到中央做事了。最后叮咛:"川事暂由镕轩与循若协商整理。锦帆先生,你是四川人,务望特别帮助,川东事务严重,尤望耐心处理。"

蔡去后,罗约熊和我去面商,罗说:"关于四川各军编师事,已由蔡公电周道刚回川领第一师,第二师仍然是刘存厚,第三师是钟体道。至于第四师问题,因陈宦独立时委了杨维为一师师长,卢师谛为第四师师长,这次拟合编成为第四师。至第五师师长就由锦帆兄兼任。可是中央规定四川只允许仍编三个师一个混成旅,如今已有五个师,将来一定要缩编的。如到了川东改编地方部队时,最好将所有杂枪仍归还地方,如编多了,缩编时发生困难。锦帆兄你要知道,此次松公嘉许你的是:'经过半年多的战争,你仍然是两个支队,而且在隆昌还能作战,认为你是国家的人才。'今后望你好好干。"熊一一答应,罗即嘱如无另外之事,望早早预备到重庆。不几天第五师师长发表了。

八月中旬后,我们应办的事,都已完结,行将启程东下时,发生杨维与卢师谛关于一、四两师合并改编的问题。督署来电话,希望熊多留几天,因杨、卢相持不下,要熊从中调解。同时杨、卢二位,亦以过去同盟老友的关系,请熊向罗督善为说辞。杨以过去的革命历史,及此次护国军起,他在灌县起义后,在省垣附近,纷纷发动起义军,所以迫使陈宦独立,并占领了兵工厂,而且为保卫该厂与王陵基作过战,论功该他做师长。卢则以他原是中山先生早委的四川革命军总司令,是真正的革命党人,曾在省垣附近,纷纷组织义军,才迫使陈宦宣布独立,而且北军撤走时,他的同志王靖澄,仅仅一个连的兵力敢于起义打击北军,这个师长非他当不可。此事经熊反复劝解与督署往返多次的商洽,以杨过去曾当过四川省巡警总监,此次起义,警务界人员最多,不如仍旧还警界安置,杨认为只要不编归第四师,而部下又有安置,本人可以退让,罗督允对杨另外任用。此事费了十多天的工夫,算告了一段落。我们八月底动身下重庆,九月十五日到达,那天是农历八月十二日,民国二年讨袁失败,熊是这一天出走的,恰恰满三年。

  以上所述:是四十多年的事情,回忆起来,当然不够全面,错漏在所难免,而且病榻上写成的,边想边写,也有一些不关紧要的,因精力不佳,也就从略了,如有同志们据所知而加以指正,这是笔者所仰望的。

  一九六零年六月三十日记于四川医学院附属医院

内科大楼第五病室第五病床。

（选自《四川文史资料选辑》第三辑，四川新华书店发行，1962年）

注释：

①傅常（1886—1946）：字真吾，潼南人。幼年家贫，16岁入陆军弁目队，旋转入四川陆军速成学堂。后东渡日本，参加同盟会，从事旧民主主义革命活动。癸丑讨袁失败，被通缉，逃亡上海。护国军兴，回川。历任刘湘部旅长，驻南京、上海总代表，川康绥靖公署兼二十一军参谋长。抗战开始，任第七战区长官部参谋长，刘湘死后即辞去军政职务。曾与张澜等组建中国民主同盟。

夏 之 时

夏之时(1887—1950),字亮工,四川合江虎头乡人,清光绪三十年(1904年),东渡日本,进东斌学校步兵科学习军事。1905年8月,在日本加入同盟会。清光绪三十四年(1908年)初回川,从事军事勘察和测绘工作。宣统三年(1911年),四川保路运动兴起。十一月五日夜,夏之时策动驻龙泉驿新军步兵三排,工兵、骑兵、辎重兵各一排共230余人起义。即夜率兵东下,亲手刻制"中华革命军蜀军总指挥印",出示安民。九日,至安岳,党人王休开城迎入。在安岳,他被举为革命军总指挥,决定开赴重庆。3日后,兵抵潼南,乘舟而下,直抵江北黄桷树。夏军来到,重庆革命党人有了武装凭借,精神为之振奋。十一月二十一日,派朱之洪前往与夏会商独立事宜。于是夏军兼程进抵佛图关。十一月二十二日上午,他率师举着上书"中华民国"、"复汉灭满"和"保教安民"旗帜,整队入城。当天成立蜀军政府,蜀军政府推张培爵为都督,夏之时为副都督,通电全国,宣告重庆独立。

民国元年(1912年)三月十二日,成、渝两军政府合并。夏之时任重庆镇抚府总长。五月七日,坚请辞职,再度赴日留学,攻军事。四川军政府准予辞职,赠游学费银三万元,以酬其勋。同年夏,在上海秘密从事反对袁世凯的活动。次年

二月七日,参与上海革命党人讨袁起义。"二次革命"失败后,逃亡日本。三月七日,在东京参加中华革命党。

民国五年(1916年)六月,袁世凯死,他返回四川。民国六年,护法军兴,被唐继尧委为四川靖国招讨军司令兼川东宣抚使。十二月,率贵州游击军两营击溃驻合江的川军一师邱玉华梯团,进驻合江。民国八年(1919年)初,率部到成都大面铺,交熊克武收编。民国十年(1921年),见军阀无义之战,争纷不止,心灰意懒,遂解甲归田,在成都创办锦江公学,任董事长。

1949年合江解放后,夏之时离开成都回到故乡合江居住,担任合江县治安委员会委员。1950年,土匪暴乱,受人民政府副县长之命,写信动员匪首夏西夒投诚。但随后却在镇反运动中被错误逮捕,1950年10月6日以"组织策划土匪暴乱"的罪名被枪决,时年63岁。

1987年11月,四川省合江县人民法院受上级指示,对夏之时案进行了认真复查,认定夏之时无罪,进而签署判决书,为其平反昭雪,宣布恢复其辛亥革命人士的荣誉。

2010年4月21日,经四川省委统战部同意,夏之时的墓葬从合江县迁回成都市磨盘山公墓功勋园内。

报告四川都督府暂代重庆镇抚府总长职电

成都尹、张都督、军团长及司、厅长、各司令同鉴:

成渝实行联合,所有在渝蜀军政府名义,应行取消,之时所任副都督一职,自应辞退。按约设蜀军镇抚府,置总长一人,成、渝两处又公推充任总长。自念能薄才短,建设实难,再三坚辞,始允卸职,由成都公推胡景伊来渝接理。景伊未到,暂由之时权代。

拟定自四月初一起即为取消重庆蜀军政府成立蜀军镇抚府实行之日。除报告中央政府及各省都督、各司令、各报馆外,合先电闻。之时叩。养印。

(选自《四川都督府政报》,一九一二年三月)

重庆镇抚府总长夏之时
报告四川都督尹昌衡任命熊克武为镇抚府师长电

成都尹、张都督及军团长、各司、厅长、各地方司令同鉴:

成渝实行联合,所有在渝蜀军政府名义,应行取消,之时所任副都督一职,自应辞退。按约设蜀军镇抚府,置总长一人,成、渝两处又公推之时充任总长。自念能薄才短,建设实难,再三坚辞,始允卸职,由成都公推胡景伊来渝接理。景伊未到,暂由之时权代。拟定自四月初一起即为取消重庆蜀军政府成立蜀军镇抚府实行之日。

据成渝条约,重庆应领兵一师,设师长一人。兹查熊克武经验有素,夙著贤能,吾川十年以来光复事业,

皆所缔造,备极艰难。广州之役,血缋弹雨,①疮痍横身,旋同黄陆军总长屡谋光复,北走燕、秦,斡运独立。武汉起事,又适来渝,编练蜀军,为鄂应援。以川省端(方)、赵(尔丰)未诛,大局可虑,即拟率队旋川,相机首难。②组织方成,即闻重庆独立,成都糜烂,③凤山、傅(华封)逆盘踞邛、雅,是以中央政府有经略甘、藏军司令之命。恰成都重立(原文如此——编者),端、赵、田(征葵)贼,相继伏诛,以川事已定,北伐实亟(应作急——编者),又领军亲赵皖、宁,是以中央政府有蜀军北伐总司令之令。凡此伟绩洪勋,久动人宇,④是宜冠之戎伍,表示群才,所有重庆镇抚府师长,即以克武充任。虽暂时屈伏,大局所关,勉任其难,令下之日,群情欢跃,镇我东南,实钦闻外。⑤

又查由张都督派来成都标长龙光,声望素著,军纪严明,足为全军模范,按照成渝条约,应充足镇军之数,即任龙光充第一旅长,所部兵士,编入镇兵之内。

至熊师长未到以前,师长职务,由第一旅长龙光暂代,会同第二旅长胡忠亮办理。

除报告中央政府及各省都督、各司令、各报馆外,合先电闻。之时叩。养印。

(选自《重庆蜀军政府资料选编》,重庆地方资料组编,1981年)

注释:

①缡:通"濡",沾湿。
②相机:察看机会。首难:首先发难起事。
③糜烂:毁伤,摧残,被踩躏。
④人宇:人间。
⑤阃外:本指京城或朝廷以外,此指国家里外。阃(kǔn),本义为门槛。

重庆镇抚府总长夏之时要求辞职留学致四川都督府副都督张培爵电

张都督鉴:

  前次要求辞职留学各条,实已决心。承派朱君叔痴、向君仙峤、张君佩军来渝,以南北虽经统一,大局尚未稳固,滇军交涉尚未终了,川省辽阔兼顾不易,故须渝设镇抚府以资镇摄,兼此种种关系,必留之时暂承其乏,大义所在,何敢固辞!惟现接南京来电,统一之局实已大定,北京风潮,无关大局,滇军交涉,业已办了,吾兄亦实任职。对于川东一隅,尊处已节节布兵,足资弹压,威望所及,拨见敉平。①似此情形,渝镇抚府总长不必之时,酌遣一人,即能称职。且交朱君携去之条件,原有川事稍定,到可以辞职之时,其游历留学各条仍为有效。现在军事就绪,尽可辞职,兼之建设事重,

自顾不能强使操刀，②无益有损。思维至再，惟有电请宣布此意，立见允辞退，达我游历留学之目的。之时虽陋，尚在壮年，倘借此一行，稍增阅历，效用民国，为日正长。区区此心，望赐原鉴。③如三月卅日以前，不派总长来渝接事，则轻舟一舸，不辞而去，恐尺书片楮无由更达左右也。④伊都督均此致意不另。之时之印。

（选自《重庆蜀军政府资料选编》，重庆地方史资料组编，1981年）

注释：

①敉平：安抚、平定。敉（mǐ），安抚，安定。
②操刀：本义为持刀、执刀，后比喻做官任事。
③原：原谅。鉴：照察、审辨。
④楮（chǔ）：落叶乔木。在此指纸。楮皮可制皮纸，故有此代称。

辞职通告书

川蜀政府各先生暨同胞伯叔兄弟公鉴：

自反正以来，之时之身得与我同胞情相关、谊相属、耳相闻、目相接已百余日矣。曩以反正之初，①身先发难，谬承公推，暂肩重任。然识浅才薄，处于非分，其慊慊思退之心，②固未一日或忘。惟因公仇尚存，北方不靖,川蜀之根基未固,民国之愿望犹虚,势不得不躬承其乏,与同志诸君协心组织,冀达完全之目的。幸天心厌满,人众思汉,清帝退位,南北息争,不数月间屏黜专制之余威,一变而为民国之共和。又值川中内难逐次敉平,③滇黔两军意见消融,成渝建设统一完成。固奉命以来,幸告无罪。此正之时避除贤路,脱卸仔肩之日矣。④然固非过为矫激浪、掷权利、以沽誉于同胞,而不自为计也。盖外观诸世,内省诸己,固有不可苟留者。之时以一介儒士,学兵东瀛,弱冠归国,余无闻知,痛满政之专横,不得已从事改革,初犹虑覆盆终古,⑤难睹天日,卒赖海内豪俊,大力共擎,振臂一呼,河山皆异,使数年之夙愿,一旦尽偿于目前,而之时之举,适当其会,则不可谓不幸。明者处世,适可而止,宠利居功,哲人所戒。此其当辞职者一也。大局既定,善后尤宜有方,之时之才,无异绵蕞。⑥成渝今虽合并,而渝城一镇,控制东南形势,疆域几分蜀省之半,又系通商巨埠,全蜀藩屏,内政外交,事事棘手,佐治偶尔失宜,不免前途贻患,纵同胞谅而宥我,⑦而抚衷自问,又将何以为心?此其当辞职者二也。玉质虽良,必待琢而成器;文锦虽富,学制总觉非宜。之时亦犹人耳,生质赋性,究何敢厚自菲薄,惟是学殖素荒,历练全无,既生文明之世,又值韶华之年,不乘此游观中外,力图进益,则荏苒光阴,瞬焉即逝,精神坐耗,长为世界畸人,后虽自悔,

无能及已。此其当辞职者三也。古人云,善作者不必善成,善始者不必善终,之时之愚,岂敢以作始自居。虽往事可言,不宜过饰,而国民之天职既尽,今日之责任固可稍宽。若夫作而成之,始而终之,蜀当有胜其任者,我则良敢语此?暮春三月,江南草长,一舸东下,去蜀逾遥。伏愿吾同胞各修天职,襄成新治,横绝四海,拓我汉疆,无复以之时为念。他日学成归来,熙皞尧壤,⑧复得自厕于公民,⑨之时之身有余幸矣。书不尽言,统希谅我。夏之时谨布。

(选自《重庆蜀军政府资料选编》,重庆地方史资料组编,1981年)

注释:

①曩(nǎng):先时,以前。

②慊慊:诚敬貌。

③敉(mǐ):安抚,安定。"敉平"即安抚平定。

④仔肩:所担负的任务、责任。

⑤覆盆:语出晋葛洪《抱朴子·辨问》:"是责三光不照覆盆之内也。"谓阳光照不到覆盆之下。后因以喻社会黑暗或无处申诉的沉冤。终古:久远。即社会黑暗没有尽头。

⑥无异绵蕞:指能力极为有限。绵,细丝,指小。蕞,小。

⑦宥:宽恕,赦免。

⑧熙皞:和乐,怡然自得。尧壤:尧之治下,此指中国。

⑨自厕:即置身。厕,杂置、参与。

饶 国 梁

饶国梁（1888—1911），字作霖，号绍峰，重庆大足人。1906年考入四川陆军弁目队，不久升入四川陆军速成学堂。1908年在速成学堂加入同盟会。次年毕业，任新军六十五标见习官。后弃职离军，先后到昆明、沈阳、重庆等地从事革命活动。1911年2月，约集川籍同志6人到同盟会香港统筹部参加广州起义的准备工作，并被吸收进先锋队。4月27日，广州起义爆发，在战斗中中弹负伤，力竭被捕。在监狱和法庭怒斥清政府的腐败，但求速死。4月30日被害于广州，年仅23岁。葬广州黄花岗，为黄花岗七十二烈士之一。

乙酉八月别家

我材终有用,[①]遮莫自沉沦。[②]
帝国名虽旧,[③]英雄志尚新。
痛心伤黎首,[④]拼命趁青春。
凛凛乾坤气,[⑤]茕茕父母身。[⑥]
此身难报本，得死可成仁。

忍拭家乡泪,⑦遂游大海滨。

(选自《重庆文史资料》第 36 辑,政协重庆市委员会文史资料委员会编,1991 年)

注释:

①我材终有用:李白《将进酒》:"天生我材必有用。"
②遮莫:莫要,不必。沉沦:沦落。
③帝国:由帝王控制,实行君主制的国家。此指清朝。
④黎首:黎民,老百姓。
⑤凛凛:威严而使人敬畏的样子。乾坤:天地。
⑥茕茕:孤独无依的样子。
⑦家乡:亦有版本作"乡关"。胡齐畏《饶国梁》一文亦收此诗,见《重庆辛亥革命时期人物》(重庆市地方志编纂委员会总编室编,《重庆地方志资料丛刊》,1986 年)第 133 页。该版本中,此句中的"家乡"作"乡关"。此文还收有饶国梁存目诗《由沪返滇途中》《庚戌十月在滇偶作》《庚戌十二月与妻覃惠仙》,存目文《绝笔书》。

己酉八月赴滇

餐风露宿苦奔波,
易水寒兮吊古歌。①
久辞家山魂梦远,
头颅欲试剑初磨。

(选自《重庆文史资料》第三十六辑,政协重庆市委员会文史资料委员会编,1991 年)

注释：

①易水寒：语出"风萧萧兮易水寒，壮士一去兮不复还！"《史记·刺客列传》记载，荆轲奉命入秦刺杀秦王，燕太子丹和宾客送他到易水岸边。荆轲的好友高渐离击筑，荆轲便慷慨吟唱了此悲壮的两句。

己酉十二月赴奉

成败原来听在天，

愈遭挫折志弥坚。

轩辕灵爽当冥佑，①

暗度子孙离九渊。

（选自《重庆文史资料》第 36 辑，政协重庆市委员会文史资料委员会编，1991 年）

注释：

①轩辕：即黄帝，后人以之为中华民族的始祖。

附：后人缅怀镌碑对联

看不惯鞑虏专横，为国捐躯，血染广州城边路；

行堪作邦人矜式，其身虽死，名垂棠邑陌上碑。

温少鹤

温少鹤(1888—1968),名嗣康,回族,四川巴县人。早年毕业于四川高等学校。先后任巴县中学校长、巴县劝学所视学、巴县教育局局长、巴县教育会会长、重庆商务日报社社长、重庆商务总会事务所所长以及益商职业学校校长、董事长等职。曾被推选为重庆留法勤工俭学分会的负责人之一。1928年当选为重庆市商会主席并连任多年,同年发起创办重庆第一个自来水公司,后又参与筹建重庆大学。抗战时期发起筹组巴县汽车公路股份有限公司,任总经理。重庆解放时,曾亲赴南岸海棠溪迎接解放军进城。解放后历任市工商联副主委、主委,市民建主委,重庆市政协副主席,市人民政府副市长,市回民文化协进会主委,西南民族事务委员会委员,四川省工商联副主委,民建中央委员,全国政协委员等职。

辛亥重庆光复的回忆

辛亥革命时,重庆光复先于成都,成都由立宪派操纵,重庆则由同盟会主持。重庆同盟会员主要是知识分子,大都以学堂为隐蔽之所,而以重庆府中学堂为根据地。余于一九零四年入府中学堂肄业，当时监督（即校长）为杜少瑶（名成章）先生。教员杨沧白（庶堪）、梅叙雨（际郇）、童文琴（宪章）、陈新知（崇功）先生均同盟会员。一九零六年府中学堂学生集资刊印同学录，废光绪年号，用黄帝纪元四千六百零四年。是年暑期余赴成都入四川高等学堂。同学中同盟会员有黄圣祥（崇麟，亦重庆府中学生，与余同时入高等学堂）、张列五（培爵）、张夷伯（镕）等（尚有多人，不悉举）。沧白先生则在成都东文学堂任英文课。一九一零年南较场（系高等学堂外操场）举行全川学生运动大会，因学生与巡警教练所巡警冲突受伤，各校罢课，高等学堂学生会推列五为代表之一参加抗争。当时省教育会长代表学界赴督署申诉，未得结果。刘士志（行道，高等学堂教习兼分设中学监督）和沧白两先生挺身往见总督赵尔巽（编者按，应为丰），严词力争，迫赵将巡警教练所提调撤差，以平众愤。沧白先生不久返渝，任府中学堂监督，并延列五为监学。同时，杨席缁（霖）任川东师范学堂监督，朱叔痴（之洪）任巴县女子师范学堂监督，谢慧生（持）任女校教习。朱必谦（蕴章）任巴县中学监督。周季平（国琛）任体育学堂校长。圣祥亦来重庆，临时代课。他们均以同盟会员担任教职，借便暗中活动。沧白先生与列五居中筹划，联系各方，准备待时发动，推翻清政府。

辛亥五月,争路事起,成都成立保路同志会,重庆亦成立保路同志协会,叔痴被推为代表之一,继又代表路股赴成都参加股东大会,不久返渝。端方入川至夔府,值成都蒲伯英(殿俊)、罗梓青(纶)等被川督赵尔丰拘留,叔痴又与刘锡封(祖荫)代表赴夔上书请愿。武昌革命消息传来,龙泉驿新军夏亮功(之时)率队起义,东下来渝,重庆光复时机已至。同盟会员密谋起义,筹划愈急,在体育学堂储积枪弹,训练学生,准备力量,并与当地士绅联系,争取同情支持,推叔痴、圣祥往近郊接洽亮功,相为呼应。

十月初一日,重庆同盟会员与当地开明士绅在县庙街三忠祠前重庆总商会密议,推向仙乔(楚)、温鹤汀(仁寿)、杨俊卿(朝杰)往说防军统领李觐枫(湛阳),事载《巴县志》。觐枫父李耀廷(正荣,云南恩安人)经营天顺祥,执盐业、金融业牛耳,为西南巨商。重庆总商会(原名重庆商务总会)初成立时,耀廷曾任总理(即会长)。觐枫在伊父培植下,官至广东巡警道,数月前由粤回渝省亲(当时闻人云,黄花岗烈士攻督署之役,但怒刚(懋辛)系广州狱,其后递解回川,系随觐枫同来重庆),端方来重庆时,以防军统领属之。鹤汀为余父,长于诗画及中医,与李氏父子有交谊,故被推与仙乔、俊卿往致说词,免生意外。

十月初二日(公历十一月二十二日),由同盟会发动,在朝天观城议事会集合起义人士,各持手枪炸弹。石青阳(蕴光,曾在府中学堂肄业)、卢汉臣(哥老会首领)组织敢死队,严阵以待。沧白、列五领导群众迫令重庆官府交出印信,剪去发辫,宣布光复。余叔父友松(仁椿,经营机器缫丝出口及火柴业)亦系同盟会员,当时曾携手枪实弹赴城会参加此役。制鞋匠人况春发,平日与同盟会员通声息,初二日亦持刀奔赴城会,加入起义队伍。

蜀军政府成立,推列五为都督,亮功为副都督(亮功亦同盟会员),以林绍泉为蜀军总司令兼参谋部长。绍泉鄂人,原为四川新军教练官,曾任高等学堂体操教习[余肄业高等学堂时,有兵学及体操课程,由周凤池(道刚)讲兵学,绍泉教兵式操]。亮功在龙泉驿起义时,绍泉被迫同情革命,随军来渝。蜀军政府初成立时,因赵尔丰尚居督署拥兵为患,特组织三个支队进军成都,澄清川局,以绍泉兼一个支队长。绍泉认为此系取消他的总司令职,出手枪指责都督。叔痴挺身排解,并以舟遣送绍泉回鄂。旋闻尔丰被诛,成都事定,乃罢西上成都之兵。蜀军政府又与省内外光复各地联系组织北伐军,以觐枫(时任财政部长)、锡封(时任财政部副部长,经营药材出口业)、古绥之(秉钧,重庆总商会会长,经营山货、猪鬃出口业)、赵资生(城璧,重庆总商会前会长,经营百货、颜料、火柴、煤矿业)等等筹备北

伐饷捐事宜,发起爱国捐,觐枫首捐饷银二万两以倡导。宣传员中有唐廉江到各庙会集众演说,声泪俱下,闻者动容,捐献极为踊跃。廉江又倡议组织红十字会,协助北伐军。余曾参与其议。廉江慷慨陈词,谈及为此事奔走各处,穿破草鞋数双。当即发起红十字会,推觐枫为会长(一说红十字会成立于一九一五年,此次组织或系临时性质,未能确忆。廉江又曾主演新戏,即当时所谓文明戏,为后来话剧先导。沧白先生曾为鞋匠况春发及唐廉江作传,题为《巴东两畸士》,载在报端)。南北和议,中止出兵北伐。

蜀军政府成立不久,成都成立四川军政府,双方为谋统一川局,各派代表协议合并事宜。重庆派叔痴往商,议定:重庆机构并入成都,名称用"蜀军政府",成渝副都督均辞职。列五推尹硕权(昌衡)仍任都督,己则赴省任副都督。及合并时,成都仍用"四川军政府"名义。余曾写文载当时《国民报》[蜀军政府成立,先刊发《皇汉大事记》,后出版《国民报》,馆址在当时财政部内右侧即旧重庆府署内,后迁在校场口演武厅旧巴县汛署内。周文钦(家桢)、燕子才(翼)任总编辑,余任主笔]上,题为《正名》,表示异议。认为自湖北开始成立鄂军政府后,各省均用省名简称,冠于军政府之上,因此,成渝协议合并时,决定用"蜀军政府"名义,以昭划一;不应存畛域之见,变更原议(原报纸所载全文,现尚保存)。叔痴曾参与成渝协议,对此亦深为不满,可见当时成渝两军政府之间的摩擦。(重庆光复前后,自争路事起至成渝两军政府合并,叔痴迭任代表,往来奔走各地甚勤,对重庆光复事业极力维护,每遇拂逆事件,辄出怨言。当时有人咏重庆光复时人物若干首,即所谓《巴渝竹枝词》,余仅记其一首:"我从事独贤,跋涉于山川,汉宫春色好,尽上琵琶弦。"即指叔痴。重庆光复之役,论劳绩,沧白、列五而外,应推叔痴。这是个人的看法。)

成渝两军政府于一九一二年二月合并。重庆军政府办理结束时,对重庆光复出力人士特赠勋章及勋状,余父所得勋状尚存,原文如次:

> 中华民国蜀军政府为特赠勋状事:照得中国受鞑虏专制者二百余年,国势濒危,强邻日逼。诸贤惧友邦之交谪与故国的沦胥,乃组织同人经营光复,知死不避,蒙难愈坚,万众一心,用恢汉业,论劳列功,不可无纪。盖我蜀僻居西土,发难东川,义旗竖而四境无惊,政府成而万民有托,事底于成,功垂不朽。夫河山表烈,带砺酬庸,今昔殊途,中外异制。爰仿东西各国特赠勋章一枚,嘉尔庸功,永留纪念。具列履历如左,须至状者。

右状交温君仁寿收执。

正　　张培爵□

都督

副　　夏之时□

中华民国元年三月十五日

勋状上盖有方印,文曰"中华民国军政府蜀军都督之印"。

成都系于辛亥十月初七日宣布独立,都督蒲伯英为立宪派,副都督朱子桥(庆澜,新军统制)为旧军官。十月十八日兵变后,新都督尹硕权(陆军小学堂总办)为旧军官,副都督罗梓青(纶)为立宪派。及成渝两军政府合并,列五赴成都继梓青任副都督,后改任民政长,虽系同盟会员,并无实权。同时,重庆先曾设镇抚府,由胡文澜(景伊)任总长,旋即撤销。文澜赴成都继硕权为都督,列五辞职离省。文澜与袁世凯沆瀣一气,摧残民党,不遗余力,形成反动军阀专政的势力。成渝局势的演变,与当时南北统一,军政大权操于袁世凯之手,颇相类似,川中局面可算是全国的缩影。

回忆辛亥革命的往迹,同盟会员不惜流血牺牲,完成推翻清专制王朝的伟大功业,这是令人十分振奋的。从重庆而论,同盟会员鉴于重庆经济比重居全川优势地位,接纳当时实业界人士,拟求有所展布。彼时蜀军政府支援各方面的金额之可考者,如资助鄂军(随端方来川的)回鄂三万两;支援川滇军北伐筹备费三十万两;成都兵变,支援十万两,作为援陕出师协饷。略举数项,可见重庆的财力是可以凭借有为的。惟重庆光复时的弱点正与全国相同,同盟会与其所联系的进步人士,缺乏执掌政权的经验和力量,不能充分发动群众,在推翻清政府后,未从根本上打破旧政权机构,建立新的政权,巩固并发展既得的果实。因此,反革命分子乘虚而入,篡夺领导权,转而摧残新生力量。同盟会未能将革命进行到底,以致无所成就。

一九一三年重庆第五师师长熊锦帆(克武,同盟会员)与沧白举兵讨袁,文告前四句为:"本军独立,誓讨袁胡,元恶大憝,在所必诛",足见胡与袁同恶相济,为川人所深恶痛绝。讨袁军失败,参与此役的人士或遭戕害,或逃避他方。辛亥重庆光复时同盟会员及其所经营的一点革命基础,至是荡然无余。

(选自《辛亥革命回忆录》第3册,政协全国委员会文史资料研究委员会编,中华书局)

吕 超

吕超(1890—1951),名平林,字汉群,四川宜宾人,国民党川军高级将领,国民革命军陆军中将加上将衔。同盟会会员,曾任京津同盟会军事部长。川军第五师师长。后反熊,自任川军总司令,兼任川滇黔联军副总司令,兵败后退至广州。1923年任广州孙中山大元帅府参议长。1945年辞国民政府参议长,任军事参议院上将参议,国民政府监察院监察委员。1949年留居大陆,策动西南将领起义,促成成都和平解放。新中国成立后,任西南军政委员会委员。1951年7月20日在重庆病故。

记辛亥革命老人黄崇麟①

呜呼圣祥!品学兼优,效忠党国,有为有猷。

溯洄往事,风雨同舟,矢志澄清,追踪祖刘。

胡天不吊,壮志未酬!睹君遗像,益我心忧。

呜呼圣祥,苟英灵之不寐,魂兮其归来否!

(选自黄孝颐《记辛亥革命老人黄崇麟》,《怀沙坪忆当年·续集:庆祝中国共产党建党七十周年暨纪念辛亥革命八十周年》,1991年)

注释:

①黄崇麟:字"圣祥",清末民国的"蜀学"人士,有《寿栎庐序》传世。1911年11月,辛亥革命起义军抵达黄桷镇,重庆同盟会领袖杨沧白派朱之洪、黄崇麟驰往迎接,与夏之时商定,里应外合,促成重庆独立。

辛亥革命四川义师纪记

四川辛亥之役,盖原于同盟会员,借保路为口实,以与清廷对抗。组织同志军,实行斗争。清廷命端方率湘鄂新军,入川弹压,武昌空虚,减少革命阻力,间接有助于八月十九日之首义,而四川民气,亦蓬蓬勃勃一发而不可遏抑。故保路同志会,虽非尽属党人,而党人实阴利用之。谈四川革命经过者,不能不自铁路风潮始。先是四川农商各界,或争出赋,或认股本,集四千余万元建筑川汉铁路。宣统三年,邮传部尚书盛宣怀奏请令铁路归国有,报可。全国舆论哗然,而四川为最烈。党人以为有机可乘,鼓吹各县成立保路同志会,请获都督王人文代恳暂归商办。奉旨切责。民情愈愤。七月成都开铁路股东大会。成渝两地党人,多被推为股东代表,暗遵机关部之指示,运动全城罢市罢课,并声言从此不纳赋不出杂捐,以抵股息。川督赵尔丰逮

捕谘议局正副议长蒲殿俊、罗伦，铁路股东会正副会长颜楷、张澜等，指为叛逆，祸且不测，市民环跪督署，为诸君请命。营务处田征葵，挥兵开枪，击杀数十人。巡防军驱逐路人。伤夷尤多。明日城外居民，复纷纷冒雨奔城下乞情，征葵又击杀多人。同盟会员遂以此项暴行，书诸木板，告民众，速起反抗。谓之水电报，于是各路同志军纷纷成立。然大半受重庆机关部之指使。故重庆军政府得先成都而产生也。

重庆府中学堂，旧为同盟会之总机关。杨沧白先生任监督，张列五先生任学监。与谢慧生、朱之洪（即叔痴）、杨霖等工作甚力，久为清廷官吏所注意，时以便衣探狙伺其侧。争路事起，重庆同盟会党员朱之洪被举为川汉路重庆股东代表遄赴成都，参加大会，机关部即派以秘密使命，与在省党人密筹进行。既抵成都晤曹叔实、方朝珍、萧参、张颐、刘经文、杨伯谦、龙剑鸣、刘泳闾、刘锡光、曾昭鲁等。及凤凰山新军中诸党人谋进行。佥谓成都自丁未之役，戒备极严，又驻有重兵，喘息皆受监视。倘从外县发难，大张声势。庶几可以响应，于是成渝两处同志，分赴各县，进行工作。川中原有哥老会组织，遍于村镇，中下层人，参加者颇多。是役深得其用。至党人之统帅同志军者，川南则有王天杰、秦载赓、朱勉骄等。而曹叔实、方朝珍诸同志书策之力居多。川东则有曾省斋、王雅莘、张观风等。而张颐、朱之洪诸同志运筹之劳实洪。皆攻城杀吏,率先发难,因以促成全面之激变焉。

端方奉命率鄂军入川,办理剿抚事宜。闻川局杌棿,逗留夔巫之间者久之。迨前队抵资中、荣威,即有军中党人王志高、蔡品三,密与成都党人曹叔实相要结,然曹尚未敢深信也。适重庆机关部命张颐走夔万、游说下东。与鄂军后队中党人田智亮会晤,始知八月十九日武昌已起义。即为书与颐,密转鄂军前队反正。颐取道梁塾,兼程返渝。亟谋举义。而川东党人易在中、柳达与鄂军中要员素相识,乃赍后队书转致前队。时涂传爵亦携黄克强先生手书返蜀,抵成都凤凰山新军,以书与方声涛,声涛在新军中势颇微,不敢轻发。然此时成渝两处,势机实已成熟,如箭之在弦,动其机括者夏之时也。

夏之时者,旧为同盟会党员,毕业于日本东斌学校步科。返蜀后,隶陆军十七镇为排长,驻成都。九月初,奉命率一队,调戍龙泉驿。十五日夜集约武装兵二百三十余人于附近土地庙,誓师起义。东路司令魏建藩,群推之时为革命军总司令,急夜东下。闻端方大军驻资州,避其锋,渡河,取道北道。时新军管带龙光奉命率大军追之。光固党人,未忍相迫,行至安岳之分水岭,佯战而返。后语人曰:之时举义而兵少恐有意外,吾名追之,实送之也。之时遂经潼南合川,直抵浮图

关,而驻节焉。城中人乃纷纷起矣。

　　自武昌起义,党中固已大集重庆。团练干部,分布殆满,各校学生,暗供奔走。防军亦密约愿效命。至是,城中官吏,闻外兵且至,人人自危。十月朔,士绅密会于总商会,推之洪迎说夏军,姑止勿前,而命向楚、温仁寿,往说防军统领李湛阳,约反正时,推尹昌衡为临时政府都督。湛阳流涕以家有老母辞,但愿附义师。石青阳、卢翰承、□□□敢死队谋自动。十月二日,中营城防游击队先出,呼号反正。商团,川东边防营,水道巡警及炮队,皆佩白号章纷纷响应。张列五亲率各义军,大会于城中之朝天观。时群军党人田智亮等,亦武装临场,川东道尹朱有基闻风先遁。重庆知府钮传善、巡防管带李湛阳、巴县知县段荣嘉知大势已去,迫而与会,愿书同盟誓约,剪发徽印。挟以游威,城中遍悬县白汉旗,呼万岁。设军政府于巡警总署。拥张列五为都督,夏之时为副都督。通电全国,宣布独立。时端方尚在资中,列五命智亮携五千金炸弹数十枚,兵三百人前往图之。鄂军闻重庆□,亦决心杀端方以偿川人,而报武汉政府。十月六日夜,军中画押定职,协统邓承拔、标统曾广大,夜半缒城逃。端方闻变与其弟锦相持而泣。七月平明,群趋端方坐帐,拥至天上宫行辕,并其弟杀之。用铁箱贮头,济以清油。携至重庆示众。川东南五十七州县,因有党人运谋其间,皆先后闻凤反正。

　　成都闻重庆光复,端方被杀,鄂军向义,亦于十月七日宣布独立。惟是时蒲罗诸人,虽已释放。然赵尔丰调巡防军三十营驻成都,专以监视党人。库存饷银六百余万,亦在其手中。所谓独立者,名义耳。川绅邵从恩、陈崇基等,以为赵氏一日不去,则川乱一日不已。乃日走督署赵尔丰俯民情,交出军政大权,赵闻倔强,经六日之婉转□解而其意始少□。初欲以军权交统制朱庆澜,政权交从恩。从恩从共和政□,都督应由民选,今大会虽无从开,而谘议局长同民选□也,以蒲氏主政为宜。又议及正副问题,赵之意在朱氏。传曰,以民选首长而置之副,无以压聚心,并引湖南谭氏文人政主之例,议逾定。于是由尔丰以文告宣示四川自始,由川民举蒲殿俊为都督、朱庆澜为副都督。□约三十条中。仍请尔丰主川康边务。□川府当年费饷四百万,仍留成都,以便商洽。群情大哗,报辈攻击尤烈。党人持协约奔告重庆军政府,请为之澜。推副都督夏之时群军西上,相机讨伐。殊十月十八日,成都遂有兵变之事。盖蒲氏主政之初,曾许各军三月恩饷城中,疑漏火三昼夜不息。兵变饱而远飏,各路同志军,又乘机入城,亦无纪律。陆军小学堂总办尹昌衡,招募新军,入城弹压,秩序渐就恢复,群遂推,尹昌衡为都督,罗纶为副都督,并缉捕尔丰,携至皇城明远楼侧,数其罪杀之,

揭首于竿，巡示城中。

元年，成渝两政府，依然峙立，各自为政。有识之士，询谓非合并无以已乱。函电交驰，督让有加。双方亦顾全大局，俯从舆情，重庆军政府派朱之洪。成都派张治祥，各为全权代表，曾于隆昌之烧酒房，草立合同，以成都为政治中心，重庆为重镇。张列五电让正副都督于尹氏，之时出洋留学。三月九日，列五抵成都，十二日就副都督职，通电全国，告四川统一。

民国纪元前三年，超赴南京，入陆军第四中学。翌年，由谭人凤先生之绍介入同盟会。赴沪晤宋渔父、陈英士两先生。对于革命理论及行动，多蒙指示。毕业后，即赴保定入伍兼实习。得与北方革命同志结合。适吴禄贞事败，殉难于石家庄。同志等异常愤慨。因使超赴沪，谒陈英士先生，请示挽救之策。先生谓北方民气消沉，欲国革命大业早日完成，非加紧工作不可。因拨款数千元，命再赴京津保等处秘密进行，旋加入京津同盟会，继彭家珍烈士主持该会军事部。运动毅军及曹锟第三师官兵，入党者数千人。力能发难而阻于和议。不幸酿成京津保之兵变。殊可痛惜。故当四川革命诸同志高举义旗之日，超实致力于北方。和议战后，亲然后出国求学。行至宜昌，与鄂军运械入川之连长冯中兴邂逅。（此项军械系黎元洪践蜀军政府之约，举以相□者。）相谈甚洽。遂同舟赴夔府。时蜀军总司令熊克武氏驻重庆。蜀军政府原有各军,拨归熊氏控制。□欲得是项械弹以充军实。而成都方面,认为应由四川统一政府全权处,实亦谋欲争取也。超说冯中兴□□蜀军总司令命,冯慨然诺。于是任中兴为蜀军第二团团长。任超中为副团长,以便匡联。超迫于情分,践中兴约来,亦不敢坚辞,此羁绊战务桑梓之始。厥后讨袁护国、靖国、护法,无役不从。每战必先。故四川辛亥之役,实未身经。惟当时建立革命军权者,实杨沧白、张列五、谢慧生、夏之时、朱叔痴、曹叔实诸先生之功。今中苏文化协会属超为文以纪当时经过,特征诸生证以往迹,草为是篇,恐不足以彰先烈之芳踪,而疏漏亦在所难免。尚希革命同志。匡而□之。

(选自《中苏文化》第9卷第2、3期,1941年)

刘 伯 承

刘伯承(1892—1986),原名刘明昭,四川开县(今属重庆)人。1911年在万县参加响应辛亥革命的学生军,1912年考入重庆陆军将弁学堂,先后参与讨袁、护国、护法战争,屡建战功。1916年丰都战斗中右眼受伤致残。1923年在杨闇公、吴玉章的帮助下开始接触马克思主义。1926年5月,加入中国共产党。同年受中共中央委托,负责重庆和四川的兵运工作,担任中共重庆地方执行委员会军事委员会委员,直接领导和指挥"泸顺起义"。起义失败后出川,参加组织领导南昌起义。1949年冬,同邓小平率二野主力解放西南地区。1950年1月8日在重庆任西南军政委员会主席,领导军民歼灭国民党残余武装和匪特,改造国民党旧军队,组织进军西藏,指挥昌都战役,消灭藏军主力。1950年10月,受命筹建解放军南京军事学院。1955年被授予中华人民共和国元帅军衔。

和邹靛澄[1]

微服孤行出益州,今春病起强登楼。[2]

海潮东去连天涌,江水西来带血流。

壮士未埋荒草骨,书生犹剩少年头。

手执青锋卫共和,独战饥寒又一秋。

(选自姜山等撰《刘伯承早期戎马生涯》,人民日报社,1985年)

注释:

[1] 此诗录自姜山等撰《刘伯承早期戎马生涯》。邹靛澄,一作周靛澄,刘伯承的同乡、同学兼挚友,曾任川军熊克武部排长,后返乡,1921年11月因反对种鸦片,被开县知县彭蕴玉杀害。此诗系1914年冬于赴沪舟中所作。时刘伯承参加熊克武发动的四川讨袁斗争失败,被迫离川,赴上海寻求救国真理,邹靛澄与之同行。

[2] 今春病起:隐指脚伤新愈的实事。

杨杏佛

杨杏佛(1893—1933),名铨。江西玉山人。1910年加入同盟会。1918年回国,后到广州,任孙中山秘书。"九·一八"事变后,为反对国民党政府非法逮捕和监禁爱国人士,与宋庆龄、蔡元培等著名人士于1932年12月在上海发起组织中国民权保障同盟,任总干事。1933年6月18日,杨杏佛与其子杨小佛驾车外出,被设伏特务枪杀于上海亚尔培路。

贺新凉·吊任鸿年

九地黄流注。①扣苍穹、沉沉万象,当关豺虎。呕尽心肝无人解,惟有湘灵堪语。②忍独醒,呻吟终古!眼见英雄成白骨,好头颅、未易苍生苦。心化血,血成雨。

一泓浊井埋身处。赋招魂胥湖鸣咽,③蜀魂凄楚。④河汉精灵归华岳,谁向清流吊取?但冉冉、斜阳西去。试向中原男子问,有几人,不欲臣强虏。生愧死,死无所。⑤

（选自胡迎建《近代江西诗话》,百花洲文艺出版社,1994年）

注释：

①九地：指九州。黄流：黄河之水。语本宋张元干《贺新郎》："九地黄流乱注。"

②湘灵：古代传说中的湘水之神,或谓即舜妃娥皇、女英。此似指屈原。

③招魂：古人认为《楚辞·招魂》系宋玉为招屈原亡魂而作,此处指"吊任鸿年"。胥湖：太湖历史称为"五湖","胥湖、蠡湖、洮湖、滆湖就太湖而五"。

④蜀魂：指杜鹃。相传蜀主名杜宇,号望帝,死化为鹃。春月昼夜悲鸣,蜀人闻之,曰："我望帝魂也。"故称。

⑤死无所：死了无处葬身。

胡 适

胡适（1891—1962），原名嗣穈，学名洪骍，字希疆，后改名适，字适之，笔名天风、藏晖等。其中，"适"与"适之"之名与字，乃取自当时盛行的达尔文学说"物竞天择适者生存"之语。徽州绩溪县上庄村人。现代著名学者、诗人、历史学家、文学家、哲学家。因提倡文学革命而成为新文化运动的领袖之一。

胡适记朱芾煌有功于辛亥革命①

在叔永处读《朱芾煌日记》，知南北之统一，清廷之退位，孙之逊位，袁之被选，数十万生灵之得免于涂炭，其最大之功臣，乃一无名之英雄朱芾煌也。朱君在东京闻革命军兴，乃东渡冒险北上，往来彰德、京、津之间，三上书于项城，兼说其子克定，克定介绍之于唐少川（绍仪）、梁士诒诸人，许项城以总统之位。一面结客炸刺良弼、载泽。任刺良弼者彭君，功成而死。任刺载泽者三人，其一人为税绍圣，亦旧日同学也。时汪兆铭已在南京,函电往来,协商统一之策,卒成统一之功。朱君曾冒死至武昌报命,途中为北军所获,几死者数次。其所上袁项城书,皆痛切洞中利害,宜其动人也。

（选自罗尔纲《师门五年记：胡适琐记》（增补本），生活、读书、新知三联书店,2006年）

注释：

①朱芾煌(1885—1941)：又名黻华。四川省江津县(今重庆市江津区)人。1901年中秀才,1906年入上海中国公学,1909年东渡日本求学,并加入同盟会。辛亥革命后,回国参加革命,深受孙中山嘉奖。南京临时政府成立,出任总统府秘书。1913年出使欧洲考察,回国后历任夔关、临清关、张家口关监督等职。1922年隐退。著有《法相辞典》。

冯玉祥

冯玉祥(1882—1948),民国时期著名军阀、军事家、爱国将领,著名民主人士。原名冯基善,字焕章,祖籍安徽巢县(今安徽省巢湖市居巢区)夏阁镇竹柯村,寄籍河北保定。国民革命军陆军一级上将,蒋介石之结拜兄弟。1948年7月应中共中央邀请参加中国人民政治协商会议筹备工作,自美国回国,乘"胜利"轮行进途中,因轮船失火,于9月1日遇难,享年66岁。

哭庆澜

朱子桥,老将军。
我民国,大伟人。
一生最清廉,行兼智仁勇。
只知有国,不知有身。
公而忘私,识远器深。
大仁大义,一片慈心。
全国人民记在心中。

(选自《陕西省志·人物志》(中册),陕西人民出版社,2005年)

附录

下列作品,均为辛亥前后所作,唯作者事迹无考,故列为附录。

满江红·书事辛亥酉阳后□起义
前人

乘着路潮,正还乡,武昌义起。击清军,纠合豪侠,维桑与梓。笳鼓声传貔虎啸,阵云飞布峿山底。①趁晨霜,晓发官沙溪,弹如雨。②

战龙潭,敌披靡。袭石堤,士捐死。③换得个共和国体。帐下胡儿盈盈泪,④城头汉帜人人喜。谁念我,壮志作国殇,扬青史。

(选自《知行杂志》,1948年第1卷第1期)

注释：

①原注："《酉阳志》：峿山在后溪乡。"
②原注："官沙溪距龙潭二十里。"
③原注："我军秀才白锦桢父子阵亡。"
④胡儿：指胡人，多用为蔑称，这里当指满族。

赵永庆事略
（附左占标、熊绍伯）

阙名

赵永庆，巴县长生桥人。幼聪颖，肄业县中学校。重庆光复，编学生军。烈士（永庆）入焉。未几转义士团，出守夔州。适蜀军总司令熊克武回川，改编义士团为蜀军砲队营。烈士遂隶熊公麾下，旋入蜀军随营学校。毕业，充五师十九团排长，驻防定远。及渝讨袁军起，奉命由合川进攻。八月一日，列阵合之大石桥列面溪。烈士率队冲锋，中弹身殒。父老子幼，遗骸弗克归葬。①同时死难者，更有骑兵左占标。

占标，巴县人。反正时充近卫军兵士，旋改模范营二年，补五师骑兵。战没后月余，兄受之始闻，往寻其尸，已不可得。妻李氏大恸，遂不起，殉焉！先是七月二日，渝讨袁军宣布时，陆警厅长张经纶，附袁作梗，总司令派队围攻。敌弹突中兵士熊绍伯，即时殒命。

绍伯,酉阳人。隶五师卫生队为队长。乐凤鸣所率往。没后无子母老,妻某氏矢不他适。呜呼!如三烈士之毅勇,可谓健男子矣!② 而李某二氏之苦行高节,亦有足多者焉?

(选自《蜀中先烈备征录》卷三,新记启渝公司代印,1923 年)

注释:

① 弗克:弗,不。克,能够。
② 健男子:健,勇猛。此为勇士之意。

先烈邓斌事略

巴县吴骏英撰

巴县任烈士季彭,以民国二年某月日,沉西湖烟霞洞葛洪井中。余既悲而哀之。以为今之灵均、仲连于时,又有邓烈士蹈海之事。烈士名斌,字慕颜,犍为人也。入四川陆军小学转(专)学测绘。业未卒,而蜀军光复重庆。适赵尔丰督川。尔丰隶汉军旗,犹思抗义,伺察学子至严。烈士宵遁重庆,蜀军政府录长学生军,擢守卫军团副。民国奠定,烈士慨然舍官,还习陆军测绘,为学生。学成,游宛平。疾袁世凯之不能为政,去而之黄浦。又深哀国人昏梦酣嬉,复内讧不已。而袁世凯愈益称心无忌惮,所行多戾民宪。烈士知祸至之无日也,三上书世凯,要其开诚布公,力趋共和正轨,而皆不报。

烈士既悲国事终已不可为，遂发愤蹈海死。夫蹈海之士数见矣，而执政终不可回。国人百难一悟。论者几疑其好名，轻生无益于人国。不知儒生无尺寸柄，徒抱孤愤发为词说。冀收万一不可必之效，用心亦良至苦。方自谓责尽力穷矣！人孰不知自贵其生？以彼之材，又何地不容，独徼名于此？① 然而举世汶汶，② 同立于巢幕岩墙，③ 卒何能自免？宁赴常流，蝉蜕于浊秽，不忍及身见之如烈士与季彭信，所谓皎然，泥而不滓者也。

（选自《蜀中先烈备征录》卷三，新记启渝公司代印，1923年）

注释：

① 徼：通"邀"。谓循求。
② 汶汶：不明、昏暗、浑浊的样子。
③ 巢幕：筑巢于帷幕之上。喻处境危险。语本《左传·襄公二十九年》："夫子（孙文子）之在此也，犹燕之巢于幕上。"杨伯峻注："幕即帐幕，随时可撤。燕巢于其上，至为危险。"

烈士唐棣春事略

彦实撰

烈士姓唐氏，名棣春，字葆琛，巴县人也。幼，肄业乡校十余年，继入渝官话字母学校，卒业后，入巡警教练所。学成，适民国初元，五族尚未统一。① 君兄棣芳，承蜀军政府旨,召集北伐队,君与焉,移驻夔州,受成于东路巡按使黄君萧方。既而北伐司令熊锦帆君,运枪弹回川,莅夔。即以棣芳所部解散,该府所募集之军,众寡悬殊,主客异势,而能措置如裕芳,稍震慑。大宁、巫山、云阳各县拥重兵自雄,亦后先解甲,勒令归农。以一营之力,奏此虏功。非素有声威,不克有此。云安盐厂灶户某,意图抗税。与商董陈陶轩相结。其地山谷峻险,民俗习悍。夙号难治。陈欲纠众以拒官军,闻警即四面矢石交下;炭洞下,土炮亦相应隆隆。清初,八大王乱川时,②亦无如之何。君(棣春)奉命往查即为所困。爰乘机退却,以距县仅三十里而归及反(返)城,已踣晨浃夕矣!③先是,夔云间盛传驻厂兵尽熸。④知事亦莫窥里蕴。⑤棣芳闻耗,由夔兼程来援,抵云。而君(棣春)适至,相见惊喜交并。该厂亦受命如初。是年冬,即奉调至铜璧诸山清匪,乡民赖以稍安。二年夏,浮图关兵变时,君任第四连司务,即同连长江天一,率队避居他所,不附乱军。及秋间,讨袁事起。君任先锋,战隆荣之交。炮兵营虏获敌军大炮数尊,君即夺取陈(阵)地。适敌军掩护队之弹丸中其腹部,尚未致毙。然失血过多,用绷带。舁回至永川,⑥已殒命矣。君母李氏,年已七十。恸季子之亡而无嗣,乃以其侄远清为之后。君死之年,仅二十三。时癸丑七月初旬也。

(选自《蜀中先烈备征录》卷三,新记启渝公司代印,1923年)

注释：

①五族：辛亥革命后曾称汉、满、蒙、回、藏五个民族为"五族"。

②八大王乱川：指张献忠入川。清人彭遵泗《蜀碧》载，崇祯十七年张献忠再取四川，攻克成都等地，建立了大西政权，年号"大顺"。他进川为王后，立即亲自写碑立石，文曰："天生万物以养人，人无一善以报天。杀杀杀杀杀杀杀！"后人称为"七杀碑"。《蜀警录》、《蜀难叙略》等史书，都有相关记载。

③繇：由。浃：到。繇晨浃夕，指返城三十里之路程，从早晨出发，到了傍晚才抵达。

④熸(jiān)：本义为熄灭，引申指战败、覆没。

⑤里蕴：即里面隐藏的具体事情。

⑥舁(yú)：抬。"舁回"即抬回。

任鸿年君传略

铁卢撰

君讳鸿年，字季彭，别字百一，古巴子国人。生而简默，颖悟学，为文辄惊老宿。①鄙科举业，潜心诗古文词。虽在韶龄，所诣已轶宋元，窥唐汉。②既入学堂，西文科学，尤笃嗜。旋任教习成都。当是时，民族潮流，已奔湃西涌。江津卞蕉以鼓吹毙狱。③君志卞志恸甚，有所谋。清吏诇知，④欲捕。乃渡倭，殚心党务。羊城之役，典质助军饷，闻者风起。武汉树义，驰归国赞襄。⑤戎行出入枪林弹雨间。屡濒危,气弗馁。南京政府成,任总统秘书。旋佐蜀军,归平川匪。复主渝《新中华报》笔政。共和二年春,以事赴津,迂道武林,⑥徜徉风景。日事推敲,而南北风云日恶。君闻之,痛执政之违法也,各党之相閧也,⑦外辱之交逼也,内乱之不宁也。遂不忍见来日大难,而蹈烟霞洞井中以死。春秋甫二十有五,所著百一斋诗文集待梓。

(选自《蜀中先烈备征录》卷二,新记启渝公司代印,1923年)

注释:

①老宿:指年老而知识丰富的人。

②轶:本义为后车超前车,引申为超越。窥:在此引申为到、赶上之意。

③毙狱:死于狱中。

④诇:侦察,探查。

⑤赞襄:辅助,协助。

⑥迂道:绕道。武林:指杭州。

⑦閧:哄闹;众声并作的样子。在此指各党间相互争竞、争登政治舞台的丑态。

后记

本书所选诗文,主要遵循以下原则:

一、时间:重庆辛亥革命前后。大体起于戊戌变法和庚子事变,下至以重庆为中心的四川护法战争。可参阅周勇《重庆通史》第二卷第十二章至第十五章的有关论述。

二、地域:以今天重庆直辖市辖区为范围。

三、内容:以描述重庆辛亥革命发生、发展及影响的诗词文章为主。

四、人物及材料:重庆辛亥革命亲历者当时的记述及事后的回忆录等;重庆辛亥革命旁观者当时的记述及事后的回忆录等;重庆籍人士参加辛亥革命者的记述及事后的回忆录等;非重庆籍人士在重庆参加辛亥革命者的记述及事后的回忆录等。

由于重庆辛亥革命发生的时代正处于中国历史的重要转折阶段,社会现实以及知识群体心态的相应激变皆绝无先例。在这个过程中,先贤的诗文作品充当了重要的记录者角色。当时的社会极为复杂,人们的思想也十分混乱,各种不同类型的社会思潮泛滥成灾。鲁迅曾对近代中国社会习尚的新旧杂陈状况作过形象的描述:"中国社会上的状态,简直是将几十世纪缩在一时:自油松片以至电灯,自独轮车以至飞机,自标枪以至机关枪,自不许'妄谈法理'以至护法,自食皮寝皮的吃人思想以至人道主义,自迎尸拜蛇以至美育代宗教,都摩肩挨背的存在……四面八方几乎都是二三重以至多重的事物,每重又各各自相矛盾。"(《热风·五十四》)先贤诗文之内容方面,可谓各种思潮咸备,莫衷一是。其形式上,有较为直白浅显的白话文,更多的则是传统的文言文作品。传统的文言文,尤其是古典诗词,篇幅多半短小,讲究遣词用字,其字、词、典故等,给今天的读者带来了一定的阅读障碍。所以,我们除对作者进行简要介绍外,还对作品的历史背景、所涉及的历史事件作了必要的交代,对诗文中较为生僻的字、词、典故等,作了较为详细的注释。

诗文的排列方式,大体上以作者出生年月为序,每一作者之下,先诗后文,以方便排版。以作者出生年月为序,可以使后人窥见重庆辛亥革命发生前后社会的变化和人们思想认识的轨迹,从而更深刻地认识重庆辛亥革命这个重大的历史事件及其深远影响。

先贤诗文的遴选、编注原则、编排方式、注释规则等,由主编负责确定,执行副主编负责执行。诗文的遴选,由执行副主编及其他编委共同完成,主编最后审阅、修改、

定稿。

　　本书的编辑出版,得到了重庆市地方史研究会、重庆市沙磁文化促进会、重庆中国三峡博物馆、重庆出版社重点图书编辑室、重庆图书馆特藏中心的大力支持,特致谢忱。

　　因我们学识、时间有限,在遴选、编注等方面,错漏在所难免,恳盼方家斧正。

编者

2011 年 5 月 18 日